잔소리꾼의 죽음

해미시
맥베스
순경
시리즈
11

잔소리꾼의 죽음

DEATH OF A NAG

M. C. 비턴

문은실 옮김

현대문학

친애하는 한국 독자 여러분께

　해미시 맥베스가 '탄생'하게 된 것은 내가 스코틀랜드 최북단에서 낚시 교실에 참가했을 때의 일입니다. 남편이 연어 낚는 법을 배우고 싶어 했기 때문이죠. 그래서 지금은 세상을 떠난 남편 해리와 아들 찰리 그리고 내가 서덜랜드의 황량한 자연을 찾아가게 된 것입니다. 불가사의하고 신비로운 서덜랜드의 자연, 그 바이킹의 남쪽 영토에 우리를 합쳐 모두 열한 명의 낚시 교실 참가자들이 있었습니다.

　나는 항상 애거서 크리스티의 작품 같은 고전 미스터리의 팬이었기 때문에 내 눈에 그곳은 살인 사건을 위한 완벽한 무대처럼 보였습니다. 그래서 다른 사람들이 모두 낚시에 열중하는 사이 나는 연어 웅덩이로 시체가 굴러떨어지는 장면을 상상하고 있었던 것입니다.

　해미시 맥베스라는 인물은 내가 알고 있는 스코틀랜드 고지 사람들 특유의 매력적인 성품에 기반을 두고 있습니다. 태평하고 인정 많고 낭만적이지만 심술궂은 데가 있기도 합니다. 서덜랜드는 미스터리 소설의 배경으로는 더할 나위 없이 완벽한 곳입니다. 이곳의 나이 많은 분들은 아직도 요정이 존재하며 죽은 이가 물개로 돌아온다고 믿습니다. 바람이 얼마나 세차게 부는지 구름이 이쪽 지평선에서 저쪽 지평선까지 단번에 질주하기도 합니다. 마치 빨리 감기로 돌려 놓은 자연 다큐멘터리 영화 안에서 사는 기분이 들지요.

우리 가족은 작은 양 떼를 키우며 잠시 동안 서덜랜드에서 살았습니다. 하지만 남편의 건강이 안 좋아지고 아들이 런던에 있는 학교를 다니게 되면서 다시 남쪽으로 오게 되었지요.

하지만 내 마음의 일부는 항상 서덜랜드와 해미시에게 남아 있습니다.

부디 재미있게 읽으시길!

2018년 2월

M. C. Beaton

주요 등장인물(등장순)

해미시 맥베스 ◦ 로흐두 마을의 순경

해리 로저스 ◦ 스캐그 마을의 민박집 프렌들리 하우스의 주인

리즈 로저스 ◦ 해리 로저스의 부인

펠리시티 거너리 ◦ 프렌들리 하우스의 손님, 전직 교사

밥 해리스 ◦ 프렌들리 하우스의 손님, 세일즈맨

도리스 해리스 ◦ 밥 해리스의 부인

더모트 브렛 ◦ 프렌들리 하우스의 손님, 세일즈맨

준 브렛 ◦ 더모트 브렛의 부인

헤더 브렛 ◦ 브렛 부부의 큰딸

트레이시 핑크 ◦ 프렌들리 하우스의 손님, 글래스고 출신의 10대 여자아이

세릴 갬블 ◦ 프렌들리 하우스의 손님, 트레이시의 친구

앤드루 비거 ◦ 프렌들리 하우스의 손님, 퇴역 군인

제이미 맥퍼슨 ◦ 스캐그 마을의 주민, 선주

폴 크릭 ◦ 스캐그 마을의 순경

피터 에멋 ◦ 스캐그 마을의 순경

샌디 디컨 ◦ 던가튼시의 경감

조니 클레이 ◦ 던가튼시의 형사

엘리자베스 블레인 ◦ 프렌들리 하우스의 전 주인

매기 도널드 ◦ 스캐그 마을의 여경

제1장

오, 이런 망신살이라니!
이런 추문, 믿지 못할 추락이다!
맥스 비어봄 경

해미시 맥베스에게 내일의 태양이 다시 떠올랐다. 타우저가 그의 발 위에 널브러져 박자도 경쾌하게 코를 골았다. 커튼 사이로 햇빛이 비스듬하게 비쳐 들었다. 집 한편 경찰 사무실의 전화가 새된 소리로 우는가 싶더니 이윽고 자동응답기로 넘어갔다. 몸을 일으켜 무슨 일인지 확인해 보러 가야 했다. 그것이 서덜랜드의 로흐두 마을과 그 주변 지역을 관할하는 경찰의 의무였다. 하지만 그는 이불을 머리에 뒤집어쓰고 도로 잠에 빠져들고 싶은 마음뿐이었다.

그는 딱히 자리에서 일어나 하루를 마주할 마땅한 이유를 생각해 낼 수 없었다.

경사에서 순경으로 좌천되고, 로흐두 지역 호텔 주인의 딸인 프리실라 할버턴스마이스와의 약혼이 파탄 나기 전까지 해미시 맥베스는 인기가 하늘을 찔렀으며 여러모로 행복했다. 그는 그런 상태를 당연하게 받아들였다. 하지만 어쩌다 보니 그가 프리실라를 잔인하게 차 버렸다는 소문이 났고, 사람들은 애당초 그녀는 그에게 과분한 사람이었다고 수군거렸다. 그리하여 경찰 임무를 수행하러 다니고 있노라면 그는 힐난의 시선들과 마주쳤다. 피터 데이비엇 총경 역시 그의 파혼에 화를 냈지만, 그 때문에 해미시가 강등된 것은 아니었다. 그는 확고하게 믿었던 바대로 살인 사건을 해결했다. 가해자로부터 자백을 받기 위해 피해자의 시신을 이용한 것이다. 책략은 먹혔지만, 문제는 엉뚱한 시신을 들이민 것이었다. 결국 이 사건은 경찰이 일을 너무도 대충 하는 본데없는 바보들이라는 비난을 받는 좋은 예로 이용되었다. 누군가는 대가를 치러야 했고, 그 누군가는 당연하게도 해미시 맥베스였다.

해미시는 야심가가 아니었다. 그렇기는커녕 그는 평범한 순경이라는 제 위치에 퍽 만족했다. 하지만 지금 그는 마을 사람들의 못마땅한 시선을 뼈저리게 느끼고 있었다. 망신을 사기 전 그의 일상은 마을을 어슬렁거리며 사람들 뒷얘기를 듣는 즐거움으로 채워졌었다. 이제 그와 잠깐이라도 시간을 보내고 싶어 하는 사람은 아무도 없는 듯했다. 그것이 사실이 아닐 수도 있었지만, 그의 침울한 마음에는 그렇게 느껴졌다. 차라리 프리실라가 로흐두에 있으면서 자신들의 연애가 끝났음을 드러내고 다닌다 해도 시련이 이토록 크게 느껴지지는 않았을 것이다. 해미시가 보기에 프리실라는 연애가 끝난 데 대해 놀라우리만큼 아무렇지도 않아 보였다. 심지어 친구들을 만나러 글로스터셔로 떠나서 돌아올 기미 없이 눌러앉아 있었다. 그러니 마을 사람들은 해미시가 그녀를 몰아내 버렸다고, 그녀가 상심을 달래며 어디 '낯선' 곳으로 내려가 있다고 생각하는 것이었다.

할버턴스마이스 부인도 도움이 되지 않기는 마찬가지였다. 그녀는 해미시의 이름이 거론될 때마다 고개를 저으며 "가여운 프리실라"라고 웅얼거렸다. 사실 할버턴스마이스 부인은 차갑고 냉담한 딸이 아예 누구와도 결혼하고 싶어 하지 않는다는 믿음이 들기 시작해서 슬픈 것이었지만 말이다.

해미시는 끙끙 앓는 소리를 내며 가까스로 일어났다. 타우저가 목구멍 안쪽에서부터 우러나오는 소리로 툴툴거리더니 바닥으로 스르르 미끄러져 내려가 발소리도 내지 않고 부엌 쪽으로 향했다.

해미시는 커튼을 홱 열어젖혔다. 해안가에 자리한 경찰서는 그날 아침 유리판처럼 평온하게 누워 있는 협만을 내다보고 있었다.

그는 씻고 옷을 차려입고 경찰서를 가로질러 갔다. 메시지는 스트래스베인의 본부에서 온 것이었는데, 드림 마을로 가는 길에 있는 작은 호텔의 무단 침입 사건에 대한 상세 보고서를 제출하라고 재차 독촉하는 내용이었다. 그는 부엌으로 느릿느릿 가서 식빵과 치즈로 아침을 차렸다. 스토브 켜는 것을 깜빡한 탓이었다. 프리실라가 신형 전기스토브를 선물했지만, 그는 유치하게도 그것을 도로 보내 버렸다.

그는 타우저에게 먹이를 주고서 연못에 알을 품고 앉은 왜가리처럼 한 다리로 버티고 서서 이러지도 저러지도 못하고 있었다. 그에게 우울증이란 처음 경험하는 것이었다. 우울증을 걷어 내려면 조치를 취해야 했다. 타자기로 보고서를 치는 것으로 시작해 볼 수도 있겠다. 한편으로 타우저는 산책이 필요했다.

전화가 다시 울리기 시작했고, 그는 타우저를 뒤에 달고 재빨리 경찰서를 빠져나와 뜨거운 아침 햇살을 받으며 해안을 따라 발걸음을 옮겼다. 무더운 날이었다. 스코틀랜드의 북부 지방에서는 더없이 흔치 않은 날씨였다. 불같이 빨간 머리칼 위에 모자를 거꾸로 눌러쓴 그의 개암나뭇빛 눈에 짜증이 서렸다. 제시와 네시 커리 자매가 그에게로 다가오고 있었다.

이 동네 노처녀들은 그를 무정한 바람둥이라며 끊임없이

비난했다. 그가 모자를 툭 건드리며 인사했다. "좋은 아침입니다."

"누군가에게는 그렇겠지. 누군가에게는 그럴 거야." 말을 되풀이하는 짜증스러운 습관이 있는 제시가 말했다. "그런데 다른 누군가는 상심에 빠져 있을 테고."

해미시는 그들을 피해서 가던 길을 갔다. 가슴속에서 분함과 자기 연민이 용솟음쳤다. 한때 그는 위험하고 골치 아픈 일에서 커리 자매를 도와주었고, 그 와중에 증거를 파괴하는 일까지 저질렀었다. 제기랄, 말이 나왔으니 말인데 그는 이 마을의 많은 사람을 도와주었다. 왜 그가 죄의식을 느끼는 쪽이 되어야 하는가?

그의 생각이 의사 부인인 앤절라 브로디에게로 옮겨 갔다. 지금 그에게 등을 돌리지 않은 사람이 그녀였다. 그는 의사의 집으로 통하는 지름길을 골라서 집 뒤편으로 돌아가 주방 문을 두드렸다. 앤절라가 문을 열어 주었다. 그녀의 발치에서 개들이 요란하게 짖어 댔다. 그녀가 눈 위로 흘러내린 아름다운 머리칼 몇 가닥을 걷어 내고서 애매하게 말을 건넸다. "해미시! 이런 반가운 일이. 들어와서 커피 들어요."

그녀는 해미시에게 자리를 마련해 주려고 식탁 의자에 쌓인 책 더미를 들어 바닥에 내려놓았다.

"해미시하고 얘기를 나눈 지가 한 세월은 지난 것 같네요."

앤절라가 쾌활하게 말했다. "프리실라가 연락은 해요?"

의자에 막 엉덩이를 내려놓으려던 해미시가 다시 일어섰다. "부인도 시작하실 참이라면……" 그가 팩 토라져서 입을 열었다.

"앉아요." 앤절라가 화들짝하며 말했다. "뭘 시작한다고 그래요?"

해미시는 느릿느릿 다시 앉았다. "프리실라 얘기를 들먹이지 않는 사람은 부인이 유일했는데." 그가 말했다. 화가 나거나 흥분을 하면 늘 그렇듯이 그의 하일랜드 억양에 치찰음이 강해졌다.

"아, 그렇군요." 앤절라가 머그잔에 커피를 붓고 테이블 건너편의 그에게 밀어 주었다. "당신과 프리실라가 여전히 친구 사이일 거라고 생각했을 뿐이에요."

"그렇고말고요! 하지만 이 로흐두 구석에 사는 사람들은 그렇게 생각할 리가 없죠. 저를 무슨 빅토리아 시대의 바람둥이쯤으로 취급하잖아요."

"그것도 가라앉을 거예요." 앤절라가 느긋한 태도로 말했다. "그런 생각들은 무슨 전염병처럼 이런 마을을 휩쓸게 마련이죠. 웰링턴 부인이 불을 붙였어요." 목사관의 웰링턴 부인을 말하는 것이었다. "당신을 두고 책임을 모르는 오입쟁이라느니 뭐 그렇게 불평하면서 시작했죠. 부인이 어떤지는 해미시

12

도 알잖아요. 하지만 당신이 자초한 일이에요!"

"어째서요?"

"당신이 보이스카우트 애들에게 그녀에 대해 참도 좋은 인상을 심어 주는 걸 어쩌다가 들은 모양이에요."

"아."

"그래서 해미시한테 앙심을 품게 된 거고, 그 마음을 주변과 나눈 거죠. 앙심이란 전염성이 아주 강하죠. 가령 불평분자한 명이 공장 전체를 파업으로 끌고 가 회사를 문 닫게 하고 모두 일자리를 잃게 만들 수도 있는 것처럼, 참 신기한 일들이 일어나죠. 게다가 해미시가 늘 시무룩한 얼굴로 돌아다니니까요. 그게 불을 지핀 거라고요. 당신이 정말로 죄를 지은 쪽처럼 보인다는 뜻이에요."

"내가 좀 가라앉기는 했죠." 해미시가 실토했다. "사실은 로흐두와 여기 사는 모든 사람들에게 신물이 났으니까요."

"해미시! 당신은 로흐두를 사랑해요!"

"지금 이 순간은 그렇지 않네요."

"해미시, 휴가가 남았죠? 당장 휴가를 떠나요. 그 스페인을 싸게 갈 수 있다는 거 있잖아요. 아니면 아프리카로 가는 휴가 패키지 중에도 아주 저렴한 게 있다던데."

"생각해 볼게요." 해미시가 시무룩한 기분으로 말했다. "날씨가 이렇게 좋으니 스코틀랜드 어딘가로 간소한 휴가를 떠날 수도 있겠죠."

앤절라가 일어나서 식탁 의자에 쌓아 놓은 오래된 잡지 더미를 뒤지기 시작했다. 그리고 다 닳아 빠진 일요신문의 컬러 부록을 꺼내 들었다. "여기는 어때요?" 그녀가 휘리릭 신문을 넘겼다. "스캐그. 스캐그 가 본 적 있어요?"

"모레이만灣에 있는 곳 말이죠? 가 본 적 없어요. 근처의 포레스는 가 봤지만요." 그는 사진들을 들여다보았다. 콘월 지방의 리조트 같은 긴 백사장이 펼쳐지고 예쁜 마을과 항구가 있는 곳이었다. 신문에는 스캐그의 호텔과 민박집 광고도 실려 있었다. "괜찮으시다면 이거 좀 가져갈게요, 앤절라."

"가져가요. 쓰레기나 마찬가지니까. 나는 어떻게 된 게 잡지들을 통 내다 버릴 수가 없어요. 심지어 병원 대기실에 가져다 놓지도 못하니."

"최신 가십거리는 뭐예요?" 해미시가 물었다.

그녀는 커피를 한 모금 홀짝이고 예의 그 흐릿한 눈길로 그를 보았다. 그러더니 커피 잔을 내리고서 말했다. "순경님 빼고 가장 큰 가십은 제시 커리죠."

"그분이 왜요?"

"앵거스 맥도널드 있잖아요. 그 점쟁이가 그녀더러 올해가 가기 전에 결혼을 할 거라고 말했다나요."

해미시의 개암나뭇빛 눈이 흥미로움에 번쩍 커졌다. "설마

14

제시 아줌마가 그 말을 믿은 건 아니겠죠?"

"자기 말로는 믿지 않는다고 하죠. 하지만 마을 남자들을 곰곰이 뜯어보고 다니고 있고, 네시는 혼자 남겨질까 봐 전전 긍긍하고 있어요."

"우리의 제시를 낚아채 갈 백마 탄 왕자님은 누구랍니까?"

"앵거스는 이혼한 어부라는 말만 했다네요."

"우리 동네에 이혼한 어부는 없잖아요!"

"내가 그 점을 지적했더니 그녀가 말하더군요. '아직 없는 거죠.'"

"운깨나 따른다면 좋겠죠." 해미시가 말했다. "그런 말라비틀어진 노처녀한테는요."

"해미시! 무슨 그런 몹쓸 말을."

"참 그게 말이죠, 제시 아줌마가 남 일에 좀 간섭하고 다녔어야 말이죠."

"해미시, 진짜 휴가가 좀 필요하네요. 요전 날에 윌리 러몬트가 그러는데, 당신이 자기 레스토랑에 올 때면 한 번을 빠뜨리지 않고 뭔가 트집을 잡는다던데요."

한때 해미시의 오른팔이었던 윌리 러몬트는 이탈리아 레스토랑 주인의 친척 아가씨와 결혼을 하려고 경찰 옷을 벗었고, 그곳에서 순경이었을 때와는 비교도 할 수 없을 만큼 열심히 일했다.

"날이 갈수록 양은 점점 더 줄어들고 값은 오르잖아요."

"그렇다고 해도 불평하는 건 당신답지 않아요. 모든 마을 사람들에게서 떨어져 봐요. 그러면 돌아와서 우리를 다시 보는 게 틀림없이 기쁠 거예요. 내가 장담해요."

해미시는 일어섰다. "지켜보죠. 커피 고맙습니다."

그는 해안을 따라 걷다가 방파제 위에 걸터앉았다. 타우저가 한숨을 내쉬고는 자리에 누웠다. 해미시는 신문 기사를 살펴보았다. 프렌들리 하우스라는 이름의 민박집 광고가 보였다. '바다 전망이 압도적인 해안에 위치. 옛날 가정식 요리와 7월에 만나 볼 수 없는 특가로 1일 2식 제공함'이라고 쓰여 있었다.

해미시는 신문을 내리고서 마을을 내다보았다. 로흐두는 대부분 조지 왕조풍의 풍경을 지닌 마을이었다. 서덜랜드의 어떤 공작이 어업을 확대하려고 조지 왕조 시대에 세운 마을로, 회반죽을 칠한 깔끔하고 네모난 집들이 협만을 마주 보고 서 있었다. 그는 커리 자매처럼 평생을 그곳에서 살았던 사람들부터 아주 최근에 흘러들어 온 사람까지 마을의 모든 사람을 알았다. 앤절라와 얘기를 나누고 나니 기분이 나아졌다. 한결 나아졌다. 그는 왜곡된 렌즈를 통해 상황을 바라보면서 사람들이 모조리 자신에게서 등을 돌렸다고 상상했었다.

그래서 무거운 장바구니를 들고 자신 쪽으로 쿵쿵거리며

걸어오는 어부 아치의 아내 매클레인 부인을 보고서 그는 쾌활한 미소를 지어 보였다. "평소처럼 빈둥대는 거예요?" 매클레인 부인이 따지듯 물었다. 그녀는 늘 점퍼스커트 차림에 비누와 소독약 냄새를 풍기는 열혈 가정주부였다. 헤어롤러로 말아 올린 머리가 스카프로 싸매져 있었다.

"날이 좋아서요." 해미시가 상냥하게 말했다.

"그 가여운 아가씨가 잉글랜드에 가서 가슴 아파하고 있는 마당에 어떻게 날이 좋다는 건지 나로서는 알 길이 없네." 매클레인 부인이 말했다.

생각에 잠겨 그녀를 바라보던 해미시의 눈빛에 일순 악의가 번득였다. "상심을 달래는 건 프리실라가 아니라 웬 어부의 가여운 아내가 되겠죠."

"무슨 말이죠?"

방파제에서 스르륵 내려온 해미시가 신문 부록을 돌돌 말아 바지 주머니에 넣었다. "그게요, 앵거스 맥도널드가 제시 커리에게 올해가 저물기 전에 시집을 갈 거라고 했답니다. 어부한테, 이혼한 어부한테 말이에요. 요즘 아치는 어떻게 지내죠?"

"아주 잘 지내다마다요." 매클레인 부인이 말했다. 그녀의 눈이 아치가 보이기를 기대하듯이 사방을 두리번거렸다. 고기를 낚지 않을 때의 아치가 하루 대부분을 아내를 피하면서

17

보낸다는 것은 마을에 익히 알려져 있었다. 그의 표현에 따르면 아내가 자신을 죽도록 씻어 댈까 봐 그런다고 했다. "어쨌든 다 잡소리야." 그녀가 말했다. "다른 사람도 아니고 제시 커리라니, 그것부터가 말이 안 돼."

그때 멀리 아치의 모습이 보였다. 해미시로서는 고소하게도, 아치는 커리 자매의 옆집에서 나왔는데, 제시가 울타리 너머로 그를 불러 세우는 바람에 그녀와 얘기를 하려고 멈춰 서 있었다.

"저기 부인 남편이 있네요." 해미시가 흡족한 마음으로 말했다. "제시 아줌마하고 얘기를 나누고 있는데요."

매클레인 부인은 해미시가 가리키는 방향을 응시하더니, 꽥 하는 소리를 내지르고는 서둘러 발걸음을 옮겼다. 아치가 그녀가 오는 걸 보고서 제시 곁을 떠나 마을 뒤편으로 이어지는 길로 쏜살같이 내달리더니 이내 시야에서 사라졌다.

해미시는 경찰서로 어슬렁대며 돌아왔고, 스트래스베인에 전화를 걸어 당장 3주간의 휴가를 내 달라고 말했다. 허가는 어렵지 않게 떨어졌다. 해미시 평생의 골칫덩어리 블레어 경감은 글래스고에 가 있었고, 몇 달 동안 범죄라고 할 만한 일은 일어나지 않았다. 그래서 시노선의 맥그리거 경사가 자신의 관할 구역과 더불어 해미시의 일도 맡는 것으로 얘기가 되었다. 그는 주말쯤이면 휴가를 떠날 수 있게 되었다. 그는 스캐그의 민박집에 전화를 걸었다. 다행스럽게도 한 자리가 취소돼서 그가 딱 원하는 때에 방 하나가 빈 데다가, 그랬다, 개를 데려와도 된다고 했다.

오랜만에 기분이 좋아진 그는 양들을 돌봐 줄 사람을 찾아나섰다. 닭과 오리들도. 그러고는 그 점쟁이가 도대체 뭐에 씌어서 제시를 그런 식으로 골탕 먹일 생각을 했는지 궁금해져서 그를 찾아가 보기로 마음먹었다.

점쟁이 앵거스 맥도널드는 별 볼 일 없는 예언가들이 으레 그렇듯이 덩치가 크고, 우락부락한 인상이었다. 그가 해미시를 들이기 전에 샅샅이 훑어보는 눈길을 던졌다. 선물을 들고 왔는지 보는 것이었다. 마을 사람들은 위스키 한 병이든 케이크든 대개 뭐든 들고 왔다.

"빈손이에요." 그를 따라 작은 거실로 들어서며 해미시가 말했다. "저는 점을 보러 온 게 아닙니다. 그저 영감님이 왜 제시 아줌마한테 이혼한 어부랑 결혼할 거라는 말을 했는지 알고 싶을 뿐이에요."

"내 눈으로 봤으니까." 앵거스가 성난 목소리로 말했다. "지어낸 얘기가 아니야."

"왜 이러세요, 이 양반아. 딴 사람도 아니고 제시란 말입니다!"

"그러게, 그게 내가 본 거라고."

"가십거리를 만들어 보겠다, 그러기에는 참 허접스럽기도 하군요."

"어쩌면 그게 자네가 바라는 것일지도 모르겠군, 해미시."

"어째서죠?"

"사람들이 자네와 자네 여자를 두고 수군거리는 걸 멈춰 줬으면 하니까."

"당신은 늙어 빠진 사기꾼이에요. 늙어 빠진 사기꾼. 늘 그렇게 생각했죠."

"순경은 지금 자넬 좋아하는 사람이 아무도 없는 것 같으니까 성질이 나 있는 거야. 저기 웰링턴 부인이 오는군."

해미시는 놀란 마음에 펄쩍 일어섰다. 그는 목사의 아내가 우렁우렁하게 부르는 소리를 듣지 못한 척하며 전광석화처럼 언덕을 달려 내려갔다.

"저 인간," 펑퍼짐한 웰링턴 부인이 안락의자에 털썩 내려앉았다. "저치 떠나는 꼴을 본다면 반가울 텐데."

"어디 간답니까?" 앵거스가 물었다.

"여기 오기 전에 브로디 부인을 만났어요. 부인이 그러는데, 해미시가 스캐그로 휴가를 갈까 생각 중이라고 하더군요."

"아, 그렇군요." 앵거스가 말했다. "제가 뭐 도와 드릴 일이라도, 웰링턴 부인?"

"제시 커리 일 말인데요. 그건 진짜일 수가 없어요." 그녀의 눈이 날카로워졌다. "당신이 어디서 무슨 말을 들었다면 몰라도."

"제 눈에는 이런저런 게 보입니다."

"당신은 내가 아는 그 누구보다도 가십이라면 많이 듣고 살죠." 웰링턴 부인이 날카롭게 받아쳤다. "직접 만든 과일 케이크를 가져왔어요. 저기 조리대 위에 뒀어요. 있잖아요, 잡화점의 파텔 씨가 아치 매클레인이 제시 커리와 얘기하는 걸 봤다고 하던데요. 그리고 저쪽 반대편 해안에서 아내가 자기한테로 오는 걸 보고는 줄행랑을 쳤다고 하지 뭐예요."

"저는 드릴 말이 없네요." 앵거스가 알쏭달쏭하게 말했다. "하지만 차나 한잔 마시면서 케이크를 맛보시지요."

토요일 아침 일찍 해미시 맥베스는 경찰서 문에 문의는 시 노선의 맥그리거 경사에게 해 달라는 안내문을 내다 걸었다. 그는 랜드로버 경찰차를 차고에 넣고 문을 잠근 다음에, 타우저에게 목줄을 채우고 짐 가방을 들었다. 그때 경찰서 전화가 울리기 시작했다. 그는 마을의 누군가가 휴가 잘 다녀오라는 말을 해 주길 바라는 마음으로 전화를 받기로 했다.

수화기 건너편에서 점쟁이의 목소리가 들려왔다. "나라면 스캐그에는 가지 않겠소, 해미시."

해미시는 미신적인 공포가 무시무시하게 밀려드는 것을 느졌다.

"왜요?"

"내 눈에 죽음이 보이거든. 죽음이 보이고 곤란에 처한 자네가 보여, 해미시 맥베스."

"영감님 헛소리나 듣고 있을 시간 없네요." 해미시는 날카롭게 쏘아붙이고는 수화기를 내려놓았다.

전화선 건너편에서 앵거스는 수화기를 내려놓는 소리를 듣고서는 미소를 지었다. 나를 사기꾼이라고 했겠다, 해미시 맥베스? 뜨거운 맛을 봐야지!

해미시는 경찰서를 나서, 보너 다리로 가는 버스를 타러 항구 끝으로 갔다. 보너 다리에서 인버네스로 가는 버스를 잡아타고, 인버네스에서 버스를 몇 번 갈아타고 스캐그로 갈 생각이었다.

으레 그렇듯이 버스는 늦었다. 20분이 늦었다. 승객은 해미시가 유일했다. 그는 기사인 피터 던위디가 속도 제한을 어기는 구실로 삼으려고 일부러 버스를 늦게 출발시키는 것이 아닐까 하는 의문에 종종 빠졌다. 심지어 경찰이 탔는데도 마찬가지였다. 버스가 로흐두에서 돌진해 빠져나가는 사이에 해미시는 손잡이를 꼭 붙잡고, 타우저는 버스 바닥에 납작 엎드렸다. 버스는 로흐두를 벗어나 보너 다리로 가는 급커브 길들을 괴성을 지르며 내달리기 시작했다. 해미시는 로흐두와 그곳의 모든 주민들이 뒤로 멀어져 가는 사이에 마음의 짐이 가벼워지기를 기대했다. 하지만 이상하게도 가슴을 잡아 끄는 슬픔이 느껴졌다. 그의 기분을 알기라도 하듯 날은 잿빛이었다. 마치 일본 판화처럼 풍경에서 모든 색깔이 빠져나가 있었다. 해미시는 날씨가 다시 좋아지기를 바라는 마음이 들었다. 스코틀랜드에서 휴가를 보내다니, 굳이 이렇게 좁은 구석을 고집하지 말았어야 했을지도 모른다. 스코틀랜드가 언제 확실하게 화창한 날씨를 보여 준 적이, 수영을 해도 될 만큼 물이 따뜻한 적이 있었던가?

스캐그에 다다랐을 무렵에 그는 그곳까지 걸어서 간 것 같은 피곤함을 느꼈다. 그는 프렌들리 하우스로 가는 길을 묻고서 발걸음을 옮겼다. 마을에서 3킬로미터 남짓 떨어진 외곽에 있는 그 집은 정확히 해안에 있다고 할 수는 없었다. 북해로부터 400미터쯤 떨어진 곳, 모래 언덕들 뒤에 프렌들리 하우스가 자리 잡고 있었다.

희미하게 스위스의 샬레* 같은 분위기가 묻어나기도 하는, 오래된 빅토리아식 주택이었다. 무늬가 새겨진 발코니에 파란색 덧문이 달려 있었다. 그는 손목시계를 보았다. 5시 반이었다. 티타임이 6시라고 했다.

---

*스위스 산간 지방의 지붕이 뾰족한 목조 주택이다.

그는 갖가지 관광 안내서들을 올려 둔 사이드테이블과 먼지 쌓인 팜파스그라스를 꽂아 둔 커다란 놋쇠 항아리, 조각된 의자, 웰링턴 부츠 여러 켤레가 놓인 어둑한 복도에 들어섰다. 그가 벽에 달린 벨을 누르자, 벽 뒤의 문이 열리더니 몸집이 두툼하고 건장한 남자가 그를 향해 다가왔다. 금발에 환한 파란 눈 그리고 희한하게도 피부가 도자기처럼 맨질거렸다. 50대로 보였다.

"우리 손님 맥베스 씨지요?" 그가 기운차게 말했다. "저는 로저스입니다, 해리 로저스. 손님은 여기서 아주 행복한 한 가족을 보게 될 겁니다. 위로 올라가십시다. 손님과 손님 강아지에게 방을 보여 드리죠."

방에는 전화기나 텔레비전 같은 현대적 사치품이라고는 눈을 씻고 찾아봐도 없었다. 하지만 침대는 편안해 보였고, 창문 너머로 북해의 잿빛 수평선이 보였다. "욕실은 복도 끝에 있습니다. 보시다시피 세면대는 저쪽 구석에 있고요. 차는 6시에 나옵니다. 저녁 식사라고 할 것은 아니고요. 멋진 옛날식 하이티* 시간이죠."

해미시가 감사 인사를 전했고, 로저스 씨는 방을 나갔다. 먼 거리를 걸어온 탓에 지쳐 빠진 타우저가 침대로 기어 올라가

---

* 오후 5시 반쯤에 홍차를 마시는 티타임을 일컫는다.

눈을 감았다. 해미시는 서둘러 짐을 풀고 그릇 하나를 꺼내 타우저에게 줄 물을 채운 뒤 캔 사료와 캔따개와 그릇 하나를 더 꺼냈다. 그는 그릇에 개 먹이를 채우고는 바닥에 놓은 물 옆에다 놓았다. 해미시가 버릇을 나쁘게 들인 탓에 타우저는 개 사료를 좋아하지 않았다. 하지만 휴가 동안에는 어쩔 수 없이 참고 견뎌야 했다. 물론 간식거리로 차가운 햄을 좀 사 줄 수는 있겠지만 말이다. 타우저는 차가운 햄이라면 사족을 못 썼다. 해미시는 청바지와 체크무늬 셔츠로 갈아입고, 타이를 맬지 말지 고민하다가 매지 않기로 마음을 정하고 아래층으로 내려가 '식당'이라고 표시된 문을 열었다. 새처럼 생긴 자그마한 여인이 그를 두 팔 벌려 환영했다. 로저스 부인이었다. "맥베스 씨, 손님 테이블은 여기예요…… 거너리 양과 함께 앉으세요."

해미시는 거너리 양에게 목례를 하고서 자리에 앉았다. 다른 사람들은 이미 전부 자리를 잡고 앉아 있었다. 로저스 씨가 나타나서 한 사람 한 사람 소개했다. 해미시의 경찰 정신이 잽싸게 가동해 모든 이름을 새겨 두었고, 예리한 눈은 손님들의 외양을 파악했다.

테이블 건너편에 앉은 거너리 양은 이 현대적인 시대에도 노처녀임을 부르짖는 외양을 하고 있었다. 엄격한 얼굴에는 금테 안경이 씌워져 있고, 입은 덫 같은 모양이었다. 납작한 가슴에, 날씨가 이렇게나 습한데도 하얀 블라우스에 녹색 트위드 정장을 입고 있었다.

옆 테이블에는 중년 남자가 아내와 함께 앉아 있었는데, 해리스 부부라고 했다. 여자는 말끔하게 파마를 한 갈색 머리에, 이목구비는 단정하고 오밀조밀했고, 모직 스웨터 위에 카디건을 걸치고 검은색 치마를 입고 있었다. 남편은 잿빛 머리에, 눈은 크고 부리부리했고, 코는 주먹코였다. 셔츠 맨 위 단추를 풀고, 최신 유행의 검은색 가죽 재킷과 청바지를 입고 있었다. 사라져 가는 청춘을 놓지 않으려고 몸부림치는 지친 비즈니스맨이 입을 법한 복장이었다.

그들 뒤에는 브렛 부부와 자녀인 헤더와 캘럼, 피오나가 앉아 있었다. 각각 일곱 살, 네 살, 세 살이었다. 브렛 씨는 통통하고 태도가 느긋한 남자로, 안경을 썼으며 유순한 바보 같은 인상을 풍겼다. 부인은 어여쁜 얼굴에, 머리는 붉은색으로 염색을 하고, 눈썹은 아이브로 펜슬로 그린 상태였다. 지나간 유행으로 눈썹을 뽑아 버렸거나 아니면 원래 눈썹이 빠졌거나 없는 채로 태어났는지도 모른다고 해미시는 생각했다. 아치 모양의 눈썹이 계속 놀라 있는 듯한 인상을 주었다.

창가 쪽 테이블에는 트레이시 핑크와 셰릴 갬블이라는 이름의 여자 둘이 앉아 있었다. 두 사람 다 글래스고에서 왔고, 머리칼 군데군데 햇살 같은 색이 섞여 있었는데, 물론 햇빛에 그렇게 된 것이 아니라 염색약 덕분이었다. 또 둘 다 백지장처럼 파리한 얼굴에 화장을 두텁게 했고, 옷도 똑같았다. 검은색과 하얀색의 줄무늬 스웨터에, 발등 부분에 끈이 달린 검은색 스키 바지를 입고, 더러운 운동화를 신고 있었다. 가장 구석에는 한 남자가 테이블을 혼자 차지하고 있었다. 그의 이름은 앤드루 비거였다. 그는 흰머리가 군데군데 섞인 숱 많은 갈색 머리에, 그을린 얼굴, 작고 영리한 눈에 기다랗고 익살맞은 입을 가지고 있었다.

하이티 시간은 보통 차가운 햄으로 이루어진 주요리 하나와 샐러드와 칩이 나오고 홍차로 마무리되었다. 이 유명한 스코틀랜드식 식사는 요즘에는 거의 제공되지 않는 것이 되어 있었다. 각 테이블 한복판에는 케이크용 3단 트레이가 놓여 있었다. 가장 아래 접시에는 버터를 바른 얇은 흰 식빵, 다음 층에는 스콘과 티케이크가 놓였고, 꼭대기에는 모조 크림을 채운 케이크가 색색의 아이싱으로 어지러이 뒤덮여 있었다.

"멋진 날이네요." 해미시가 말이나 붙여 볼 요량으로 거너리 양에게 말했다. 스코틀랜드에서는 얼어붙게 춥거나 비가 쏟아붓지 않으면 '멋진 날'로 명명되기 때문이다.

그녀의 눈이 안경 너머로 그를 톡 쏘아보았다. "그런가요? 제 생각엔 축축하고 구름 덮인 흐린 날 같은데요."

해미시는 짓뭉개진 침묵 속으로 도로 내려앉았다. 오지 말

걸 그랬다는 생각이 들었다. 다른 테이블들에서 대화가 이루어지는 중에 해리스 씨의 목소리가 튀어 올랐다. 최신 유행의 가죽 재킷을 입은 그가 해미시의 주의를 끌었다.

"있잖아, 이 휴가는 당신 생각이었다고, 도리스." 그가 말했다.

"난 홍차가 약간 연하다는 말을 했을 뿐이에요." 그의 아내가 반박했다.

"언제나 흠을 잡아내는 거, 그게 당신 문제야." 해리스 씨가 말했다. "운동을 더 하고 위장 생각은 좀 덜 하면 나처럼 몸매가 잡힐 텐데 말이야."

"난 그저 말한—"

"말했지, 말했어." 그가 조롱을 보내고는 방 안을 둘러보았다. "당신하고 어울리는 여자들이 있네. 트집 잡기 선수들 말이야."

"밥, 제발." 아내가 소곤거렸다.

"제발 뭐?"

"알잖아요." 그녀가 우려하는 눈으로 식당 안을 둘러보았다. "사람들이 다 듣잖아요."

"들으라지. 나는 당신처럼 이런저런 사소한 걱정에 사로잡혀 사는 교외의 그저 그런 인간이 아니야." 그의 목소리가 높은 가성으로 올라갔다. "이웃들이 어떻게 생각할지나 걱정하고 있지는 않는다고."

거기에서 끝이 아니었다. 그는 쉬지 않고 주절댔다.

절제하고 자제한다는 자부심을 풍기는 엄격한 거너리 양이 결국은 건너편에 앉은 껑충한 붉은 머리 남자에게 입을 열고야 말았다. "저 작자 잔소리꾼이네요."

"그러네요, 최악의 부류예요." 해미시가 맞장구를 치고는 미소를 지었다. 그 미소에 거너리 양이 한결 누그러졌다. "해리스 부인 말이 맞아요." 그녀가 말했다. "차가 입맛 떨어지도록 묽잖아요. 햄은 지방 덩어리가 대부분이고, 케이크는 극도로 불쾌해 보이고. 여기 싸구려네요……"

"스캐그 마을에 피시앤드칩스라도 파는 가게가 있을지 모르겠어요." 해미시가 희망을 품고 말했다. "이따가 거기까지 걸어가 볼까 싶어요. 제 개가 피시앤드칩스를 좋아하거든요."

"아, 개가 있어요? 종이 뭔가요?"

"타우저는 별게 다 섞인 놈이랍니다."

거너리 양이 흥미를 보였다. "타우저! 요즘 세상에 개한테 타우저라는 이름을 붙이는 사람이 있을 거라고는 생각하지 못했는데요. 더 따지고 들자면 로버도 그렇고."

"약간 장난처럼 시작된 거예요, 그 이름을 지어 준 건요. 그러다 저 가여운 놈은 그 이름에 꼼짝없이 매이고 말았죠."

"직업이 뭔가요, 맥베스 씨?"

잔소리꾼의 목소리가 잠깐 끊겼다. 식당 안에 침묵이 감돌았다. "저는 공무원입니다." 해미시가 말했다. 그는 사람들에게 경찰임을 밝히기 싫어했는데, 사람들이 좋아서는 그에게서 떨어져 나가기 때문이었다. 게다가 일단 공무원이라고 하면 너무 따분하게 들리는 나머지, 아무도 그에게 어떤 공무원인지, 어떤 기관에서 일하는지 물을 생각도 하지 않는다는 것도 경험으로 알게 된 터였다.

"나는 교사예요." 거너리 양이 말했다. "지금은 은퇴했죠. 스캐그에는 처음 와 보네요. 알뜰하게 휴가를 보내기에 안성맞춤인 기회 같았는데 말이에요."

"언제 오셨나요?"

"오늘요. 다른 사람들도 그렇고요. 우리 모두 새로운 투숙객이에요."

로저스 씨와 아내가 테이블 사이를 맴돌면서 식사를 다 끝마친 것처럼 보이는 손님의 접시를 낚아채 갔다.

"복도 저쪽 휴게실에 텔레비전이 있습니다." 로저스 씨가 알렸다. 그의 아내는 먹지 않은 케이크들을 커다란 플라스틱 박스에 조심스럽게 넣어 쌌다. 해미시가 제대로 짐작한 대로, 그 케이크들은 다 먹어 치우거나 상할 지경이 될 때까지 다음 여러 날 동안 계속 나왔다.

투숙객들은 휴게실로 자리를 옮겼다. 밥 해리스는 아내를 물고 늘어지는 걸 잠깐 멈춘 터였다. 하지만 앤드루 비거가 도리스 해리스에게 어떤 프로그램을 보고 싶으냐고 질문하는 실수를 저지르고 말았다.

"〈코로네이션 스트리트〉가 곧 시작할 거예요." 도리스가 수줍게 대답했다. "다른 분들도 괜찮으시다면 그걸 보고 싶네요."

찬성한다는 사람들의 웅얼거림 사이를 그녀 남편의 목소리가 갈랐다. "드라마에 대한 당신 애착을 다른 사람들에게도 당연히 전파시키고 싶겠지. 그런 허섭스레기 같은 걸 어떻게 볼수나 있는 건지 나로서는 상상도 안 가지만."

해미시가 텔레비전 세트로 걸어가 〈코로네이션 스트리트〉를 방영하는 채널을 찾아 음량을 높였다. "저도 〈코로네이션 스트리트〉 좋아합니다." 그는 도리스에게 거짓말을 했다. "늘 챙겨 보죠."

그는 거너리 양 옆에 앉았다. 방송이 흘러나오는 내내 잔소리꾼의 목소리가 들려왔다. 그는 등장인물들을 조롱하고 야유했다. 해미시는 한숨을 내쉬고서 방 안을 둘러보았다. 텔레비전 앞에 의자들이 반원형으로 놓여 있었다. 막아 둔 벽난로 앞에는 전기난로가 놓여 있었다. 다 해진 페이퍼백들이 꽂혀있는 책장도 있었는데, 말할 것도 없이 전에 들렀던 손님들이놔두고 간 것이었다. 로저스 부부는 책을 사다 놓기에는 너무도 인색한 사람들이리라. 의자들은 긁힌 자국이 있는 천이 씌워져 있었고, 바닥에는 다 바래 가는 노란색 꽃들이 새겨진 닳은 녹색 카펫이 깔려 있었다. 벽에는 갖가지 칙칙한 그림이 걸려 있었다. 하일랜드 안개에 휩싸인 하일랜드의 소 떼, 모두를 내려다보는 빅토리아 시대 여인의 음산한 사진 같은 것들이었다. 저 여인이 아마도 이 집의 첫 주인이었을 것이라고, 해미시는 생각했다.

해미시는 해리스 부인을 위해 드라마를 끝까지 보았다. 드라마가 끝나자 그가 자리에서 일어서 거너리 양에게 말했다. "저는 마을까지 개를 데리고 산책을 가려고 합니다. 피시앤드칩스 식당이 있는지도 보고요. 함께 가시겠어요?"

"피시앤드칩스는 먹지 않아요." 거너리 양이 혐오스럽다는 양 위엄 있게 밝혔다.

몇 달간 해미시의 마음속에서 형성된 못된 성미가 고개를 또 들었다. "그러니까 우리가 티타임 때 먹었던 상류층 똥 덩어리가 더 좋으시단 말이죠?"

그의 가벼운 하일랜드 목소리에 경멸의 기미가 담겼고, 거너리 양의 얼굴이 붉어졌다. "내가 바보처럼 굴었군요." 그녀가 일어섰다. "산책 즐겁겠네요."

해미시는 타우저를 데리러 올라갔다. 내려오니 복도에는 거너리 양뿐만 아니라 모든 손님들이 기다리고 있었다. 해리스 부부만 빼고 다.

그들은 "우리도 함께 가기로 했어요" 같은 말 따위는 하지 않았다. 산책에 끌려 나가는 고분고분한 아이들처럼 경찰 뒤에 줄을 설 뿐이었다.

브렛 씨가 모두를 제치고 침묵을 깼다. "바다에서 돌을 던지면 날아올 정도로 가까운 거리라더니." 그가 큰 소리로 말했다. "이만한 거리에서 돌을 던지려면 팔 힘이 보통 세서는 안 되겠어요."

"피시앤드칩스 식당이 있는 게 확실해요, 지미?" 셰릴이 물었다. 그녀는 글래스고에서 왔고, 글래스고에서는 모든 사람이 지미라고 불렸다. 혹은 그 사람들끼리 하는 얘기를 들어 보면 그런 것 같았다.

"저도 모릅니다." 해미시가 말했다. "펍 같은 데서 뭘 팔지도 모르죠."

"배고파 죽겠어요." 타우저를 쓰다듬느라 몸을 굽혔던 트레이시가 실토했다. "트럭 사이에 말을 끼워 만든 샌드위치라고 해도 먹을 수 있을 지경이에요."

셰릴이 장난스럽게 트레이시의 등을 찰싹 때렸고, 두 여자는 깔깔거렸다.

"가여운 해리스 부인이 같이 가지 못하다니 안타깝네요." 앤드루 비거가 말했다. "무슨 재미가 있을지 모르겠어요. 당신

혹시 군인입니까, 맥베스 씨?"

"해미시입니다. 해미시라고 불러 주시는 게 좋습니다. 아닙니다, 앤드루. 저는 공무원이에요. 왜 군인이라고 생각하셨죠?"

"처음 봤을 때 당신이 평상시에 제복을 입는 사람일 거라는 생각이 들었어요. 잘못 짚었군요. 내가 군인이다 보니. 강제 퇴역을 당했죠."

"아, 그 지독한 인원 감축." 거너리 양이 안됐다는 듯이 말했다. "우리는 러시아와 또다시 전쟁을 치르게 되겠죠."

"그런 말씀 마세요." 이름이 준인 브렛 부인이 말했다. 남편 더모트가 말을 받았다. "그렇지 않아도 시작이 형편없는데. 그 해리스라는 남자는 총이나 맞아야 돼요."

"그 말 다시 해 봐." 예상대로 준이 되받아쳤고, 부부는 자기들만 이해하는 죽여주는 농담에 배꼽을 잡고 웃어 댔다.

"이 휴가에서 살아남을 수 있을지 모르겠군요." 거너리 양이 해미시에게 웅얼거렸다.

"아이고." 기분이 좀 나아지기 시작하던 해미시가 말했다. "그냥 어지간히 괜찮은 사람들인 것 같고, 또 공통의 적개심만큼 사람들을 결속시켜 주는 것도 없지요." 해미시는 그 공통의 적개심이 어떻게 로흐두 마을 사람들이 자신에게서 등을 돌리게 했는지 기억해 내며 움찔했다.

"해리스를 말하는 거겠네요." 거너리 양이 말했다. "하지만 그 사람 목소리는 도무지 그칠 줄을 모르고, 여긴 그다지 넓은 곳이 아니죠."

그들은 이윽고 스캐그 마을에 다다랐다. 석조 집들이 열 지어 서 있고, 한쪽에 있는 집 몇몇은 지붕에 이엉이 얹혀 있었다. 그 집들 한편으로 스캐그강江이 흐르고 다른 편에는 북해가 광활하게 펼쳐져 있었다. 주도로는 자갈이 깔려 있었지만, 작은 옆길들은 포장이 되어 있지 않았고 하얀 모래가 솟아올라 작은 소용돌이로 춤을 추며 온 사방에 흩날렸다. "날이 맑게 개네요." 해미시가 말했다. "저기 좀 보세요. 파란 하늘이 한 조각 보여요."

그들은 항구 쪽으로 가서 가장자리에 섰다. 파도가 들어오면서 물이 아래의 목조 기둥들을 게걸스럽게 빨아 댔다. 엄청난 양의 해초가 솟아올랐다가 떨어져 내렸다. 해초 위로 덮개 같은 잿빛 구름이 뒤로 물러나며 환한 햇빛이 내리쬐었다.

해미시가 공기 냄새를 킁킁 맡았다. "피시앤드칩스 냄새가 나는데요. 저쪽에서요."

사람들이 그를 따라나섰고, 작은 피시앤드칩스 가게가 나타났다. 해미시는 해변에서 먹자고 제안했다.

사람들은 음식물 꾸러미를 챙긴 다음, 작은 정박지에 요트들이 매여 있는 항구 반대편을 지나쳤다. 돛 뒤로 바람이 윙윙거리며 솟아올라 돛이 텅텅거리는 소리를 냈다. 요트 정박지를 굽어보는 곳에 너저분한 카페가 하나 있었다. 아직까지 영업 중이었지만 손님은 없었다. 어두운 실내에서 슬롯머신 불빛이 깜빡거렸다.

카페 뒤쪽으로 이어지는 길에는 녹슬어도 너무 녹슨 차와 냉장고들, 소파와 부서진 테이블들이 버려져 나뒹굴었다. 쓰레기 더미는 조약돌이 깔린 길까지 이어지고, 조약돌이 끝나는 곳에서 하얀 해변이 기다랗게 시작되었다.

"개 버릇을 망쳐 놓는군요." 해미시가 타우저 앞에 종이 상자에 담긴 생선을 저녁으로 내놓는 모습을 보며 거너리 양이 말했다.

해미시는 대꾸하지 않았다. 그도 그 사실을 알았지만, 누가 그걸 지적하는 것은 좋아하지 않았다.

"도리스 같은 여자가 왜 그런 멍청이 같은 작자와 결혼을 했을까요?" 앤드루 비거가 질문을 던졌다.

준 브렛이 남편의 두툼한 가슴을 팔꿈치로 장난스럽게 찔렀다. "결혼하기 전에는 누구나 다 성인聖人이죠. 결혼한 후에야 짐승 같은 본색이 나오잖아요."

더모트 브렛이 그녀에게 으르렁거렸고, 그녀는 즐거움에 꽥 소리를 질렀다. 얼굴만 보고는 알 수 없는 거군, 해미시는 생각했다. 준은 입을 열지 않을 때는 꽤 예쁘고 쌀쌀맞아 보였지만, 입을 열면 세상 상냥한 여인으로 탈바꿈했다. 브렛네 아이들은 물가에서 모래성을 만들었다. 아이들은 놀랍도록 행동거지가 발랐다. 일곱 살짜리 헤더는 남동생과 아장거리는 피오나를 돌보고, 피오나가 물에 들어가지 않게 단속을 했다. 리본 같은 하얀 모래가 아래쪽의 더 단단하고 젖은 모래 더미를 꿈틀거리며 덮치고, 이윽고 귀신같이 윙윙거리는 소리가 났다. "저게 뭐지?" 셰릴이 트레이시를 꼭 붙들며 소리 질렀다.

"노래하는 모래요." 해미시가 말했다. "여기에 노래하는 모래가 있다는 얘기를 들었던 게 기억나는데, 잊고 있었네요."

"으스스하네요." 거너리 양이 말했다. "아닌 게 아니라 이곳 전체가 좀 이상해요. 여긴 이맘때쯤엔 날이 지지를 않는다면서요, 해미시?"

그도 아닌 게 아니라 이곳이 으스스하다고 생각하며 고개를 절레절레 흔들었다. 해변 뒤편의 조약돌 둑과 그 뒤로 펼쳐진 평평한 땅 때문인지 이곳은 나머지 세상에서 잘려 나간 느낌을 풍겼다. 해미시는 점쟁이의 예언을 기억하고 몸서리를 쳤지만, 이내 이성을 되찾았다. 앵거스는 해미시가 휴가를 간다는 소문을 듣고 자기를 사기꾼이라고 부른 데 대한 앙갚음을 하려고 죽음과 곤경이 닥칠 것이라고 떠벌린 것이다.

거너리 양이 사람들이 먹었던 피시앤드칩스 포장지를 하나 하나 조심스럽게 모으고 있는데, 더모트 브렛의 말소리가 해미시 귀에 들렸다. "그 사람 더 나빠졌어."

"누구 말입니까?" 앤드루가 모래 속에서 조개껍데기를 는적는적 긁어내며 물었다.

"밥 해리스요."

"그 사람을 아십니까?" 해미시가 물었다.

"네, 작년에도 여기 왔었거든요."

거너리 양이 종이 포장지를 모으던 손길을 멈추었다. "그러니까 작년에도 여기 묵었는데, 또 왔단 말이죠!"

"주인이 바뀌었어요." 더모트 브렛이 말했다. "원래 할머니 두 분이 운영하던 곳이었어요. 좋은 차가 나왔었죠. 하지만 민박집치고는 가격이 꽤 셌어요. 우리는 다시 올 생각이 아니었죠. 어린아이 세 명을 다시 데리고 오는 게 보통 일은 아니니까요. 그런데 준이 싼 가격으로 바뀐 광고를 본 거예요. 하지만 광고에는 운영하는 사람이 바뀌었다는 말은 일언반구도 없었어요."

"주인 할머니들에게 무슨 일이 생긴 겁니까?" 호기심이 몹시 발동한 해미시가 물었다.

"블레인 자매였는데, 미혼이었죠. 로저스가 그러는데, 스캐그에 자기들이 살 작은 집 한 채를 장만했답니다. 찾을 수 있다면 한번 찾아가 볼 텐데 말이죠."

"그러니까 해리스가 지금은 더 나빠졌다는 건가요?" 해미시가 집요하게 물었다.

"작년에도 만만치 않았어요. 하지만 그러다가 말다가 하는 정도였죠. 이번처럼 내내 이러지는 않았다고요. 내일이면 좀 가라앉을지 누가 또 아나요. 도리스는 우리와 함께 오고 싶어 했지만, 당신이 개를 데리러 올라갔을 때 해리스가 그녀에게 밥도 먹어 놓고 피시앤드칩스에 멀쩡한 돈을 낭비하느니 뭐니 노발대발했어요."

브렛네 아이들이 즐거워하며 지르는 소리가 들려왔다. 헤더가 세 살짜리 피오나를 타우저의 등에 태운 것이다. 타우저는 당황한 표정으로 참을성 있게 서서 해미시 쪽으로 도움을 청하는 빛으로 눈알을 굴리고 있었다.

"놔주렴." 해미시가 외쳤다. 헤더가 타우저의 등에서 고분고분하게 피오나를 들어 올렸고, 타우저는 느릿느릿 해변을 걸어와 숨을 헐떡이며 해미시의 발밑에 누웠다.

"애들 재울 시간이네요." 준이 말했다. "하루 종일 기차를 탔으니까요."

"멀리서 오셨습니까?" 해미시가 물었다.

"런던에서요."

더모트가 일어나서 바지에서 모래를 털어 냈다. 그는 아이들에게 걸어가서 피오나를 번쩍 올려 어깨에 태웠다. 준이 그에게 따라붙었고, 브렛 가족은 민박집 방향으로 출발했다.

"참 보기 좋은 가족이네요." 조약돌 둑 건너편에 있는 쓰레기통에 쓰레기를 버리고 돌아온 거너리 양이 말했다. "우리도 돌아가는 게 좋겠어요."

"스캐그의 불타는 밤은 어쩌고요?" 셰릴이 키득거렸다. "저하고 트레이시는 술 한잔하고 싶은데요."

"나이가 몇 살이죠?" 거너리 양이 엄하게 물었다.

셰릴이 긴 금발을 뒤로 넘겼다. "술 마셔도 되는 나이요." 그녀가 말했다. 몹시 진하게 화장한 그녀의 눈이 해미시에게 추파를 던졌다. "그럼요, 뭘 해도 될 만큼 먹었지. 안 그래, 트레이시?"

"당근이지." 트레이시가 되지도 않는 미국식 억양을 흉내 내며 말했다. "그러니까 펍까지 그냥 슬렁슬렁 가 보는 건 어때요?"

"여기까지 와서도 맥주를 벗어날 수 없다니." 앤드루가 말했다. "하지만 한잔 마시죠. 당신은 어떻게 할래요, 해미시?"

"타우저를 들여보내 준다면요."

"개하고 결혼했나 봐!" 셰릴이 꽥꽥거렸다.

해미시의 갸름하고 섬세한 얼굴이 화가 나서 붉어졌다. 그는 자기 개에게 품는 애정을 민망해했고, 때로는 타우저의 누렁이 같은, 잡종견 티가 나는 모습이 창피하기도 했다.

"우리 모두 한잔이 필요하겠네요." 앤드루가 재빨리 말했다. "가요, 해미시."

해미시는 심술을 부리고 싶은 마음에 불쑥 사로잡혔다. 하지만 거너리 양이 나섰다. "항구 근처에서 펍을 하나 봤어요. 퍽 예뻐 보이던데. 나도 한번 가 볼까 봐요." 그녀가 일어서는 해미시의 팔에다 자신의 앙상한 팔을 꼈고, 일행은 출발했다.

지붕에 이엉을 이은 예쁜 펍에는 문가에 꽃이 가득 담긴 항아리가 있었다. 스코틀랜드라기보다는 잉글랜드 느낌의 펍이랄까. 하지만 안에 들어가 보니 플라스틱 인테리어 천지고, 여느 스코틀랜드 술집처럼 음울했다. 한쪽에서 주크박스가 포효하고 있고, 여드름투성이 얼간이가 더없이 단조롭고 규칙적인 동작으로 슬롯머신을 작동하고 있었다. 동전을 집어넣는 그의 입이 헤벌쭉 벌어져 있었다. 해미시는 바깥에 테이블과 의자들이 놓여 있는 것을 보고 술을 그곳에 가져가 마시자고 제안했다. 셰릴과 트레이시는 럼콕을, 거너리 양은 진토닉, 앤드루는 맥주를 마셨다. 해미시는 위스키 한 잔과 타우저 몫으로 감자 칩 한 봉지를 샀다.

"내일 여기에 축제가 열린다고 하네요." 해미시가 말했다. "사이드쇼고 별거 별거 다 한답니다. 술집 벽에서 포스터를 봤어요."

"축제 마당이 보이지 않던데요." 앤드루가 말했다.

"정말 한답니다." 해미시가 말했다. 하일랜드 집시 같은 말투였다. "중세 시대의 군대처럼 밤에 오고, 다음 날 다들 모인대요."

그들은 술을 다 마시고 느긋하게 민박집으로 돌아왔다. 셰릴과 트레이시가 해미시 맥베스의 주의를 끌려고 경쟁하면서 그의 팔짱을 하나씩 끼고 걸었고, 거너리 양과 앤드루가 그 뒤를 따랐다.

민박집에 도착한 다음, 해미시는 휴게실의 책장에서 페이퍼백 두어 권을 챙겨 계단을 올라 방으로 갔다.

그제야 그는 해리스 부부가 바로 옆방에 묵는 것을 알게 되었다. 밥 해리스의 목소리가 솟았다가 끊기다가 끝도 없이 이어졌고, 간혹가다 그의 아내가 훌쩍거리는 소리가 끼어들었다.

해미시는 옆방으로 가서 밥 해리스에게 입 좀 닥치라고 할까 고민했지만, 경찰인 그는 부부 문제에 끼어드는 것은 어리석은 짓임을 일찍이 터득한 터였다. 도리스는 아마도 그에게 벌컥 성을 내며 남편을 내버려 두라고 말할 것이었다.

아니면 그것이 게으른 해미시 맥베스가 스스로에게 한 말이었다.

제2장

성마른 성미는 나이가 든다고 해서
절대 부드러워지지 않는다.
날카로운 혀끝은
갈면 갈수록 더 예리해지기만 한다.

워싱턴 어빙

해미시는 아침 일찍 일어나 민박집 밖 아무도 없는 황량한 모래 언덕에서 타우저를 산책시켰다. 날은 흐리고 뜨듯하고 안개가 짙었다. 어디선가 무적霧笛이 멸종된 바다 괴물 같은 소리를 냈다. 성가시기 그지없는 스코틀랜드 모기 각다귀들이 떼로 몰려들었다. 해미시가 서부 해안에 남겨 두고 왔겠거니 뭣도 모르고 생각했던 놈들이었다. 그는 퇴치제를 찾으려고 본능적으로 셔츠 주머니를 만져 보았지만 거기에는 없었고, 짐 가방에 하나 챙겨 둔 것이 기억났다.

그는 방으로 돌아와 침대 아래에 넣어 둔 여행 가방을 꺼내 열었다. 그때 그는 누군가 여행 가방을 뒤졌음을 알게 되었다. 물건들이 딱히 흐트러져 있다거나 한 것은 아니었다. 그렇다기보다는 냄새랄까, 느낌, 누가 물건을 뒤졌다는 그런 느낌이었다. 가방에는 남아 있는 물건도 그다지 없었다. 거의 모든 짐을 풀어 놓은 것이다. 그는 가방 안쪽에 달린 옆 주머니에서 퇴치제를 찾아냈다. 가방에는 아직 서랍에 넣지 않은 책 몇 권과 스웨터 몇 벌이 있었다. 그리고 오, 세상에, 그의 경찰 신분증과 노트, 수갑이 있었다. 그는 웅크리고 앉았다. 그의 정신이 투숙객들을 분주하게 훑었다. 그는 타우저와 나갈 때 침실 문을 잠글 생각도 하지 않았다. 로저스 부부? 그저 단순히 캐기 좋아하는 마음 때문이었을까? 항의를 해 볼 수도 있었다. 큰 소리로 항의를 해 볼 수도 있었다. 하지만 실제 증거가 없었다. 그는 뒷주머니에서 열쇠를 꺼내 여행 가방을 잠그고 침대 밑에 다시 밀어 넣었다. 지금 와서 뭘 해 본다 한들 소용없는 짓이었다. 이 민박의 누군가가 이제 그가 경찰임을 알고 있다. 그는 오늘 자신에 대한 사람들의 반응을 살펴볼 작정이었다.

아침 식사에서 유일하게 좋았던 점은 밥 해리스가 입을 다물고 있다는 것뿐이었다. 음식은 형편없었다. 구운 해기스*와

---

* 양의 내장으로 순대와 유사하게 만든 스코틀랜드 음식이다.

물처럼 질질 흐르는 달걀, 마가린을 바른 딱딱하고 푸석푸석한 롤빵, 물을 탔다고 해도 믿을 만한 너무도 옅은 마멀레이드였다.

"저는 축제에 가려고요." 해미시가 거너리 양에게 말했다. "함께 가실래요?"

그녀가 미처 대답도 하기 전에 더모트 브렛이 다가왔다. "축제 가게요? 우리도 갈게요, 해미시. 애들도 데려가고요."

소곤거리는 것으로 보아 거너리 양은 실망한 기색이었다. "북적거리면서 다니는 거 질색인데요." 그녀로서는 실망스럽게도 다른 사람들도 따라붙었다. 해리스 부부만 빼고. 그들을 두고 스캐그 쪽으로 발을 떼는데, 뒤에서 달려오는 발소리에 사람들의 고개가 돌아갔다. 도리스 해리스가 그들을 따라잡으려고 뛰고 있었다. 얼굴이 상기되어 있었다.

"밥은 가고 싶지 않대요." 그녀가 숨을 몰아쉬며 말했다.

걷고 있자니 모두 어느새 새로 할 말을 찾느라 고심하고 있었다. 여태까지는 밥 해리스가 얼마나 못된 자식인지가 주된 대화거리였던 것이다. 너도 나도 빌려다 쓰는 바람에 해미시의 퇴치제가 점점 줄어들었다. 사람들은 쏘고 무는 각다귀를 잡느라 찰싹거렸다. "축제에 가서는 이놈들이 우리를 놓아주기를 기대해 봅시다." 해미시가 말했다. 보슬비가 내리기 시작한 터였다.

일행 위로 침울한 분위기가 내려앉고 있었다. 해미시는 도리스를 위해서라도 분위기를 밝게 만들어 보고 싶었다. 밥과 함께하는 인생만으로도 끔찍하기 이를 데 없을 그녀였다. 그녀는 이 작은 자유를 누려야 마땅했다. 그는 의지로 날씨를 바꾸기라도 할 것처럼 하늘을 빤히 올려다보았다. 뺨으로 산들바람이 속삭이며 스쳐 갔다. "기상 예보 들으신 분 있나요?" 그가 물었다.

"이따가 맑게 갠다고 하더군요." 앤드루가 말했다.

스캐그 외곽의 한 들판에 펼쳐진 축제 마당이 눈에 들어오자 아이들이 흥분해서 재잘거리기 시작했다.

해미시는 손목시계를 보았다. "먼저 무슨 차량과 시가행진이 마을을 지나간다고 합니다. 가서 그것부터 보죠."

그들이 한데 모여 촌스러운 장식 차량 행렬이 지나가는 모습을 보고 있는 사이에 빗줄기가 굵어졌다. 한 스코틀랜드 은행의 전통 재즈 밴드가 트럭 뒤에 올라타고 연주를 했다. 덕분에 천천히 지나가는 그들을 보면서 분위기가 잠깐 밝아졌다. 나머지 차량들에는 대체로 무언극을 하는 아이들이 타고 있었다. 내리는 비에 젖은 아이들의 얼굴에서 진득한 페인트가 흘러내렸다. 그다음으로 축제 퀸의 대관식이 이어졌다. 유독 못난 어린 소녀였다. 하지만 해미시가 알게 된바, 그녀는 펍 주인의 딸이었다. 펍 주인은 축제에 거액을 쾌척했다는데, 이

것으로 그녀가 선택된 이유가 설명이 되었다.

그들 모두 해미시와 함께 축제 마당으로 걸어갔다. 그들은 관광객들이 가이드를 바라보듯이 기대감에 차서 이따금씩 그를 바라보았다.

"알겠어요." 해미시가 말했다. "범퍼카 있는 데로 갑시다. 어때요, 거너리 양?"

"머더 콤플렉스인가 봐, 그거야." 셰릴이 트레이시에게 못마땅하다는 듯이 말했다. 하지만 해미시는 그녀의 조롱을 무시하고 넘어가기로 했다. 그들이 범퍼카에 올라타서 서로 소리를 지르며 부딪쳐 대고 하는 사이에 날씨가 맑게 변해 갔다. 도리스는 앤드루와, 해미시는 거너리 양과, 셰릴은 트레이시와 함께 차를 탔고, 더모트와 준은 막내를 무릎에 안고 타고, 다른 두 아이는 따로 차를 탔다. 잿빛이 바다로 다시 물러났다. 팬터마임에서 장면이 전환될 때 커튼이 홱 젖혀지듯이.

범퍼카를 타고 나서 해미시는 아이들에게 솜사탕을 사 주었고, 더 즐길 거리가 없는지 살펴보았다. 그는 '자신의' 작은 일행을 계속 즐겁게 해 주겠다는 각오로 뭉쳐져 있었다. 그는 다시 특유의 느긋한 행복감을 되찾아 가고 있는 기분이 들었고, 돌아온 그것을 잃고 싶지 않았다. 그리하여 사람들은 유령열차로 고분고분 그를 따라갔고, 그는 옆에 앉은 고지식한 거너리 양이 머리가 떨어져 나가라 지르는 소리를 듣는 기쁨과 즐거움을 맛보았다. 기차를 타고 나서 그녀가 후회하는 표정으로 그를 보았다. "난 이렇게 머리칼을 흐트러뜨리는 모습을 자주 보이는 사람이 아닌데 말이에요."

해미시는 윤기가 흐르는 그녀의 갈색 머리칼을 바라보았다. 꽁꽁 끌어모아 머리 꼭대기에 단단히 동여매져 있었다. "자주 그러셔야겠어요." 해미시가 말했다. "머릿결이 아름다우신데."

거너리 양이 어찌나 은은하게 타오르는 표정을 짓던지, 그는 그만 거북해져서 그녀에게서 떨어졌다. 하지만 그녀 곁을 떠나니 셰릴과 트레이시가 한마음으로 그에게 관심을 보이고 들었다. 그래서 그는 거너리 양 곁으로 돌아와 일행을 계속 이끌며 축제 마당 온 구석을 누볐다. 이윽고 더모트 브렛이 아이들이 아주 지쳤고, 티타임도 거의 다 되었다고 말했다. 그들은 핫도그와 솜사탕과 초콜릿으로 점심을 때운 터였는데, 민박집으로 돌아가면서 자신들을 기다리고 있을 티타임을 생각하자 입맛이 한층 더 가셨다.

브렛네 아이들은 튀긴 달팽이에서 구운 아기까지 끔찍한 메뉴를 상상하기 시작하더니, 킥킥거리다가 바닥을 구를 지경이 되었다. 도리스가 웃고 있었다. 그녀는 다른 여자가 된 것처럼 보였다. 해미시는 그녀가 더 젊었을 때는 퍽 예뻤을 것이라고 생각했다. 그녀 옆을 걷고 있는 앤드루 비거는 그녀와 함께 있어서 즐겁다는 표정을 짓고 있었다.

넌지시 그들을 보던 해미시는 불편한 마음이 들기 시작했다. 재앙을 불러 모으는 재료를 눈앞에서 바라보고 있는 느낌이었다. 잔뜩 짓밟힌 아내, 고약한 남편, 다정하고 괜찮은 남자, 이 모든 것을 섞으면 무엇이 나오겠는가? 살인, 머릿속의 목소리가 말했다.

그는 고개를 흔들어 그 생각을 떨쳐 냈다. 남편과 아내들이란 저 영국 제도 끝까지 미치도록 서로를 끝없이 괴롭히게 마련이지만, 그렇다고 서로 죽이지는 않는다. 혹은 모든 부부가 그러지는 않는다.

티타임의 주요리는 이것저것을 구운 것이었다. 작은 소시지 하나와 콩팥 하나, 토마토 하나, 피할 길이 없는 튀김 요리. 밥 해리스가 앉았는데, 그는 취해 있었다. 어찌나 취했던지 무슨 얘기를 하는지 구분할 수조차 없이 낮은 목소리로 칭얼거렸다. 해미시는 쏟아지는 그의 불평 속에서 도리스가 축제에 감으로써 그를 심하게 거역했다는 내용만 겨우 알아들을 수 있었다.

티타임이 끝나고 도리스가 일어서서 피곤하니 일찍 자겠다고 조용히 말했다. 사람들 모두 밥 해리스가 그녀를 따라가겠거니 예상했지만, 그는 사람들을 따라 휴게실로 왔다. 그즈음에는 형편없는 티타임 후에 사람들에게 그 불쾌한 심술을 풀어놓을 만큼은 술에서 깨어 있었다. 첫 번째 타깃은 앤드루 비거였다. "당신들 군인들은 다 똑같아." 그가 야유했다. "군대에 가는 유일한 이유란 게 민간인들의 생활에 적응하지 못해서이기 때문이지. 당신들은 누가 뭘 하라고 시켜야 움직일 수 있으니까."

책 한 권을 집어 들었던 앤드루가 책을 내려놓더니 차분하게 말했다. "그냥 입 닥쳐요."

일곱 살짜리 헤더가 겁먹은 웃음을 터뜨렸다. 밥의 불쾌한 눈이 아이에게 가서 멎었다. "네 문제는, 네가 완전히 버릇없는 애라는 거야." 그가 말했다.

"자, 그만하면 됐어요." 더모트가 항의했다. "올라가서 잠이나 자고 술 깨요."

"난 술 같은 건 아무렇지도 않다고." 밥이 흉포하게 받아쳤다. "그리고 누구 안전에서 건방을 떠는 거야. 내가 당신에 관해서라면 해 줄 수 있는 말이 아주 많아. 또—"

"아이들 데리고 올라가서 재우고, 이따위 일에선 벗어나야지." 준이 외치고는 어린 막내를 챙겨서 자리를 떴다. 다른 두 아이는 그녀의 뒤를 바짝 붙어 따라갔다.

"당신은 이제껏 내가 만난, 제일 고약한 남자 중 하나예요." 거너리 양이 말했다.

"당신 인생에서 만나 본 남자가 많을 수는 없을 것 같은데.

같이 잔 남자도 그렇고. 한 명이나 있으려나?" 밥이 조소를 날렸다. "당신은 내가 자곤 했던 나무토막 같던 늙은 프랑스어 선생을 떠올리게 한단 말이지. 당신은—"

그가 고통의 비명을 내질렀다. 해미시 맥베스가 그의 팔을 등 뒤로 꺾은 것이다. "주무시러 가시죠." 해미시가 유쾌하게 말했다. 그리고 문까지 해리스를 밀고 가서 팔을 풀고 그를 밀치고는 면전에서 문을 쾅 닫았다.

"이제 됐군요." 더모트와 앤드루, 거너리 양, 셰릴과 트레이시가 경외감에 젖어 바라보는 가운데 해미시가 말했다. 그는 창밖을 내다보았다. "태양이 아직 내리쬐고 있어요. 헤엄치러 갈 용기 있는 분?"

"가고 싶군요." 거너리 양이 좌중을 모두 놀라게 했다.

"우리가 무슨 옷을 입고 나타날지, 여러분은 지켜만 보시라고요." 셰릴이 외쳤다.

앤드루가 조용히 말했다. "도리스도 가고 싶어 할지 모르겠군요."

"나라면 가만히 있겠어요." 해미시가 재빨리 말했다.

하지만 모두, 즉 거너리 양과 해미시, 셰릴과 트레이시, 앤드루 비거가 홀에 다 모이자 도리스가 계단을 내려와 그들과 합류했다. 한 팔에는 커다란 비치 타월이 걸려 있었다.

"밥은 잠이 들었어요." 그녀가 말했다. "앤드루가 문밖에서 코 고는 소리를 듣고서 노크를 했고, 여러분이 해변에 간다고 말해 주었어요."

해미시는 앤드루와 도리스를 편치 않은 마음으로 바라보았다. 두 사람은 어울려도 너무 잘 어울렸다. 그는 자꾸만 다그쳐 드는 우려를 떨쳐 냈다.

일행은 숙소 앞 모래 언덕을 가로질러 항구에서부터 해변까지 쭉 이어진 조약돌 둑을 넘어 바람이 몰아치는 모래사장으로 내려갔다. 스코틀랜드의 태양치고는 몹시 따스했다.

사람들은 모두 옷 속에 수영복을 입고 있었다. 트레이시와 셰릴은 엉덩이가 끈으로만 된 비키니를 입고 있었다. 상어 배처럼 하얀 그들의 피부가 드러났다. 거너리 양은 수수한 원피스 수영복을 입고 있었다. 가슴은 납작했지만, 몸은 전체적으로 놀라울 만큼 잘 다듬어지고 탄탄한 근육질이었고, 다리도 길었다. 역시 원피스 수영복을 입은 도리스는 앤드루와 함께 바다로 달려가 뛰어들며 소리를 질렀다. "물이 완전 차요!"

차가운 하일랜드의 시내와 만에서 수영하는 데 익숙한 해미시에게 북해의 물은 제법 견딜 만했다. 하지만 다른 사람들은 일찌감치 손을 들고 물에서 나와 비치 타월을 두르고 한데 모였고, 해미시가 해변으로 다가오자 기대에 찬 아이들처럼 그에게로 몸을 돌렸다.

"아직 축제가 열리고 있지 않습니까?" 그가 말했다. "뭐 여러분 모두 축제에 질린 게 아니라면 말이죠."

그 말에 열정적인 환호가 돌아왔고, 그들은 옷을 갈아입으려고 민박집으로 돌아왔다. 비치백을 들고 죄의식으로 얼굴이 붉어져 있던 도리스가 거너리 양에게 옷을 갈아입게 방 좀 빌릴 수 있느냐고 물었다. "……밥을 깨우지 않으려고요."

그러마고 하는 거너리 양을 보면서 해미시는 또다시 불편한 감정이 들었다. 사람들이 모두 도리스와 앤드루 비거의 몹시도 위험한 로맨스를 부추기는 공모자들이 되어 가고 있는 듯 느껴진 탓이다.

브렛 가족이 휴게실에 앉아 있었다. 다른 사람들이 축제에 간다고 하자 그들은 아쉬운 표정을 지었지만, 그냥 남아서 아이들을 보는 게 좋겠다고 말했다.

사람들이 나가는 사이에 해미시는 어느새 밥 해리스에게 속으로 또 욕을 퍼붓고 있었다. 일반적으로 말하자면 그들은 전형적인 영국 휴가객들이어야 했다. 매사 절제되고 따로 놀며 서로에게 질려 있어야 했다. 하지만 한 트집쟁이에 대한 원한을 공유하면서 사람들은 급속도로 한데 뭉쳐졌다. 앤드루를 바라보는 도리스의 얼굴이 수줍게 빛나지만 않았다면 참으로 좋았을 것이었다.

해미시는 문득 이런 상황을 냉정하게 판단해 주었을 프리실라 할버턴스마이스가 가슴이 저리도록 그리워졌다. 하지만 그의 전 약혼자인 프리실라는 잉글랜드에 가 있었다. 떠나기 전 그녀는 그가 곁에 있어도 아주 아무렇지도 않고 편안해 보였다. 그녀가 그에게 한때 가졌던 감정이 무엇이었든 간에, 그것은 이제 다 사라져 버렸다. 해미시로서는 그녀에게 어떤 감정이 있기는 했는지조차 종종 의문이 들 정도였다. 그리고 내가 지금 뭘 하고 있는 거지? 해미시 맥베스는 궁금증에 잠겼다. 이 희한한 무리와 휴가를 보내고 있다니? 그는 타우저를 쓰다듬으려고 본능적으로 몸을 숙였다가 민박집에 두고 왔음을 기억해 냈다.

스캐그에 다가갈 무렵, 바람이 몰려와 하얀 모래가 윙윙거리며 그들 주위로 휘몰아쳤다. 몸을 피하게 해 줄 이런저런 축제 부스와 회전목마가 있어 다행스러웠다. 해미시는 사람들이 한곳에 모두 모이기를 기다렸다가, 마을도 좀 둘러보고 잠시 홀로 있으려고 조용히 일행에서 떨어져 나왔다. 그는 회전목마에서 흘러나오는 요란한 음악 소리가 뒤로 사라져 가는 가운데 축제 마당을 벗어났다. 이제는 점점 더 커져만 가는 바람이 이따금씩 그를 할퀴고 지나갔다. 좁은 거리들을 지나가면서 여기저기 구경하고 있노라니 어떤 집 앞에 달린 커다란 창문이 그의 눈에 들어왔다. 한때 상점이었던 곳이었다. 차들이 많아지고 인근 마을들에 값싸게 물건을 파는 슈퍼마켓이 생기기 이전 시절의 상점이었다. 지붕에 이엉이 얹힌 집들도 보였다. 스코틀랜드에서는 보기 드문 것이었는데, 스코틀랜드에서 이엉을 얹은 집은 굴뚝이 없는 블랙 하우스라고 부르는 것들밖에 없었다. 지붕에 히스를 얹은 이 집들은 이제는 박물관에나 있을 법한 것들이었다. 그렇다고 해서 건물들이 그렇게 오래된 것도 아니었다. 빅토리아 시대 후기쯤에 지어진 것으로 보였다. 그는 바깥에 '박물관'이라는 간판을 단 건물을 보고, 좀 둘러보려고 안으로 들어갔다.

어느 시점엔가 스캐그강과 북해 사이에 한 마을이 있었던 것 같았다. 누구나 기억하는 한은 그랬다. 하지만 1880년대에 수 주 동안이나 비가 퍼붓고 강풍이 불고 만조가 겹치는 바람에 어디가 강이고 어디가 바다인지 모르게 되고, 성난 홍수가 이 마을 전체를 집어삼켜 버리고 말았다. 마을은 몇 주 동안이나 물에 잠겨 있었다. 10년 후, 마을이 재건되고 다시 부흥했는데, 이번에는 스칸디나비아에서 엄청난 강풍이 몰아쳐 하얀 모래를 쏟아붓고 마을 전체를 뒤덮어 버리는 지경에 이르렀다. 집들이 파헤쳐진 뒤 사람들은 몇 킬로미터고 뻗어 있는, 스코틀랜드의 사하라가 된 하얀 모래 언덕들에서 모래가 몰아쳐 오지 않도록 강 건너편에 나무와 풀들을 심었다. 그는 그 마을의 역사를 담은 작은 책을 한 권 사 들고 유리 상자에 담긴 전시물들은 들여다볼 생각도 하지 않고 바깥으로 나왔다. 좁은 비포장길들은 텅 비어 있었다. 길들을 따라 구불구불한 모래 더미가 외계 생명체의 촉수처럼 펼쳐져 있었다. 이런 스코틀랜드 마을들의 문제는 모든 공동체적 삶이 다 사라져 버린 것이라고 해미시는 생각했다. 밤이면 차들이 마을 사람들을 싣고 마을의 환한 빛이 있는 곳으로 데려갔다. 마을 사람들은 종종 새로 유입되는 사람들이 마을의 삶을 망쳤다고 탓하곤 했지만, 사실 노인들마저 정처 없이 돌아다니게 하며 마을의 삶을 망쳐 놓은 것은 자동차였다. 시계를 되돌릴 길은 없었다.

해미시는 이내 자신이 저 옛날이 더 좋은 시절이었다는 식의 생각에 뒤죽박죽 빠져들고 있음을 느꼈다. 그리 오래지 않은 옛날에 스캐그는 폐쇄적인 어촌 사회였을 것이다. 억눌리고 어둡고 은밀한, 모든 것이 비밀로 감춰져 있었을지 모른다. 근친상간, 술, 폭력, 아동학대, 임신으로 인해 원하지 않는 남자와 억지로 결혼을 해야 했던 여자들, 이 모든 처참한 일이 가난 속에 살아야 한다는 공포에 묻혀 버렸을 것이다.

그리하여 이제 젊은 사람들은 조용한 스코틀랜드 마을들을 떠나고, 그 자리는 남쪽에서 유입되는 사람들로 채워졌다. 이들은 '삶의 질'을 찾으러 왔다고 주장했는데, 그 말인즉 현실에서 도망친 다른 모든 이주민들과 함께 시도 때도 없이 술에 취한다는 뜻이었다. 그러나 이 마을은 기이하고도 으스스한 매력으로 가득 찬 느낌이었다. 강에서 밀려드는 물소리와 거리를 휘감아 도는 알알한 하얀 모래의 속삭임으로 말이다. 아직 문을 연 상점이 하나 있었다. 당연히도 아시아인이 지키고 있는 가게였다. 스코틀랜드인이라면 장사가 아무리 죽을 쑨다고 해도 티타임이면 문을 닫았다. 상점은 신문과 사탕, 엽서, 장난감, 괴상한 살림살이를 팔았다. 그 옆에는 파리 패션스라는 이름의 옷가게가 있었는데, 원피스 두 벌이 쇼윈도에 늘어져 걸려 있었다. 120파운드에서 86파운드로 할인한다는 가격표가 각각 달려 있었다. 해미시는 이 옷들이 과연 팔리기는 할지 의문이 들었다. 하지만 예전에는 고상 떠는 사람들의 최후의 피난처가 찻집이었다면, 이제는 저런 옷가게들이 그 역할을 대신했다. 그래 보았자, 동네에서 아주 가깝고 손쉽게 갈 수 있는 곳에 값싼 옷이 널려 있다는 사실 때문에 몇 달 가지 못하겠지만. 이런 곳에서 일류 상점가의 패션을 그 가격으로 팔겠다는 것은 어리석기 짝이 없는 짓이었다.

스캐그에는 교회가 두 군데 있었다. 스코틀랜드 자유교회와 스코틀랜드 국교교회였다. 스코틀랜드 국교교회 밖에 포스터 한 장이 붙어 있었다. 반쯤 찢어진 포스터가 바람에 퍼덕였다. "삶은 부서지기 쉽다. 기도로 극복하라."

해미시가 포스터에서 눈길을 돌리는데 밥 해리스가 보였다. 그는 주도로 끝의 한 집에서 나오고 있었다. 걸음걸이를 보니 여전히 취해 있었다. 얼굴은 불콰했고, 득의만면했다. 방금 또 누군가의 인생을 끔찍하게 만들어 놓았겠군, 해미시는 생각했다. 그는 그곳에 누가 사는지 궁금했다. 그러다 문득 밥 해리스에 대해서라면 그 무엇도 더는 알고 싶지 않아졌다. 그가 고문했을지 모를 사람에 대해서도 알고 싶지 않았다. 그는 대신 항구로 발걸음을 돌렸고, 그곳에 이르러 차량 진입방지용 말뚝 위에 앉아 바다를 내려다보았다.

바람이 일순 멈추더니 만물이 더없이 잠잠해졌다. 그는 분명 조수가 바뀌는 때일 것이라고 생각했다. 전에도 본 적이 있는 현상이었다. 조수가 바뀌는 바로 그 순간에 자연은 숨을 죽인다. 지저귀는 새 한 마리 없고 모든 것이 기다리고 또 기다리는 것만 같다. 그러고는 마치 누군가 스위치를 올린 것처럼 모든 것이 다시 움직이기 시작한다. 당연하게도.

그는 일어서서 민박집으로 바로 돌아가 페이퍼백 두어 권을 챙겨서 타우저를 산책시키러 해변으로 나가기로 마음먹었다. 여행 가방을 뒤진 사람이 누구였을까 이따금씩 궁금해지기는 했으나, 아마도 로저스 부부였을 것이라고 생각하고 말았다. 저속한 호기심 그 이상도 아닌, 나쁠 것 없는 동기로 저지른 짓이라고 말이다.

다른 사람들에게 다시 합류하지 않았다는 데 불현듯 찌르는 듯한 죄책감이 느껴졌지만, 그는 자신이 그들과 아무 사이도 아니라는 사실을 엄하게 상기했다. 무슨 사이기는커녕 그들은 모르는 사람들이나 다름없는 데다, 그는 지금 경찰 임무를 수행 중인 것도 아니었다. 혹시 밥 해리스가 아내를 살해한다면 상관이 있게 되겠지만. 그리하여 그는 이런 냉담한 생각으로 마음을 가라앉히고서 민박집으로 성큼성큼 돌아가서 타우저와 책을 챙겨 스캐그 반대편 해변으로 길을 나섰다. 그는 편안해 보이는 구덩이를 하나 발견하고는 타우저를 발치에 둔 다음 책을 읽으려고 자리를 잡았다. 아주 어두워지지는 않을 날이었다. 새벽 1시쯤에 두 시간쯤 황혼이 뿌옇게 드리울 날이었다.

그는 터프한 미국 형사가 주인공인 이야기를 읽었다. 책의 주인공 형사는 사람들을 두들겨 패서 결과를 얻어 내는 경향이 있었다. 해미시는 대리만족적인 스릴을 느꼈다. 그가 같은 짓을 하려고 시도라도 했다가는 스캔들과 함께 별별 번거로운 절차가 그의 머리 위로 줄줄 떨어져 내릴 것이기 때문이었다. 이야기는 흡족한 결말로 맺어졌다. 형사가 한 창고에서 악당 놈들을 불태워 버리고 시청 앞 계단에서 환호하는 군중 앞에 시장으로부터 무공훈장을 받는 것으로. 미국은 분명 끝내주는 나라일 거야, 해미시는 꼬인 마음으로 생각했다. 이 이야기 중 무엇이라도 진짜라면 말이다. 그는 자신도 같은 짓을 한다면 무슨 일이 벌어질지 상상해 보았다. 상관들 앞에 끌려가서는 왜 지원 인력을 부르지 않고 단독으로 나쁜 놈들과 맞붙

었느냐, 왜 경찰차 세 대를 대파했느냐는 질문을 받을 것이다. 그리고 그 모든 것을 세 번쯤 적고 나면, 그가 왜 수십 억 달러 어치의 제품을 불태워 버렸느냐는 문제를 놓고 그 창고를 소유한 신사들과 그들의 보험회사와 면담이 있다는 얘기를 들을 것이다.

해미시는 흡족한 마음에 새어 나오는 한숨과 함께 자리에서 일어나 기지개를 켜고 해변을 따라 민박집으로 돌아왔다.

그는 다른 책을 또 읽으려는 기대를 품었지만, 옆방에서 밥 해리스가 아내를 들볶고 있었다. 그녀는 울고 있었다. 해미시는 티슈 몇 장을 휙 뽑아 귀마개를 만들어 끼우고 베개 밑에 머리를 묻고 잠에 빠져들었다.

해미시는 다음 날은 혼자서만 보낼 생각으로 가득 차 있었다. 하지만 아침을 먹으려고 식당에 들어서자 기대에 찬 눈들이 일제히 그에게로 쏠렸다. 도리스의 슬픈 얼굴을 보고서 그는 마음을 달리 먹었다. 그는 문득 도리스가 앤드루와 사랑에 빠졌는지 아닌지는 관심도 가지지 않았다. 그녀는 그 비참한 삶에 그나마 간직할 작은 행복을 얻은 것이었다.

"우리 오늘 뭐 해요, 해미시?" 셰릴이 높은 목소리로 물었다.

"당신네들 모두 빌어먹을 공무원 놈들이라면 질리도록 맛보았을 것이라고 생각했더니만." 밥 해리스가 으르렁거렸다. "하찮고 보잘것없는 관료주의자 놈들."

해미시는 그의 말을 무시했다. "어제저녁에 항구에 가 봤는데 여러분이 빌릴 만한 배와 낚시 도구가 있더군요. 낚시하고 싶은 분 없나요?"

밥만 빼고 모두 동의했다. 그가 비웃음을 날렸다. "낚시는 바보들이나 하는 짓이라고."

더모트 브렛이 아이들이 하루가 시작되기도 전부터 걷느라 너무 녹초가 되는 것은 바라지 않는다며 스캐그까지 차를 몰고 가겠다고 말했다. "타우저도 데려갈 거예요?" 헤더가 물었다.

"응." 해미시가 대답했다. "타우저는 배를 좋아하거든."

거너리 양이 자기도 차를 가져가겠다며 해미시에게 탈 것을 권유했다. 셰릴과 트레이시가 자신들도 태워 달라고 조르자 그녀는 이마를 찌푸렸지만, 마지못해 허락했다. 앤드루와 도리스는 아무 말도 하지 않았다. 해미시는 도리스가 기다리고 있음을 감지했다. 그녀는 자기도 이곳에서 벗어날 수 있기를 바라고 있었다.

그럼에도 사람들이 항구에 모두 모였을 때 앤드루가 자기 차에 도리스를 태우고 온 모습을 보고서 그는 놀랐다.

"밥은 어디 있어요?" 더모트가 물었다.

"오고 싶지 않대요." 도리스가 짤막하게 답했다.

그들은 항구 뒤편에 있는 한 창고로 갔고, 한 불친절한 남자가 대여가 된다며 낚시 도구를 가지고 나왔다. 그들은 각자의 몫을 나누어 냈다. 배는 크고 선실이 없는 형태였다. 날은 흐리고 잠잠했고, 물은 잔잔하고 번들거렸다.

배 주인인 제이미 맥퍼슨이 그들에게 오래된 구명조끼를 나누어 주었고, 용케 아이들을 위한 작은 구명조끼도 찾아 주었다. 그는 타우저를 태우지 않으려고 했지만, 일행이 그러면 낚시를 취소하겠다고 하자 손을 들었다.

그들은 해초로 미끈거리는 방파제 사다리를 내려가 배에 올라탔다. 해미시는 제이미가 마음에 들지 않았지만, 그가 유능한 것은 인정하지 않을 수 없었다. 그는 헤더와 캘럼을 위해 작은 낚싯대를 마련해 놓았고, 심지어 아장거리는 피오나에게까지 핀이 휜 작은 낚싯대를 주었다. 배는 북해를 단숨에 가르고 나가다가 멈추었고, 사람들은 낚싯줄을 준비하기 시작했다. 다양한 헛발질이 나왔다. 도리스는 해초 조각을 낚아 올렸고, 준 브렛은 낡아 빠진 신발 한 짝을 건져 올렸다.

날은 흐릿하고 느른했다. 갑자기 헤더가 불쑥 내뱉었다. "누가 해리스 씨를 죽여야 해요."

"더 이상 말하지 마, 아가씨." 그녀의 어머니가 날카롭게 말하며 도리스에게 미안하다는 눈길을 보냈다.

"밥을 죽이고 싶어 하는 사람은 한두 명이 아니지요." 도리스가 말했다. "아이에게 화내지 마세요."

"왜 그 아저씨하고 결혼했어요?" 헤더가 낭랑하게 지저귀는 목소리로 물었다.

"사람은 변한단다." 도리스가 한숨 위에 말을 얹었다.

"누구를 죽이는 건 쉬운 일이 아니야." 해미시가 말했다. 그는 이들 중 누가 자신의 가방을 뒤졌으며 그가 경찰임을 알고 있다는 걸 표정에 드러내지는 않을까 궁금했다.

앤드루가 웃음을 터뜨리더니 해미시가 두려워해 마지않던 질문을 던졌다. "어떤 공무원입니까, 해미시?"

"농수산부서입니다." 해미시는 거짓말을 했다.

"거기는 죽이고 싶은 사람 없습니까?"

"있다마다요." 해미시가 제 인생의 골칫덩어리인 블레어 경감을 떠올리며 말했다. "입이 시궁창 같은 덩치 큰 뚱땡이 글래스고 놈이 하나 있죠."

"난 최고의 살인은 피해자를 모르는 누군가가 저지른 것이라고 늘 생각했어요." 거너리 양이 말했다.

"세상에 좋은 살인이란 건 없습니다." 해미시가 꼭꼭 내리누르듯이 말했다. 흥분할 때면 늘 그렇듯이 하일랜드 억양에 치찰음이 강해졌다. "다른 사람의 목숨을 앗아 가는 일에는 좋은 점이 조금도 없다는 말입니다."

"그래도 나는 저 끔찍한 밥 해리스가 죽었으면 좋겠어요." 트레이시가 말했다.

"도리스 앞에서 그런 말 좀 말아 주십시오." 앤드루가 날카롭게 말했다.

"그놈 숨통이 끊어지는 걸 보면 도리스도 기쁠걸요." 셰릴이 응수했다.

"내가 읽었던 책에 외딴곳에 사는 못된 여자아이가 남아프리카 공화국의 희귀한 독약으로 죽는 얘기가 나와요." 헤더가 말했다.

"스캐그에서는 남아프리카 공화국의 희귀한 독을 손에 넣지 못할 거야." 해미시가 말했다. "살인은 대개 분노한 상태에서 일어나고 으스스하고 단순한 일이야. 머리를 내리친다든지, 계단 아래로 밀어 버린다든지, 욕조에 전기난로를 던져 넣는다든지, 등산하다 일어난 사고처럼 보이게 한다든지 하는 거."

"만약 그 아저씨가 우리랑 같이 왔다면요," 헤더가 열심히 말했다. "우리가 배 밖으로 밀어 버리고 사고였다고 말하면 되겠네요."

"저기 맥퍼슨 씨는 어쩌고?" 해미시가 키를 잡은 무뚝뚝한 남자를 엄지손가락으로 가리켰다.

"입 막을 돈을 줘야겠죠." 헤더가 말했다.

그녀의 어머니가 헤더에게 입 다물라고 날카롭게 야단을

쳤지만, 물고기들은 미끼를 물지 않았고, 어쩌다 보니 밥 해리스를 죽인다는 주제는 물러갈 기미가 보이지 않았다. 민박집 음식이 누구라도 죽일 만큼 형편없다고 거너리 양이 말하는 바람에 좌중에 웃음이 터졌고, 이 말이 발단이 되어 깨진 유리를 푸딩에 집어넣는 것부터 차에 비소를 타는 것까지 다양한 독살 방법에 대한 토론이 이어졌다.

배가 고등어 떼 사이를 지나가면서 물고기가 잡혀 올라오고, 흥분의 외침이 일행의 머릿속에서 살인 생각을 몰아내자 해미시는 안도했다. 항구로 돌아가면서 일행은 해미시에게 그가 티타임 때 직접 고등어를 요리하겠다고 로저스 부부에게 말하라며 청했고, 그는 민박집에 전화를 걸었다. 그들은 예의 펍에서 샌드위치를 먹고 나서 어획물을 가지고 민박집으로 돌아왔다. 해미시는 펍에서 그날 밤 스코틀랜드 국교교회에서 댄스파티가 열린다는 것을 알게 되었고, 모두 함께 가자고 제안했다. 더모트는 준이 하룻밤 즐길 수 있도록 아이들과 함께 집에 남아 있겠다고 했다. 그들은 이상적인 결혼 생활을 누리고 있는 것처럼 보였다.

해미시는 도리스가 함께 가지 못할 것이라고 예상했다. 하지만 사람들이 웃고 농담을 지껄이고, 고등어를 구운 해미시를 올해의 요리사로 뽑겠다고 선언하는 동안에도 밥 해리스는 나타나지 않았다.

사람들이 휴게실에 모여 누가 누구 차를 타고 갈지 정했다. 셰릴과 트레이시는 둘 다 매우 짧은 검은색 가죽 치마에, 매우 높은 하이힐을 신었다. 목이 움푹 팬 손바닥만 한 톱을 입고, 금발로 염색한 머리는 뒤로 빗어 넘겼다. 하지만 놀라운 건 거너리 양이었다. 그녀는 안경을 벗어 던졌고, 갈색 머리는 잘 빗어 굽실굽실 어깨로 내려뜨리고 있었다. 그녀는 단순한 하얀색 블라우스와 검은색 치마를 입었고, 굽이 그다지 높지 않은 힐을 신었지만, 전보다 부드럽고 연약해 보였다. 가느다란 줄이 달린 현란한 분홍색 드레스를 입고 인조 다이아몬드 목걸이를 건 준은 엄청나게 아름다웠다. 도리스 브렛은 브러시로 머리를 빗어 내렸고, 수수한 검은색 원피스를 입었다. 그녀는 몸매가 매우 좋았고, 해미시는 앤드루 비거도 그것을 알아보았다는 표정을 짓는 것을 알아채고 침울해졌다.

거너리 양이 안경 없이는 한 치 앞도 보이지 않는다며 해미시에게 자신의 차를 운전해 줄 수 있겠느냐고 물었다. 셰릴과 트레이시가 그들과 함께 갔다.

해미시는 교회의 댄스파티가 하일랜드식 춤을 비롯한 시골스러운 춤이 난무하는 사교 행사 비슷할 것이리라고 생각했다. 하지만 가 보니 영양 상태가 좋지 않은 깡마른 10대들로 가득 찬 디스코 파티였다. 식빵과 냉동식품을 먹으며 자란 아이들이었다. 스코틀랜드는 신선한 과일과 녹색 채소를 마다 하는, 세계에서 가장 나쁜 식단으로 영양을 섭취하는 곳이다. 스코틀랜드 사람들은 치아 상태가 좋지 않기로도 유명한데, 해미시는 몇몇 어린 10대 아이들이 벌써 의치를 한 것을 보았다. 낡은 생각이 여전히 위세를 떨치고 있었다. 치통이 생기면 이를 뽑아 버려라.

"난 저런 춤은 출 줄 몰라요." 거너리 양이 말했다. "무슨 데르비시*가 잔뜩 모인 것 같아요."

"아, 그냥 가서 몸을 내던져 봐요." 해미시가 상냥하게 말했다. "날 따라와요."

그의 긴 몸이 이리저리로 흔들리며 어정거렸다. 음악 박자와는 눈곱만치도 일치하지 않는 그의 움직임에 다른 사람들이 플로어로 몰려나왔다. 해미시가 스스로를 말도 안 되는 바보로 만들 수 있다면, 다른 사람들도 마찬가지로 할 수 있는 일이었다.

결과적으로 기분 좋은 밤이었다. 그들에게 말을 걸러 온 청소년들은 평범하고 상냥한 젊은이들이었다. 한 아이가 해미시에게 다가와 소곤거렸다. "저기요, 맥, 밖에 술이 있어요." 이 오래된 하일랜드 전통이 여전히 존재한다는 데 기쁨에 젖은 해미시는 그를 따라 바깥으로 나가 아이들 틈에 끼었다. 누

---

*극도의 금욕 생활을 서약하는 이슬람교의 한 분파로, 예배를 볼 때 그들이 추는 빠른 춤을 뜻하기도 한다.

군가 그에게 반쯤 남은 스카치병을 건넸고, 해미시는 한 모금 넉넉하게 들이켰다.

"이 마을에 아직 어린 사람들이 있는 걸 보니 좋네." 그가 말했다. "밤이면 다 도시로 나가 버릴 줄 알았더니."

"우린 우리대로 즐기고 있어." 대마초에 불을 붙이는 것으로 그것을 증명하며 한 아이가 말했다. "재미 좀 볼래요, 할배?"

30대인 해미시는 '할배'란 말은 듣지 못한 척 넘기고, 대마초 냄새도 무시했다. 그는 휴가 중이었고, 그 앞에서 누군가가 누군가를 죽이는 일이 일어나지 않는 이상 휴가가 끝날 때까지는 경찰 노릇을 할 의사가 없었다.

"나도 일행이 있어." 그가 상냥하게 말했다.

"윽, 그 사람들." 아이가 조소를 보냈다. "그러니까 그년 말이에요, 다리 벌려 주는 여자를 하나 찾아보라는 말이에요."

"아." 해미시는 그제야 이해가 되었다. "매춘부를 말하는 거겠지."

"네, 주도로 끝에 매기 심슨네요."

해미시는 그 집이 밥 해리스가 나온 집인지 문득 궁금해졌다. "오늘 밤은 말고." 그가 말했다. 그는 길을 건너 펍으로 가서 위스키 반 병을 사서 돌아와 아이들에게 돌렸다. 일을 하고 있는 아이는 단 한 명도 없었고, 하나같이 런던이나 글래스고에 가는 꿈을 꾸고 있었다. 그들은 나날의 지루함을 술과 마약, 비디오로 눅이고 있었다. 그랬지만 그들은 여전히 꽤 착한 아이들로 보였다. 한 세대나 두 세대 전쯤, 실업수당이 계속 술을 마실 수 있게 해 줄 만큼이 되기 전이라면 그들은 어부나 농부가 되어 일을 했을 것이다. 하지만 그들도 1세기 전의 여느 호사가 귀족들 못지않게 쾌락과 나태함의 노예가 되어 있었다.

교회에 돌아온 해미시는 거너리 양이 가죽옷을 차려입은 깡마른 아이 하나와 춤을 추는 굉장한 구경거리를 즐겁게 바라보았다. 거너리 양은 안경과 머리핀과 더불어 절제의 습관도 뒤에 두고 온 듯 보였다. 그녀는 몸을 흔들어 댔고, 가장 나은 아이들과 춤을 추었다. 홀의 어두운 한쪽 구석에서는 도리스와 앤드루가 나란히 앉아서 열심히 얘기를 나누고 있었다.

해미시는 준 브렛에게 춤을 추자고 데리고 나갔으나, 그녀는 '이런 현대적인 것'은 감당이 안 된다면서 해미시에게 디스코 비트에 폭스트롯을 추라고 고집 피우며 그의 주위를 사부작거렸다.

해미시는 절로 좋아지는 기분을 감출 수 없었다. 그는 자신의 노력으로 한 무리에게 행복한 휴가를 만들어 주고 있는 것이었다. 심지어 정말 별로인 셰릴과 트레이시에게조차. 그들은 굽이 매우 높은 하이힐을 신고 뻣뻣한 황새처럼 춤을 추었다. 가면을 쓴 듯 새하얀 화장과 보라색 아이섀도 아래 가려진 얼굴이 생기를 띠었다.

이것이 그들이 함께 보낸 최후의 행복한 밤이 될 것이라는 생각은 그의 마음속을 추호도 스쳐 가지 않았다. 밤이 가기 전에 그 자신이 살인으로 이어질 일련의 일을 촉발할 장본인이 될 거라는 생각도.

제3장

전쟁이란 모두 실수일 뿐이라네, 나의 친구 에릭.
호메로스의 시대에서부터 그랬지.

애덤 린제이 고든

민박집으로 돌아왔을 때 해미시는 도리스의 불안한 눈이 위층 창문으로 날아가는 모습을 보았다. 북부 지방 여름의 어둠을 대신하는 기이한 황혼 속으로 전기 불빛이 흘러나오고 있었다.

안에 들어서자, 해미시는 사람들에게 잘 자라는 인사를 하고 위층으로 올라갔다가 타우저를 데리고 나와 해변을 산책했다. 산책을 마치고 방에 돌아오기가 무섭게 밥 해리스의 목소리가 들렸다. 커다랗고 생생하게. "당신, 창녀처럼 입고서 대체 무슨 생각을 하고 다니는 거야? 그 지저분한 거 얼굴에서 지워. 창녀처럼 보여. 교회 안에서 춤을 춰? 돌았어? 내가 왜 너 같은 걸 참고 견뎌야 하는지 모르겠군. 당신이라면 아주 넌더리가 나. 나돌아 다니면서 남자들에게 추파를 던져 대지만, 아무도 당신을 안 알아봐 주겠지. 넌 먼지 같은 존재야. 늘 그랬어. 도대체 내가 왜 너하고 결혼했는지 하느님이나 아실려나!"

도리스가 훌쩍이며 무슨 말을 하더니 울기 시작했다.

잔소리꾼의 목소리가 계속 이어졌다. "어련하시려고. 당신은 비거란 자식이 당신한테 관심이 있다고 생각하겠지. 하지만 그자는 그냥 정중한 장교, 신사 노릇을 하고 있을 뿐이야. 그놈 결혼한 적이 한 번도 없을 거라고 내가 장담하지. 말해주자면, 남자 놈들과 하도 재미를 보느라 말이야."

그때 도리스의 목소리가 터져 나왔다. 새되고 반항적인 목소리였다. "그 사람 게이 아니에요! 당신 정말 끔찍해."

픽 치는 소리가 들리고, 도리스의 고통에 찬 울부짖음이 잇따랐다.

해미시는 생각할 겨를도 없이 옆방으로 달려가서 문을 두드려 댔다. 밥 해리스가 문을 열었다. 그의 얼굴은 술로 벌겠다.

"뭐요?" 그가 으르렁거렸다.

해미시가 외쳤다. "이봐요, 이 양반아. 난 지금 평화로운 밤을 보내려고 애쓰고 있어요. 아내를 들볶는 걸 그만두지 않으면 내가 당신을 죽일 거야, 이 나쁜 자식!"

보통은 부드러운 태도로 사람을 대하는 해미시의 귀에 고요한 집 안에서 울리는 자신의 목소리가 들려왔다. 귀를 기울이고 있는 이 집에.

"이 멀대 같은 자식이!" 밥 해리스가 해미시에게 주먹을 날렸다. 해미시는 그의 주먹을 막고서 그의 코에 정통으로 주먹을 먹였다.

"그냥 닥치라고요!" 해미시가 호령했다.

그는 방으로 돌아와 문을 쾅 닫았다.

으스스하기까지 한 정적이 민박집에 내려앉았다. 해미시는 어깨를 으쓱했다. 그는 나머지 휴가 기간 동안 이로써 잔소리꾼이 입을 닥치기를 바랐다.

날이 다시 밝아 오자, 프렌들리 하우스의 주민들이 잠에서 깨어났다. 로저스 씨가 하루의 첫 커피를 음미하며 아내에게 말했다. "지난밤에 그 소동 들었어?"

"그럼요." 로저스 부인이 말했다. "맥베스라는 친구가 해리스를 죽이겠다고 협박하는 소리를 들었지."

"누군가 그자를 죽여야 해." 로저스 씨는 좋지 않은 기분으로 커피를 저었다. 새로운 브랜드인데, 시중의 어느 제품보다

73

도 싸고, 커피콩이 아니라 민들레 뿌리로 만든 것 같은 맛이 났다. "자기 마누라가 다른 사람들과 함께 돌아오기 전에 저자가 나한테 뭐라고 했는지 알아?"

로저스 부인은 잠자코 있었다. 그녀는 밥 해리스가 자기 남편에게 한 말을 모조리 들었지만, 그랬다는 말을 해 봤자 그의 성을 돋울 뿐이었다. 나쁜 기억을 지닌 대부분의 남자들과 마찬가지로, 로저스 씨는 다른 사람 모두가 나쁜 기억인 사람이었고, 특히 그의 아내가 그 나쁜 기억과 함께하는 사람이었다.

"그자가 나한테 그러더군. '당신네 민박집 아주 싸구려 구두쇠라고 관광청에 신고할 거요. 음식이 형편없기 그지없어.' 믿어져? 뻔뻔한 놈 같으니! 여긴 가격으로 따지면 스코틀랜드에서 가장 싼 곳이라고. 도대체 뭘 바라는 거지, 샴페인과 캐비아?"

"그 사람은 어찌해 볼 도리가 없어요." 로저스 부인이 말했다.

로저스 씨가 사납게 커피를 저었다. "호, 없다고? 한번 두고 보자고."

"우리의 해미시가 출정을 했었죠?" 준이 피오나에게 옷을 입히며 더모트에게 물었다.

"밥을 어떻게 죽일지 말하고서 한 방 먹이는 것 같던데."

"해미시가 사람을 때리다니, 상상이 안 가. 아마 그 나쁜 놈이 그때 도리스를 때렸던 걸 거예요."

"해미시는 그놈을 죽이겠다고 말했어."

"나쁜 생각은 아니죠. 밥이 무슨 짓을 하겠다고 위협했는지 당신도 알잖아."

더모트는 창가로 가서 바깥을 내다보았다. 그의 통통한 얼굴이 근심으로 구겨졌다. "정말로 하겠다는 건 아니겠지, 준. 그렇겠지?"

"모르겠어요. 우리가 무슨 수로 그를 막겠어요?"

"어쩌면 해미시가 정말로 그를 죽일지도 몰라." 더모트가 듣기 싫은 웃음을 터뜨렸다. "그러면 우리의 문제가 싹 풀리겠지."

거너리 양과 앤드루, 셰릴과 트레이시가 아침 식사 자리에 가장 먼저 나타났다. 셰릴의 눈이 흥분으로 반짝거렸다. "저, 지난밤 일 어떻게 생각해요?"

"댄스파티 즐거웠어요." 거너리 양이 종이 냅킨을 도도하게 흔들며 말했다. 도착했던 날부터 나온 것과 똑같은 냅킨임을 알아보고 거너리 양이 이마를 찌푸렸다. 로저스 부부는 손님이 머무는 내내 종이 냅킨 한 장으로 때우게 하려는 것일까?

"댄스파티 얘기를 하는 게 아니잖아요. 그렇잖아, 트레이시?" 셰릴이 말했다. "해미시 얘기를 하는 거잖아요. 그 난리 들었어요?"

"나는 다른 사람들의 대화는 듣지 않아요." 거너리 양이 억압적인 투로 말했다.

"그게 어떻게 안 들릴 수가 있어요?" 트레이시가 지적했다. "먼저 밥이 앤드루가 게이라고 도리스에게 열을 내며 말했죠. 그다음에 해미시가 그에게 입 좀 다물라고 했고, 다음으로 해미시가 그를 죽이겠다고 하고 주먹이 날아가는 소리가 들렸는데."

"밥 해리스 같은 사람이 어떻게 용케도 이렇게까지 오래 살아 있는지 신기하네요." 거너리 양이 말했다. "맥베스 씨는 신사고, 이만저만한 도발이 아니었으면 그렇게 하지 않았을 거예요. 그렇게 생각하지 않나요, 비거 씨?"

앤드루가 읽고 있던 책에서 눈을 들었다. "제가 보기에는 좀 따분한 사람이에요." 그가 짧게 말했다. "하지만, 맞아요. 해리스는 한 방 먹여 줄 필요가 좀 있죠."

그들은 혼자 등장하는 밥 해리스를 보고서 입을 다물었다. 셰릴과 트레이시가 열렬한 흥미를 담은 눈길로 부어오른 그의 코를 바라보았다. 이윽고 해미시가 들어서며 명랑하게 말했다. "좋은 아침입니다." 그는 사방에 대고 말하고서는 자리를 잡았다.

그는 밥의 노려보는 눈길을 무시하려는 요량으로 거너리양과 대화를 시작하려고 했다. 그때 경찰관 두 명이 식당에 들어섰다. 그들 뒤로 도리스가 들어와 조용히 의자에 앉았다.

"해리스 씨?" 첫 번째 경찰이 주위를 둘러보며 말했다.

"납니다." 밥이 살기등등하게 말했다.

"저는 폴 크릭 순경입니다. 이 사람은 피터 에멋 순경이고요. 선생님께서 오늘 아침에 경찰서에 전화를 하셨죠?"

"맞습니다." 밥 해리스가 일어섰다. "이 남자, 해미시 맥베스를 고소하고 싶습니다. 폭행죄로요."

"맥베스 씨가 어느 분입니까?"

해미시도 일어섰다.

"자," 폴 크릭이 말했다. "두 신사분은 잠깐 바깥으로 나와 주셨으면 합니다."

"휴게실을 쓰셔도 됩니다." 로저스 씨가 말했다.

그는 복도를 가로질러 무리를 안내했다.

"무슨 일이 있었는지 말해 주십시오." 로저스 씨를 남겨 두고 휴게실 문을 닫은 후에 크릭이 말했다. "처음부터 시작하겠습니다. 성함이 로버트 해리스 씨가 맞죠?"

"그렇습니다."

"주소는요?"

"이브샴의 사우스 뷰들리로 엘름리어입니다."

"네, 우스터셔에 있는 곳 말이죠."

"맞습니다."

"직업은요?"

"이중창을 파는 세일즈맨입니다."

크릭이 해미시에게 옮겨 갔다. 해미시는 자신이 경찰이라고 말해야 한다는 것을 알았다. 그들은 아마 그를 경찰서로 데리고 갈 것이었다. 경찰은 다른 사람도 아닌 자기 사람, 즉 경찰이 어떤 경범죄에 휘말렸다는 생각만으로도 그 어떤 일반인에 대해서보다 더 엄격한 자세를 취하게 마련이었다.

문이 열리고, 그 자리에 도리스와 거너리 양이 서 있었다. "제 남편 얘기는 절대 듣지 마세요." 도리스가 말했다. "해미시는 자기방어를 한 거였어요. 제 남편이 그를 공격했으니까요."

"이 몹쓸 년!" 밥 해리스가 고함을 질렀다.

"제가 전부 다 들었어요. 다른 투숙객들도 들었고요." 거너리 양이 나섰다. "해리스 씨가 아내에게 고함을 쳐 대는 바람에 우리는 잠들지 못하고 계속 깨어 있었어요."

크릭이 해미시를 쳐다보았다. "이분 말이 사실입니까?"

"이 사람이 제게 주먹을 날리려고 했습니다." 해미시가 말했다. "맞습니다. 저는 정당방위였습니다." 사실은 이랬다. 그는 자기 자신의 주먹이 밥의 코에 맞닿았을 때 크나큰 만족감이 밀려오는 걸 느꼈다.

크릭이 수첩을 덮고서 밥에게로 돌아섰다. "고소를 계속 진행하시기에 앞서 말입니다, 선생님. 다른 사람도 아닌 선생님의 아내분이 법정에 서서 선생님의 잘못이라고 말한다면 이 사건으로 별 소득이 없으실 겁니다."

"다른 사람들도 그렇게 말할 겁니다." 거너리 양이 말했다.

"다들 지옥에나 가 버려." 밥 해리스가 고성을 질렀다. "당신들 스코틀랜드 경찰은 빌어먹게도 게을러 빠져서 말이야. 아무것도 수사를 하고 싶지 않은 거지."

"말조심하시는 게 좋겠습니다." 크릭이 맞받아쳤다. "고소를 진행하고 싶습니까, 아닙니까?"

"관둬요, 관둬." 밥이 자기 아내와 거너리 양을 밀치며 거칠게 방을 떠났다.

크릭과 에멋이 해미시에게로 돌아섰다. 그들은 경찰치고는 퍽 작은 편이고 둘 다 모래색 머리에 창백한 회색 눈동자인 것이, 놀랍도록 생김새가 비슷했다. "앞으로는 그렇게 쉽게 주먹 휘두르지 마십시오, 맥베스 씨." 크릭이 말했다.

경찰관들이 떠났다. "정말 감사하기 이를 데 없습니다." 해미시가 도리스에게 말했다. "하지만 남편분은 부인을 결코 용서하지 않을 겁니다."

"저를 절대로 용서하지 않는다, 절대로 용서하지 않는다."

도리스가 눈물이 어린 채로 말했다. "참, 그가 절대로 저를 용서하지 않을 일들의 기나긴 명부에 이것도 추가하면 되겠네요…… 제가 숨을 쉬고 있는 것도 그중 하나죠."

그녀는 거너리 양의 가녀린 어깨에 얼굴을 묻고 흐느끼기 시작했다.

해미시는 조용히 자리를 떴다. 그는 민박집 사람들에게 지쳤고, 로흐두 생각에 향수병이 일었다. 그는 아침 식사가 나오는 식당에 돌아가지 않고 타우저를 데리고 해변으로 나가 바다를 향해 침울하게 돌을 던졌다.

마침내 그는 돌아왔다. 민박집에 다 와 가는데, 도리스 해리스의 작은 형체가 스캐그 방향으로 서둘러 가는 모습이 보였다. 안으로 들어가는데, 민박집 안이 정적에 잠겨 있었다. 쥐새끼 소리 하나 나지 않았다. 그는 타우저를 방에 들이고 먹이 그릇과 새로 물을 담은 물그릇을 놔 주고는 다시 바깥으로 나왔다. 그리고 투숙객 누구라도 마주치지 않기 위해 경계를 게을리하지 않으며 스캐그로 향했다.

바깥에 중고 물건을 내놓고 파는 퀴퀴한 상점이 하나 보였다. 어떤 골동품 중개인도 원하지 않을 법한 물건이 쌓여 있는 가운데, 페이퍼백으로 가득 찬 나무 책꽂이가 하나가 있었다. 그는 책 두 권을 고르고, 마을을 벗어나 강굽이의 풀이 돋아난 둑으로 갔다. 해미시는 햇볕에 데워진 헛간 벽에 기대어 무시무시하게 불길한 기분을 떨쳐 내려고 책을 읽기 시작했다. 그 민박집에는 엄청나게 불붙기 쉬운 재료들이 모여 있었다. 험악한 일이 일어날 이유는 차고 넘쳤다. 날은 화창하고 쾌적했으며, 그는 독서에 완전히 몰입하여 티타임이 되었을 무렵에 책 두 권을 다 읽어 버렸다. 하지만 또 다른 고약한 티타임에 참석하자고 민박집에 가는 게 내키지 않아서, 피시앤드칩스를 파는 상점에 가서 한 박스를 산 다음 항구 방파제로 가 가만히 음식을 먹었다. 그제야 마음이 가라앉은 그는 타우저가 생각나기 시작했고, 이제 정말 돌아가서 타우저를 산책시켜야겠다는 생각이 들었다.

그는 음식 봉지를 구겨서 쓰레기통에 던져 버리고, 둑가를 걸으며 뒤로 물러나고 있는 바닷물을 바라보았다. 항구 방파제는 스캐그강이 북해로 흘러 나가는 바로 그 아래 지점까지 뻗어 있었다. 조수가 빠르게 약해지고 있었다. 조수가 낮은 곳 방파제 아랫부분이 말라 있었고, 강이 바다로 향하는 모래톱 사이를 흐르고 있었다.

그는 썰물을 한가로이 바라보았다. 하늘은 진줏빛이었고, 아름답고 조용한 늦은 오후였다. 고요한 공기 중에 아이들의 목소리가 들려오고, 머리 위를 갈매기들이 느릿느릿하게 선회했다.

해미시의 마음속에 밥 해리스가 불현듯 떠올랐고, 그 이상하고 불길한 기분이 다시금 돌아왔다.

그때 방파제 가장자리를 내다보니, 일그러진 얼굴이 해미시를 마주 보고 있었다. 그는 밥 해리스 생각을 하고, 밥 해리스에게 욕을 퍼붓고 있었다. 그래서 처음에는 그 끔찍한 남자가 제 마음속에 도장처럼 찍혀 버린 것이라고 생각했다. 그런데 물이 더 낮게 가라앉으면서 축 처진 머리칼이 떠오르다가 해초처럼 가라앉았다. 격노를 담은 창백한 눈이 자신을 희번덕 노려보고 있었다.

그는 목조 부두에 달린 사다리를 타고 내려가 밥 해리스의 몸을 물에서 끌어냈다. 해미시는 온갖 인공호흡법을 필사적으로 동원했지만, 소용없는 짓임을 알고 있었다. 밥 해리스는 빼도 박도 못하게 죽었으며, 죽은 지 몇 시간은 된 듯했다.

한 남자가 방파제 너머를 들여다보더니 그에게 뭐라고 외쳤다. 해미시는 그에게 경찰을 데려오라고 말했다.

해미시는 시신을 조심스럽게 돌려 뒤엎어 놓고서, 젖은 머리칼을 갈라 보았다. 누군가 그의 뒤통수를 호되게 가격했다. 해미시는 젖은 모래 위에 앉아 황망한 눈길로 빠져나가는 바닷물을 바라보았다. 밥이 술에 취해 바닷물에 빠진 것이란 희망은 남김없이 사라졌다. 살인이었다. 그러면서도 그는 자신이 틀릴 수도 있다고 생각했다. 어쩌면 해리스는 진짜 물에 떨어지면서 무언가에 머리를 부딪혔을 수도 있다. 하지만 주변에는 바위도 없었고, 방파제 잔교에는 피의 흔적도 보이지 않았다. 물론 그가 빠진 시간에 달려 있기는 했다. 조수가 높았고 그가 방파제 구조물의 어느 부분에 머리를 부딪혔다면, 그곳에 묻었거나 붙어 있었을 피나 머리칼은 물에 다 쓸려 나갔을 것이다.

요란하게 울부짖는 경찰차 사이렌 소리가 가까워졌다. 이제 해미시가 자기 직업을 감출 수 있는 희망은 사라졌다.

이내 그는 경찰들에게 둘러싸였고, 이내 감식반 사람들에게 둘러싸였으며, 이윽고 샌디 디컨이라는 이름의 경감이 도착했다. 의심에 가득 찬 눈을 한, 작고 족제비같이 생긴 남자였다. 해미시는 시신을 발견한 경위와 밥 해리스에 대한 질문에 차근차근 답했다. 그가 밥 해리스에 대해 아는 것은 없는 것이나 마찬가지였다. 그렇다. 해미시는 자기방어 차원에서 자신이 해리스에게 주먹을 날린 사람이라고 말했다.

"순경이 하기에는 별난 짓이군." 디컨이 차갑게 말했다. 해미시는 개를 산책시켜야 하니 민박집으로 돌아가게 해 달라고 부탁했다.

"아니, 안 될 말이지, 이 친구야." 디컨이 말했다. "경찰이고 아니고 간에 자네는 유력한 용의자라고!"

바로 인근 도시인 던가튼에서 온 디컨은 데이비엇 총경에게 건 전화 한 통으로 해미시 맥베스가 경사였다가 최근에 좌천됐음을 알게 되었다. 몸가짐 바르고 아름다운 숙녀와의 약혼을 최근에 깼으며, 퍽 별난 인물임도 알게 된 터였다.

그리하여 해미시는 앉아서 조바심을 쳤다. 마을 경찰서 사무실이 그의 '감옥'이자 살인 사건 수사실로 바뀌었다. 해미시는 그곳에 앉아 디컨과 조니 클레이라는 이름의 형사가 쏘아 대는 질문에 묵묵히 답을 해야 했다. 해미시는 혼자 하루를 보냈다는 말을 되풀이하고 또 되풀이했다. 그리고 그런 그를 목격한 사람은 아무도 없었다.

병리학자의 예비 보고서에는 밥 해리스가 머리에 타격을 입었다는 내용이 기입되었다. 무기는 떠다니는 나무, 즉 유목일 가능성이 있었다. 그의 두피에 바닷물에 씻긴 나뭇조각이 박혀 있었다. 해리스를 마지막으로 목격한 사람은 민박집 일행에게 낚시 장비를 빌려주었던 배 주인이었다. 밥 해리스는 방파제 끝에 서서 바다를 보고 있었다고 했다. 그 전에 그는 동네 펍에서 코가 삐뚤어지도록 술을 마시는 모습이 목격되었다. 배 주인인 제이미 맥퍼슨은 프렌들리 하우스의 투숙객 모두 입을 모아 밥의 살인을 모의했다는 흥미로운 정보도 제공했다.

해미시는 치솟는 화를 가라앉히려고 무던히 애썼다. 법을 어긴 편에 속하게 된 것은 이상하고 답답한 느낌을 주는 경험이었다. 그는 또 민박집 침실에 갇혀 있는 타우저도 걱정이 되었다. 아무리 보잘것없는 잡종견이지만, 타우저는 깨끗한 동물이었고 방에 실례를 하느니 참는 고통을 택할 개였다.

담배를 끊은 지가 꽤 되었지만, 해미시는 지금 담배 한 대가 이루 말할 수 없이 간절했다. 경찰서에서 밤새 붙잡아 두려는 모양인가 보다 하는 생각이 들던 참에 크릭이 문가에 얼굴을 내밀고서 디컨을 방 바깥으로 불러냈다.

디컨은 녹음기를 끄고서 밖으로 나갔다. 경사인 클레이가 무심하게 해미시를 바라보았다. 그때 문이 열리고 디컨이 고약한 말투로 말했다. "나가, 맥베스. 다음에는 한 숙녀의 명예를 보호한다는 명목으로 경찰의 시간을 뺏는 짓은 하지 말라고!"

해미시는 왜 풀려났는지 믿기지 않아 궁금한 마음으로 취조실을 나왔다. 그는 타우저와 함께 자신을 기다리고 있는 거너리 양을 선뜻 알아보지 못했다.

그녀는 몸에 붙는 원피스를 입고, 댄스파티가 있던 날 밤과 마찬가지로 머리카락을 어깨로 늘어뜨리고 있었다. 화장은 엄청나게 진했고, 하이힐을 신고 있었다.

"무슨 일이에요? 여기는 어쩐 일이에요?" 해미시가 물었다.

"아, 같이 가요, 자기." 그녀가 평소의 담백한 톤과는 퍽 다른 바보 같은 목소리를 냈다. "타우저가 산책 가재용."

해미시가 경찰서 정문으로 향하자 그녀가 속삭였다. "아뇨. 뒤쪽으로 나가요. 바깥에 기자들이 와 있어요. 내 차가 뒤에 있어요."

한 경찰이 그들을 위해 문을 열어 주었고, 그들은 짧은 복도를 지나 자그마한 마당으로 나왔다. "차에 타요." 거너리 양이 재촉했다. "집으로 가면서 얘기해 줄게요."

그녀는 속도를 내어 경찰서 바깥으로 나갔다. 언론사 카메라들이 눈을 멀게 할 지경으로 플래시를 터뜨려 댔고, 기자들이 차창을 두드려 댔지만, 그들은 곧 도로로 나왔다. "민박집 바깥에도 기자들이 와 있어요." 거너리 양이 말했다.

"그러니까 내가 왜 이렇게 금방 풀려난 거죠?" 해미시가 물었다.

"난 당신이 죽이지 않았다고 생각했어요. 그리고 경찰이 내게 질문을 하는 자리에서 살인은 오후 한중간에 일어난 게 분명하다는 것도 알게 되었죠. 그래서 나는…… 화내지 말아요…… 경찰에게 당신이 오후에 나와 함께 침대에서 시간을 보냈다고 말했어요."

"오, 이런 세상에." 해미시가 부르짖었다. "그럴 필요 없었어요. 조금도 그럴 필요가 없었다고요. 경찰은 나를 들볶기는 했겠지만, 그래도 나를 놔주었을 거란 말이에요."

"당신이 좋아할 줄 알았는데요." 그녀가 작은 소리로 말했다. "당신…… 당신, 경찰에게 내가 거짓말을 했다는 말을 하지 않을 거죠?"

"그래요, 하지 않을 거예요. 하지만 절대로 다시는 그런 짓 하지 마세요. 타우저는 어떻게 데리고 나왔어요?"

"로저스 씨네에게서 여벌 열쇠를 빌렸어요."

"하지만 당신이 나와 함께 있지 않았다는 걸 다른 사람들이 알 텐데요!"

"아니에요. 사람들 모두 다 어딘가로 나가 있었어요. 전부 다요. 심지어 로저스 부부도요. 티타임이 되어서야 모두 나타나서 경찰이 기다리고 있는 광경을 봤어요. 나는 심문을 기다리는 동안에 열쇠를 얻어서 가여운 타우저를 데리고 산책을 나갔고요."

"경찰이 그래도 된다고 했나요?"

"허가를 구한 건 아니에요. 나는 경찰이 앤드루를 심문하고 있을 때, 딱 그때 돌아왔어요. 내 차례가 되었을 때 나는 경찰에게 당신이 어디에 있는지 말해 주면 내가 어디에 있었는지 말하겠다고 했어요. 도리스가 제일 먼저 심문을 받았는데, 그녀가 당신이 해리스의 시신을 발견했다는 얘기를 해 주었거든요. 경찰들은 당신이 '수사 일로 경찰을 돕고' 있다고 말했어요. 그래서 더럭 조바심이 났죠. 밥이 경찰을 부른 게 바로 오늘 아침의 일이었으니까요. 경찰이 당신을 체포할 거라는 생각이 들더라고요. 그래서 서둘러 거짓말을 생각해 낸 거예요. 이 일이 조금도 보도되지 않았으면 좋겠는데, 그랬다가는 공무원인 당신이 직업을 잃게 될 수도 있잖아요."

"저는 행정 공무원이 아닙니다. 저는 서덜랜드 로흐두의 경찰입니다. 그 지역 경찰관이죠."

그녀가 민박집에서 떨어진 한 작은 길에 차를 세우고 그에게 고개를 돌렸다. 대시보드에서 흘러나오는 빛이 그녀의 안경에 비추어 반짝거렸다. 운전을 하려고 쓴 안경이었다. "당신이 뭐라고요?"

"경찰입니다."

"하지만 당신은 내가 만나 본 그 어떤 경찰과도 다른데요."

"경찰을 많이 만나 보셨습니까?"

"아니, 그런 건 아니지만……"

"경찰도 제각각이랍니다."

"그러니까 내가 거짓말을 할 필요가 조금도 없었다는 거네요?"

"제가 경찰이고, 지금 이 순간에 제 상관이 저를 마땅치 않아 한다는 이유로 그들이 나를 밤새 붙들어 두었을 수는 있죠. 하지만 경찰 수사에서는 정직한 게 언제나 최선이에요." 해미시는 본인이 했던 숱한 거짓말의 기억을 억누르며 말했다. 거너리 양이 클러치를 넣고 차를 출발시켰다. "기자들이 밖에 있어요." 전조등에 드러난 민박집 앞의 작은 무리를 보며 그녀가 말했다.

"대부분 이 지역 사람들이군요." 해미시가 전문가의 눈으로 그들을 훑어보며 한마디 했다.

"어떻게 알죠?"

"옷 입은 걸 보면 알아요. 이제 시작입니다. 그냥 최대한 상냥한 목소리로 '아직은 드릴 말씀 없습니다'라고만 말하세요."

그들은 기자들 행렬 사이를 황급히 달렸다. 에밋 순경이 문을 지키고 서 있었다. 그가 문을 열어 그들을 들어가게 해 주었다. 옆으로 비키는 그의 차가운 눈이 해미시를 조여 왔다.

그들은 휴게실 안을 들여다보았다. 나머지 사람들은 각자 방으로 돌아간 모양이었다.

해미시는 문득 몹시 지쳐 버렸다. 이게 무슨 휴가람! 그는 거너리 양에게 단호하게 밤 인사를 하고, 안도의 감정을 느끼며 그녀를 앞에 두고서 자기 방 문을 닫았다.

그는 침대에 앉아서 신을 벗기 시작했다. 그리고 한쪽 신을 반도 채 벗기 전에 거너리 양이 자신에게 알리바이를 주었으되, 자신도 그녀의 거짓말을 받아들이고 그대로 움직임으로써 그녀에게 아주 견고한 알리바이를 제공해 준 셈이 되었음을 불현듯 깨달았다.

그는 이 민박집 안의 누군가가 밥 해리스를 살해했음을 확신했다.

다음 날 아침에 식당으로 내려가자 셰릴과 트레이시가 있었다. 둘 다 화장을 아주 두껍게 하고 예의 그 짧은 가죽 치마와 가슴이 훤히 드러나는 톱을 입고 있었다.

"어디 파티에 가나 봐요?" 해미시가 물었다.

셰릴이 어깨를 으쓱했다. "저기 경찰이 그러는데, 기자들하고 말을 하면 안 된대요. 하지만 트레이시와 나는 신문에 우리 사진이 실리기를 바라거든요. 아침을 다 먹는 대로 바깥으로 나갈 거예요."

그때 앤드루가 식당으로 들어왔다. 밤새 잠을 이루지 못하고 뒤척인 것처럼 눈 아래로 다크서클이 내려와 있었다. 그가 앉기가 무섭게 도리스가 들어왔다. 그녀는 황량하고 텅 빈 눈으로 식당을 둘러보다가 약간 망설인 후에 앤드루가 앉아 있는 식탁으로 가서 합석했다. 그다음으로 브렛 가족이 왔다. 아이들은 눈을 휘둥그레 뜨고 주눅이 들어 있었다.

"당신 경찰이었더군요." 더모트가 해미시의 테이블에 멈추어 말했다. 질문이 아니라 사실 확인이었다.

"저 크릭이란 사람이 말해 줬어요. 그래서 이 일은 어쩔 셈이에요?"

"나는 휴가 중입니다. 그리고 여전히 나 자신이 용의자죠. 그러니 수사에 개입할 수 없습니다."

로저스 씨와 부인이 식당으로 들어와 튀긴 해기스와 덜 익은 달걀을 날랐다. "우리 중 누가 밥 해리스를 죽였을지도 모른다는 생각이 떠오르던가요?" 더모트가 끈질기게 물고 늘어졌다.

로저스 부인은 음식 접시 세 개를 들고 있었다. 접시 하나가 떨어져 쨍그랑 하고 깨졌다.

"이보세요." 해미시가 말했다. "그게 내가 이 사건을 두고 가장 먼저 생각한 거였어요. 하지만 생각해 봐요. 여기 우리 중 누구에게 밥 해리스를 살해할 이유가 있었을까요?" 모든 눈이 슬그머니 도리스에게로 향했다.

"그래요. 아내가 가장 첫 번째 용의자라는 거 압니다. 하지만 도리스가 정말로 밥을 죽이는 걸 본 사람 있습니까?"

앤드루의 단호한 목소리가 들려왔다. "그만해요, 해미시. 도리스는 이런 얘길 듣고 있지 않아도 충분히 버거워요."

해미시와 더모트가 사과의 말을 웅얼거렸다. 더모트는 준과 아이들에게 갔다. 로저스 부인이 엉망이 된 접시를 치우느라 종종거렸다. "여기 누군가는 해기스를 드시지 못하게 됐군요." 로저스 씨가 말했다.

"우리 모두 먹을 만한 아침 식사를 하면 좋겠군요." 해미시가 일어섰다. "제가 음식을 만들겠습니다."

"오늘 아침에는 아무도 주방에 들어가지 못합니다." 로저스 씨가 문가를 가로막으며 외쳤다.

"그렇다면 이제 때가 됐군요." 거너리 양이 말했다. "가요, 해미시. 내가 도울게요."

로저스 부부의 저항에도 그들은 로저스 부부가 내놓았던 음식을 챙겨서 주방으로 들어갔고, 쓰레기통에 음식을 쓸어 내 버렸다. 해미시는 냄비를 하나 꺼내 싱크대로 가져가서 꼼꼼하게 씻었다. 그는 스크램블드에그를 만들기 시작했고, 거너리 양은 토스트를 잔뜩 만들었다.

두 사람이 만든 아침 식사는 민박집 투숙객들이 먹어 본 최고의 아침 식사로 꼽혔고, 로저스 씨가 추가로 쓴 달걀값을 물어야 한다고 일장 연설을 펼치는데도 아무도 들은 체도 하지 않고 먹었다.

"저기 라디오 켭시다." 더모트가 말했다. "뉴스 좀 들읍시다."

해미시가 도리스를 근심스럽게 쳐다보았다. "괜찮으시겠어요?"

그녀는 고개를 끄덕였다. 앤드루가 손을 뻗어 그녀의 손을 잡고서 꾹 눌렀다.

해미시는 한쪽 구석에 있는 구식 라디오를 켰다. 해변에서 적들과 싸우는 군사들에 관한 처칠의 이야기를 이 집 저 집에서 듣는 광경이 나오는 다큐멘터리에나 등장할 법한 라디오였다. 라디오는 지지직거리다가 9시 뉴스 시간에 딱 맞춰 제대로 흘러나왔다. "경찰이 퍼스의 턴월로에 자리한 한 집의 정원에서 시체 세 구를 발견했습니다." 아나운서가 말했다. "집은 프랭크 더피라는 건축업자의 소유입니다. 경찰은 이 집에 통제선을 쳤고, 시민들에게 접근하지 말라고 호소하고 있습니다. 소식이 더 들어오는 대로 바로 보도해 드리겠습니다. IRA 군의 히스로 공항 공격이 좌절되었……" 뉴스는 계속되었지만, 밥 해리스 얘기는 한 마디도 나오지 않았다.

"경찰이 이 살인 사건에 대해 함구해 달라고 언론에 요청한 걸까요?" 더모트가 물었다.

해미시는 라디오를 끄고 다시 앉았다. "남자 하나가 머리를 맞고 바다에 떨어진 건 이 퍼스 살인 사건과 비교하면 아무것도 아닌 거죠. 어젯밤에 그렇게 많은 기자들이 모여든 유일한 이유는 이곳에 별다른 일이 없었기 때문입니다. 적어도 우리가 오늘은 평화롭고 조용하게 보낼 수 있다는 뜻은 되겠군요."

"뭐라고요?" 셰릴과 트레이시가 우스꽝스러우리만큼 실망한 기색으로 해미시를 바라보았다. "우린 어떻게 해요? 우리 사진이 신문에 실렸으면 좋겠는데." 셰릴이 창가로 가서 바깥을 내다보았다. "한 사람도 없네." 그녀가 기분이 상해서 말했다. "우린 새벽부터 일어나 준비했다고요."

"우리 모두 예의를 잃어버린 것 같군요." 거너리 양이 엄하게 말했다. "도리스, 우리가 아주 깊이 조의를 표하고 있다는 거 아시죠?" 이 말에 사람들은 부끄러워진 얼굴로 저마다 조의의 말을 중얼거렸다. 그렇다고는 해도 도리스를 안쓰럽게 여기기는 쉽지 않았다. 그녀는 이제 끔찍한 남편으로부터 해방된 것이다.

"경찰차가 막 도착했어요." 여전히 밖을 내다보고 있던 셰릴이 말했다.

잠시 시간이 흐르고 나서 식당 문이 열리고, 디컨이 들어섰다. "트레이시 핑크와 셰릴 갬블, 경찰서에 동행해 주시기를 부탁드리겠습니다."

"누명이에요. 우리한테 혐의를 뒤집어씌울 수는 없다고요." 셰릴이 말했다. 그녀는 글래스고의 집에 위성 텔레비전을 가지고 있었다.

"댄스파티에서 당신들이 사람을 죽이면 어떤 기분일까 궁금하다고 한 얘기를 들은 사람들이 있습니다." 디컨이 말했다. "따라오십시오. 두 분은 설명해 주셔야 할 게 아주 많습니다." 그가 이번에는 해미시를 향했다. "자네하고는 볼일이 조금도 끝나지 않았어. 여러분 모두 허가 없이 스캐그를 떠나시면 안 됩니다."

셰릴과 트레이시는 자신들은 무고하다고 항의하며 이끌려 나갔다.

"제 생각에는 모두 모여서 어제 오후에 각자 어디에 있었는지 얘기해 보면 서로 불편한 마음이 한결 덜어지지 않을까 싶은데요." 해미시가 침묵을 뚫고 말했다. "밥 해리스는 2시에 방파제에서 우리가 탔던 배 주인에게 목격되었다고 하는데, 30분 후에 봤더니 그때는 모습이 보이지 않았답니다. 휴게실로 가서 서로 그때 어디에 있었는지 전부 설명해 보면 어떨까 합니다."

"나는 도리스가 지금 이 순간에 겪을 만한 일은 다 겪었다고 생각하는데요." 앤드루가 항의했다.

하지만 도리스가 작은 목소리로 입을 열었다. "우리가 알아야 한다는 거 모르겠어요? 저는 괜찮아요."

그리하여 모두 휴게실로 가서 둥글게 모여 앉았다.

"도리스부터 먼저 시작하게 합시다. 그래서 짐을 덜어 주는 게 어떨까 합니다만." 해미시가 말했다.

도리스는 감정 없는 소리로 자신이 보낸 하루를 설명했다. "저는 제가 해미시 편을 들었다는 이유로 밥이 노발대발할 걸 알았어요. 너무도 겁이 났죠. 그에게 맞서 본 건 전에 없던 일이었거든요. 그래서 저는 그냥 도망을 쳐 버렸어요. 스캐그에는 가지 않았어요. 반대 방향 바닷가를 따라갔어요. 몇 킬로미터는 걸었죠. 점심을 전혀 먹지 못해서 이 민박집의 차라도 견딜 만하지 않을까 하는 생각이 들 정도로 배가 고팠어요. 언제가 됐든 밥을 마주해야 한다는 걸 알았고, 문득 끝내 버리고 싶다는 생각이 들었어요. 목격자가 있었느냐는 질문은 소용없어요. 아무도 없으니까요. 어제 저는 아무와도 마주치지 않았어요."

"이제 제가 하겠습니다." 앤드루가 말했다. "나는 도리스를 찾으러 다녔어요. 하지만 그녀가 스캐그에 갔을 거라고 생각했죠. 점심시간 무렵에 한 상점에 들어가서 소시지 롤과 오렌지 주스 한 통을 사서 바깥 벤치에 앉아 먹었어요. 이곳으로 돌아오기는 싫었어요. 한동안 혼자 있고 싶었죠. 가게 주인이 나를 기억할 겁니다. 하지만 살인은 그 후에 일어났죠. 나는 방파제 근처에는 가지 않았어요. 이곳이 정말 싫어지기 시작하던 참이었습니다. 내가 이곳에 온 유일한 이유는 싸기 때문이에요. 군대에서 강제 퇴역 당한 후에 위험하고 어리석은 사업에 많은 돈을 잃었거든요. 나는 스코틀랜드 오지의 너저분한 민박집에서 내가 뭐 하는 짓인가 생각하기 시작했습니다. 나는 해리스가 싫었어요. 그가 죽어서 기쁩니다. 하지만 나는 그를 죽이지 않았어요. 가게 주인 말고도 누군가 분명 나를 보았을 겁니다. 오후에는 스캐그에서 벗어나 도시 방향으로 걸어갔어요. 길에서 차들이 나를 지나쳤고, 살인이 일어났는지도 몰랐습니다. 자동차 번호판이나 뭐 그런 건 기억해 두지 않았어요. 그런데 스캐그의 대부분 사람들이 실업수당에 의지해 살고 있으니, 축제에 갔던 사람들 빼고 다른 사람들은 텔레비전 연속극을 보고 있었을 것 같네요. 내가 할 말은 이게 다입니다."

해미시가 더모트를 쳐다보았다. "여러분 가족 모두 어제 함께 있었습니까?"

"네, 우리는 스캐그로 가서 피크닉 할 거리를 사서 바닷가로 아이들을 데려갔습니다." 더모트가 말했다. "민박집 바로 근처 바닷가예요. 그곳에서 하루 종일 있었습니다."

해미시의 예리한 눈이 아이들이 얼마나 조용하고 꼼짝 않고 앉아 있는지 보았고, 준이 줄곧 바닥만 바라보고 있는 모습을 포착했다. 이자는 거짓말을 하고 있어, 그는 대번에 생각했다. 그 말을 내뱉는 대신에 그는 이렇게 말했다. "당신들을 본 사람이 있습니까?"

"로저스 씨가 우리를 봤을 수도 있겠네요. 그는 점심시간 직후에 집 밖으로 나와 차를 타고 스캐그 쪽으로 갔어요. 내가 쌍안경으로 봤어요."

"거너리 양은요?"

"저도 여러분과 마찬가지로 특별할 것 없는 하루를 보낸 것 같은데요." 교사가 말했다. "점심시간 후에 스캐그로 산책을 나갔어요. 점점 지루해졌죠. 마을에서 여러분 중 누구를 보겠거니 생각했어요. 찾아보다가 이곳으로 돌아와 내 방에 앉아 책을 읽었어요. 해미시, 당신이 돌아오지 않자 나는 당신 방의 열쇠를 받아서 타우저를 산책시키러 나간 거예요."

당연하지, 해미시는 생각했다. 경찰은 거너리 양이 그와 잤다고 꾸며 낸 이야기를 다른 사람들에게 말하지 않았다. 그는 갑자기 자신의 경찰서와 자신의 전화기가 간절히 그리워졌다. 이 사람들 중 한 명이 밥 해리스를 죽였고, 그 누군가가 그의 아내가 아니라면, 그들의 배경에 단서가 있을 것이었다.

그가 불쑥 일어났다. 그는 홀로 빠져나가고 싶었다. 로저스씨와 부인에게 질문할 일이 남아 있었지만, 그건 나중에 해도 되었다.

"쓸 만한 알리바이는 아무도 없는 것 같군요." 그가 일어섰다. "산책 좀 다녀오겠습니다."

"저도 갈게요." 거너리 양이 따라 일어섰다.

"이번은 말고요. 생각을 좀 하고 싶습니다."

"앉아요, 해미시." 앤드루가 성마르게 말했다. "당신 이야기는 듣지 못했습니다."

"죄송합니다." 해미시가 멋쩍게 말했다. "지금 제가 근무 중이 아니란 걸 깜빡했군요. 저는 스캐그에 갔습니다. 책 두어 권을 사 들고 스캐그의 가장 바깥쪽에 있는 강둑에서 책을 읽으며 하루를 보냈습니다. 저를 본 사람이 있는지는 모르겠군요. 아시다시피 스캐그 사람들은 우리가 누구인지 모르고, 우리를 유심히 살펴보는 수고는 딱히 하지 않겠죠. 게다가 살인이 벌어질 줄 알기나 했겠습니까. 그러고서 티타임 무렵에 저녁거리로 피시앤드칩스를 사서 방파제로 가서 먹었습니다. 다 먹고 나서 바닷가를 내다보았죠. 그때 해리스를 본 겁니다. 되돌릴 길이 없는 줄 알면서도 저는 그를 소생시키려고 시도했습니다. 미안합니다, 도리스."

"그런데 당신이 경찰인데도 경찰이 당신을 용의자라고 생각하는 이유는 뭡니까?" 더모트가 물었다. "게다가 당신이 밥을 살리려고 했던 것까지 감안하면 말이에요."

"심문하면서 디컨은 제가 단서를 덮으려고 시체를 끌어냈고, 그들의 관심을 돌리려고 해리스를 소생시키려 한 거라고 생각한다고 말했습니다. 저는 이제 산책을 나가서 뭐 생각해 낼 만한 게 있는지 보겠습니다."

해미시는 타우저를 데리고 밖으로 나왔다. "어디 갑니까?" 에멋을 대신해 민박집을 지키고 있던 크릭이 물었다. "당신하고는 일이 끝나지 않았는데요."

"돌아올 겁니다. 그냥 개를 데리고 바닷가를 잠깐 다녀오려는 겁니다."

"멀리 가지는 마시오." 크릭이 싸늘하게 말했다.

해미시는 서글픈 마음으로 민박집에서 멀어져 갔다. 이곳 경찰이 그가 경사 직위에서 강등됐다는 것뿐만 아니라, 그만 만나지 않았으면 꽤 훌륭했을 독신녀들을 유혹하는 재주가 있는 부류라는 생각을 하게 되었기 때문이다. 그러니까 거너리 양은 겹겹의 화장을 하고서도 늘 그녀 본연의 모습으로 보이는 재주가 있었다. 은퇴한 미혼 교사로.

그는 바닷가를 따라 걸었다. 타우저가 그의 뒤를 성큼성큼 따라왔다. 흩어지는 하얀 모래 사이로 분홍색 조개껍데기가 반짝거리고, 바람이 다시 솟아올랐다. 파도가 하얀 포말을 날리며 이리저리 일렁이고 파란색과 검은색으로 휩쓸려 다녔다. 태양에 검어진 해초 조각이 그의 다리로 쓸려 와 달라붙었다.

그는 앉아서 사건을 생각해 보았다. 지금까지 상황에서 동기가 있는 사람은 도리스뿐이었다. 순간적인 충동으로 저질러진 범죄일 수도 있었다. 밥이 바다를 내려다보고 있다. 마침 나무토막이 놓여 있다. 일순간 분노가 솟구쳐 머리에 단 한 방을 날린다. 그렇게 살인이 일어났다. 하지만 도리스는 충동적인 유형으로는 보이지 않았다. 해미시는 그녀가 살인을 저지르려면 어떻게 해야 할지 너무 많이 생각하는 유형이리라고 확신했다. 그녀는 그를 가격하기 전에 그가 돌아볼지도 모른다고 생각할 사람이었다. 결과를 생각할 사람이었다. 하지만 해미시는 도리스를 아주 잘 알지는 못했다. 만약 그녀가 처음으로 사랑에 빠졌고, 그 상대가 앤드루 비거라면? 만약 그 둘이서 살인을 계획했다면? 또 거너리 양의 알리바이에 대해서는 어떻게 해야 할 것인가?

그는 그녀가 경찰에게 거짓말을 하도록 내버려 두었다. 하지만 그녀가 거짓말을 한 것이라고 해미시가 말한다면, 경찰은 공무집행방해 혐의로 그녀를 고발하고도 남을 것이다. 거짓말이라는 주제를 놓고 생각하자면, 더모트는 거의 확실하게 거짓말을 하고 있었다. 아이들은 아무 말도 하지 말라는 지시를 받았다. 하지만 더모트가 이중창 세일즈맨을 죽이고 싶어 할 일이 도대체 뭐란 말인가? 잠깐. 그들은 전에 만난 적이 있었다. 더모트는 밥 해리스가 오기 전에 그 민박집에 온 적이 있었다. 민박집은 여자 두 명의 소유였다. 블레인 자매. 바로 그거다. 그들은 은퇴해서 스캐그에 살고 있다고 했다. 해미시는 타우저를 데리고 민박집으로 돌아가, 크릭에게는 점심을 먹으러 스캐그에 다녀오겠다고 말할 생각이었다. 그리고 경찰서에도 들러 셰릴과 트레이시에 대한 조사는 어떻게 되어 가는지 알아볼 수 있으면 알아볼 참이었다. 해미시는 이 짝꿍들이 한번 즐겨 보자고 살인을 저질렀으리라고는 한순간도 믿을 수 없었다. 그래도 두 사람에게 범죄 전과가 있는지 알아보는 것도 나쁘지 않은 생각이었다.

　프리실라 할버턴스마이스는 글로스터셔의 치핑 노튼 외곽에 자리한 옛 동창의 가족 저택에서 지내고 있었다. 프리실라는 늦은 아침 식사를 느긋하게 즐기고 있었다. 그녀는《더 타임스》와《데일리 텔레그래프》를 읽었고, 이제는《데일리 뷰글》을 집어 들고 한가로이 넘기다가 문득 멈추었다. 살해되어 바다에 던져진 남자를 다룬 뉴스의 헤드라인 아래 해미시 맥베스가 그녀를 올려다보고 있었다. 이 신문사의 기자 양반은 강물보다는 바다에 빠진 시체가 더 흥미롭다고 생각하는 모양이었다. 그녀는 기사를 세심하게 읽었다. 사진 밑에 다음과 같이 적혀 있었다. '해미시 맥베스 씨와 펠리시티 거너리 양이 경찰 수사를 돕고 나서 차로 스캐그 경찰서를 떠나고 있다.' 기사에는 민박집 투숙객 명단이 나와 있었고, 그중에 해미시 맥베스와 거너리 양이 있었다. 두터운 화장을 했음에도 플래시를 터뜨린 사진은 거너리 양을 멋지게 보이게 했다. 프리실라에게는 이 상황이 불을 보듯 뻔해 보였다. 해미시는 이 펠리시티 거너리라는 여자와 함께 스캐그에서 휴가를 보냈다. 그러고서 그녀는 그에 대해 이따금씩 드는 생각을 하고는, 그가 무슨 짓을 하고 있는 건가 하고 고개를 저었다!

제4장

> 너 악령 같은 술이여, 포악한 파괴자여,
> 너 사회의 저주이며 사회의 가장 크나큰 골칫덩어리여,
> 너는 사회에 무슨 짓을 한 것인가, 생각해 볼까?
> 너는 대부분의 질병의 원인이라고 내 답한다,
> 너 악령 같은 술이여.
>
> 윌리엄 맥고너걸

해미시는 혹시 자신이 늦게까지 돌아오지 않으면 타우저를 산책 좀 시켜 달라고 거너리 양에게 청하고서 타우저를 민박 집에 남겨 두고 스캐그로 향했다. 블레인 자매를 찾아내야 했다. 경찰 수사에서 그에게 우호적일 만한 사람도. 그런 사람을 찾아낼 수나 있을지 의구심이 들었지만 말이다. 살인 사건 수사와 관련된 사람들 사이에 그가 바람둥이이고 경찰이며, 용의자라는 얘기가 쫙 퍼져 있을 것은 의심할 나위가 없었다.

그는 우체국, 아니면 우체국 출장소라고 부를 만한 곳으로 갔다. 동양인 상점 뒤편에 콧구멍만 하게 자리 잡고 있었다.

그는 투표 인명부를 요청했다. 그는 손가락으로 이름들을 빠르게 훑어 내리다가 블레인을 찾아냈다. 주소는 글레브가에 있었다. 스코틀랜드 국교교회 근처였다.

그는 그곳을 찾아갔고, 글레브가 끝에 털북숭이 짐승처럼 웅크리고 앉은 집에 다다랐다. 이엉 지붕을 인 집 중 하나였다. 머리 위에서 갈매기들이 슬픔에 빠진 듯 괴성을 지르며 빙빙 돌았다. 그는 광을 낸 놋쇠 문고리를 잡고 노크를 하고서 기다렸다. 한동안 시간이 흐르고 나서 사부작거리는 발소리가 들렸다. 이윽고 문이 열리고 두꺼비처럼 생긴 노파가 그를 올려다보았다. "무슨 일이오? 난 아무것도 안 살 거요."

"저는 뭘 팔러 온 사람이 아닙니다." 해미시가 사근사근하게 말하고는 미소를 지어 보였다. "블레인 여사님들 중 한 분이시군요. 맞지요?"

"엘리자베스 블레인이오. 이제 하나뿐이지. 낸시는 지난달에 죽었으니까."

"프렌들리 하우스에 관해 여쭙고 싶습니다."

두터운 안경 뒤에서 그녀의 눈이 반짝거렸다. "그 사람들이 아주 엉망으로 만들어 놓고 있지, 내 말 맞지? 좋아요. 들어와요."

그는 그녀를 따라 어두컴컴한 응접실로 들어섰다. 성긴 잿빛 머리칼, 누리끼리한 피부에 땅딸막한 노파는 지팡이에 한

껏 지탱해 걸음을 옮겼다. 파리하고 두터운 입술을 쉴 새 없이 핥고 있는 바람에 더 두꺼비처럼 보였다. 군침 도는 파리를 찾아다니는 두꺼비.

"살인이라니." 그녀가 흡족함을 숨기지 못했다. "그들이 민박집을 엉망진창으로 만들어 놓을 줄 내 알았지. 하지만 이건 내가 바라던 것보다 더 심하군."

해미시는 노파가 그에게 누구인지, 왜 자신을 보러 왔는지 묻지 않는지 궁금해하며 건너편에 앉았다.

"왜 로저스 부부가 민박집을 망쳐 놓을 것이라고 생각하셨습니까?"

"나와 낸시는 좋은 집에 좋은 음식을 내놓고 좋은 방을 꾸렸어요. 로저스를 우리 식대로 가르치려고 해 봤지. 하지만 그는 비용을 줄여서 목돈을 만들 수 있다고 했어. 그런 바보가 또 있나. 시건방진 멍청이 같으니."

"그럼 왜 그에게 파신 겁니까?"

"사겠다고 나서는 사람이 아무도 없었으니까. 우리는 민박집 일을 감당하기에는 너무 늙어 가고 있었고. 그러니까 해리스가 죽었단 말이지. 크게 놀랄 일은 아니야. 내 생각에는 브렛이 저지른 일이겠군."

"더모트 브렛요? 도대체 왜 그가 해리스를 죽입니까?"

"아, 작년에 일어난 소동 때문이지. 맞아요, 우린 그곳을 시계처럼 운영했지, 나와 낸시 말이야. 내 스콘은 스캐그에서 여전히 전설이라고. 내 스콘 얘기는 들어 봤어요?"

"아직 못 들어 봤습니다. 어떤 소동이었는데요?"

"그날 브렛의 진짜 아내가 나타났어. 그래서 그의 아내라고 자처하던 준이 모습을 숨겨야 했지. 아이들도 데리고 갔지. 나하고 낸시는 브렛의 아내에게 그에 대해 고자질을 하지 않았어. 하지만 그의 아내가 떠나자마자 우리는 그에게 이곳에서는 그런 일은 절대로 용납하지 않으니, 떠나라고 말했어. 해리스는 야유를 했지. 그러고는 브렛의 아내에게 그가 다른 여자와 휴가를 보내고 있다고 말하겠다고 한 거야."

"하지만 더모트 브렛은 민박집 주인이 바뀐 걸 몰랐다고 하던데요. 그러니까 집이 여전히 여사님과 자매분이 운영하고 있다고 생각했다면 그가 왜 다시 왔을까요?"

"말 같지 않은 소리. 그 사람은 우리가 민박집을 판다는 걸 아주 잘 알았어. 휴가철이 지나면 집을 내놓겠다고 우리가 직접 그 사람한테 말했거든."

해미시는 생각에 잠겼다. 더모트는 그와 '그의 가족'이 살인이 일어나던 시간에 해변에 있었다고, 로저스가 그를 봤을 것이라고 말했다. 하지만 바닷가는 민박집에서 400미터는 떨어져 있고, 모래 언덕을 지나야 했으며 거기에다가 조약돌로 된 둑에 가려져 있었다. 아무리 쌍안경이 있다 해도 더모트가 어떻게 로저스의 옷자락이라도 볼 수 있었겠는가? 또 로저스가 그를 볼 수 있었을 리도 만무했다.

"당신 누구요?" 블레인 여사가 따져 물었다.

"저는 경찰입니다."

"제복은 왜 안 입었지?"

"휴가 중이라서요. 하지만 제가 그 민박집에 묵게 되어서, 그리고—"

"당신이 경찰의 심문을 돕는다는 그 사람이구먼."

"그게," 해미시는 거짓말을 했다. "언론에서 그런 식으로 표현하더군요. 제가 경찰 수사를 돕고 있는 건 맞습니다."

"적어도 당신은 찾아올 예의라도 있군. 나는 일이 터지자마자 경찰이 바로 나한테 달려올 줄 알았거든."

"다른 투숙객 중에 전에도 민박집에 왔던 사람이 또 있습니까? 퇴직한 교사인 거너리 양, 퇴역 군인인 앤드루 비거 씨, 셰릴 갬블과 트레이시 핑크라고 하는 글래스고에서 온 아가씨 두 명이 있습니다만."

"내가 기억하기로는 없어요."

"로저스가 작년에 해리스와 브렛을 만난 적이 있습니까?"

"아니, 우리는 여름이 끝나서야 로저스와 거래를 했으니까."

"더모트가 왜 다시 왔는지 궁금하군요." 해미시가 반쯤 혼잣말로 말했다. "발각될 걸 걱정하는 게 당연하지 않습니까. 그럼에도 다시 왔다는 말이죠. 여자와 그녀의 세 아이와 나타난 걸 보면 죄 속에서 사는 것처럼은 보이지 않잖습니까. 아이들은 그를 '아빠'라고 부르고."

"진짜 아빠인지도 모르지." 블레인 여사가 냉소했다. "세상이 어떻게 돌아가려는 건지 알 길이 없네. 나는 이 마을에 조신한 사람들이 살고, 여름에 오는 사람들도 평범하고 좋은 사람이었던 시절을 기억하는 사람인데 말이야. 이제는 온통 술판이고, 형편없어졌어. 내가 열몇 살이었을 때는 술을 마실 여력도 없었지. 맞아, 우리 때 10대 아이들은 일을 해야 했어. 어른을 공경할 줄도 알고." 그녀의 우는 듯한 목소리에 쇠를 긁는 듯 신경을 거슬리는 소리가 섞여 들었다. 응접실은 작고 답답했으며, 사진과 사기 장식품으로 어지럽혀진 탁자들로 어수선했다. 창에 달린 레이스 커튼 때문에 빛은 아주 조금밖에 들어오지 않았다.

폐소 공포증이 일어날 정도였다. 그는 가려고 일어섰다. "차 한잔 마시고 가요." 그녀가 말했다. 벌거벗겨진 외로움이 그녀의 눈에서 황급히 튀어나왔다. 외롭지 않을 리가 없지, 해미시는 생각했다. 고약하고 성가신 늙은이. 하지만 그는 다시 앉았다. 언젠가는 그도 늙고 고약해질지 모르는 일이었다.

그는 차를 마시고 그녀의 스콘이 세계 최고라고 맞장구를 치면서 그녀가 쏟아 내는 불만을 묵묵히 들어주었다. 그녀는 먼저 마을에 대해 불만을 토로했다. 그러고는 정부, 유럽 사회, 미국이 돌아가는 꼴에 불평을 토로했다. 다가오는 홍콩의 독립에 관한 주제에까지 이야기가 미치자, 해미시는 이만하면 되었다고 느꼈다. 그는 다시 들르겠다고 약속하고서 작별을 고했다.

그는 바깥에 나와 모래와 소금기가 섞인 공기를 깊이 들이마셨다. 이제 그에게 최선의 계획은 경찰서에 가서 우호적인 경찰이 없을지 살펴보는 것이었다. 그는 경찰서 건너편에 있는 스코틀랜드 국교교회의 게시판 앞에 멈추어 서서 게시판을 읽는 척했다. 그러면서 누가 오고 가는지 보려고 때때로 몸을 돌렸다. 이윽고 작은 체구의 영리해 보이는 여경이 순찰차를 타고 도착하는 모습이 보였다. 그는 그녀가 근무를 마친 것일까 궁금해하며 기다렸다. 30분쯤 후 그녀가 블라우스와 바지 차림으로 경찰서에서 나와 펍이 있는 쪽으로 향했다. 해미시는 그 뒤를 따라갔다. 그리고 그녀가 펍에 들어가기를 기다렸다가 따라 들어갔다.

그녀는 바 앞에 서서 진토닉을 홀짝이고 있었다. 해미시는 그녀 옆에 서서 위스키를 주문했다. 그리고 몸을 돌려 그녀를 내려다보며 미소를 지었다. "건배, 순경님." 그가 잔을 들며 말했다.

"건배." 그를 살펴보며 그녀가 말했다. 그녀의 눈에 호감 가는 생김새에 개암나뭇빛 눈동자를 지닌 키 크고 마른 남자가 보였다. 펍의 어슴푸레한 불빛에 그의 붉고 구불거리는 머리칼이 반짝였다.

"저도 경찰입니다." 해미시가 말했다. 그녀는 앙증맞은 작은 얼굴에 작은 눈, 작은 코, 작은 입을 가지고 있었고, 금발은 숱이 풍성하고 윤기가 흘렀다. 그리고 해미시 기준으로 구식의 몸매였는데, 둥근 가슴과 가는 허리, 넉넉한 엉덩이가 그랬다는 뜻이다.

그녀의 눈빛이 딱딱해지고 의구심이 서렸다. "당신이 해미시 맥베스군요."

"그래요, 맞습니다. 용의자 1번요."

그녀의 얼굴이 약간 누그러졌다. 해미시는 너무도 나긋나긋해 보였다. "당신이 죽였어요?"

"지루한 휴가에 생기를 불어넣으려고 해리스를 살해한다고요? 아닙니다."

"당신은 여자들한테 치근덕거리지 않고는 배기지 못하는군요."

그는 속으로 거너리 양에게 욕을 퍼부었다. "그 문제가 나와서 말인데요, 관심이 있으시다면 제가 사건에 대해 뭘 좀 말씀드릴 수 있을 것 같은데요."

"관심 있죠. 저는 사건에 좀 더 기여를 하고 싶어요. 전 던가튼에서 왔고, 인정도 받지 못하는 온갖 궂은일을 하고 있어요. 저 디컨 경감은 심지어 저한테 차를 타다 달라고 한다고요."

"말도 안 되는!"

"그러게요. 저를 비서처럼 대한다니까요."

"이름이 어떻게 되죠?"

"매기 도널드예요."

"이 지역 출신이 아닌가요?"

"네, 파이프 출신이죠. 부모님이 돌아가셔서 이모와 함께 살려고 여기로 온 거예요."

"술 한 잔 더 가져다 드리죠." 해미시가 말했다. "그리고 저쪽에 가서 얘기나 좀 나누죠."

"사건 얘기를 해야죠. 나한테 수작을 거는 게 아니라면요."

해미시가 그녀를 엄중한 눈길로 바라보았다. "그러니까," 그녀가 방어적으로 할 말을 찾았다. "당신이 사서 얻은 명성이 있다 보니까요."

해미시는 둘이 마실 술을 사 들고 한쪽에 있는 테이블로 날랐다. 펍은 조용했다. 그들 말고는 추레해 보이는 인상의 청소년 두 명만이 슬롯머신 앞에 앉아 있었다.

"자," 매기가 말했다. "누가 한 짓 같아요?"

"뭐 별다른 게 없다면 당연히 아내를 선택했겠죠." 해미시가 말했다. "그자는 잔소리꾼이었어요. 그녀의 인생을 비참하게 만들었죠. 그런데 앤드루 비거란 남자가 등장했고, 제 생각에는 두 사람이 사랑에 빠진 것 같아요. 하지만 앤드루는 괜찮은 사람 같고, 도리스는 한없이 온화하고 순하기만 하단 말이죠. 그리고 남편을 극도로 무서워했고요. 그녀가 남편 머리를 갈기는 모습은 상상도 가지 않아요."

"저 멋진 거너리 양은 어때요? 그녀가 해미시란 사람을 전부터 알았나요?"

해미시는 고개를 저었다. "자요, 당신이 어디 가서 말하지 않는다면 저와 거너리 양 애기를 해 드리려고 해요."

"약속드릴 수 없겠는데요. 만약 그게 사건과 관련이 있다면요."

"아니요, 관련 없습니다. 당신은 제가 알지도 못하는 사람을 죽이려고 로흐두에서 여기까지 올 사람으로 보이나요? 거너리 양은 제가 살인으로 기소되는 걸 막으려고 잘못된 시도를 했던 거예요. 아니면 그렇게 해야 한다고 생각했든지. 매춘부처럼 차려입고 그 맹한 형사들에게 그날 오후에 나와 함께 침대에 있었다고 말하면 될 거라고요."

"그랬나요?"

"아닙니다."

"아니, 그러면 디컨에게 그걸 말해야 했잖아요! 그건 공무집행방해—"

"그런 거라면 나도 잘 압니다." 그가 참지 못하고 그녀의 말을 끊었다. "그날 아침에 나는 그 사람들에게 질려 있었어요. 해리스가 경찰에 전화를 걸어 내가 자기를 폭행했다고 뒤집어씌우고 하는 일이 겹쳐서요. 나는 밖으로 나가 마을에 가서 페이퍼백 두 권을 샀고, 던가튼 쪽으로 나 있는 강 귀퉁이로 가서 온종일 책을 읽었어요. 그러고서 피시앤드칩스를 사서 항구로 가서 먹었죠. 그때 해리스를 발견한 거였어요."

"그러면서 당신은 내가 거너리 양과의 일에 대해 입 다물기를 기대한다고요?"

"그래요."

"왜죠?"

"왜냐하면 당신은 이 사건에 한몫을 하고 싶어 하기 때문이죠. 그리고 나는 그 민박집에 묵고 있죠. 또 관련된 인물들을 알고 있고요."

"약속은 못 해요. 하지만 그 사람들에 대해서는 좀 알고 싶네요. 디컨이 그 글래스고 여자애들 두 명을 연행했어요."

"왜 그랬답니까?" 해미시가 물었다. "내 말은, 그러니까 그 아이들이 댄스파티에서 재미 삼아 사람을 죽이는 거에 대해, 어떻게 죽였으면 좋겠는지에 대해 입을 놀리기는 했어요. 하지만 그걸로 그 애들을 용의자로 삼기에는 부족하잖아요."

"셰릴에게 전과가 있어요."

"무슨 전과요?"

"중상해죄요."

"중상해죄라니! 그 애는 너무 어린걸요. 아주 많아 봐야 열아홉 살일 텐데."

"스무 살이에요. 2년 전 글래스고의 댄스홀에서 사람 얼굴을 병으로 그었어요. 술에 취해 다투다가요. 셰릴은 상대 여자애가 자기 남자 친구를 가로챘다고 생각했대요. 트레이시와는 교도소에서 만났고요."

"트레이시는 왜 교도소에 갔대요?"

"상점에서 들치기를 하다가 단기형을 받았어요. 다섯 번째 위법 행위를 한 거라서 교도소에 들어갔죠."

"정신이 없네요." 해미시가 유감스러운 듯이 머리를 흔들었다. "난 두 사람이 이상한 옷을 입고 화장을 너무 진하게 하는 보통의 젊은 여자애들일 거라고만 생각했거든요."

"그래, 당신이 아는 건 뭐죠?"

해미시는 마음을 잡고 투숙객들의 알리바이를 들려주었다. 몇 가지는 그녀도 동료들에게 들어 이미 알고 있었다. 그는 도리스의 알리바이에 이르러서 갑자기 뻣뻣하게 굳었다. "잠깐만요." 그가 말했다. "도리스는 저와 다른 사람들에게 살인이 일어난 날 스캐그에서 떨어진 곳에서 해변을 산책했다고 했어요. 하지만 내 눈으로 그녀가 마을 쪽으로 걸어가는 걸 봤거든요. 그녀는 왜 거짓말을 했을까요?"

"어쩌면 그녀와 이 앤드루란 사람이 살인을 함께 계획했을지도 모르죠." 매기가 말했다. "어느 쪽으로 가도 사건의 실마리가 그녀에게로 돌아오네요."

"저로서는 정말로 믿고 싶지 않아요. 정말로 좋은 사람들인데 말입니다." 해미시가 잔에 담긴 위스키를 이리저리 기울였다. "두 사람 중 누구라도 살인을 저지른다는 건 상상이 되지 않는다는 말이에요."

"절대 일어나지 않는 일은 아니죠. 생각해 보세요. 오랜 시간 당한 괴롭힘이 도리스의 마음에 원한을 쌓아 올린 거죠. 그런데 앤드루에게 빠져 버리고, 불똥이 튀고, 그렇게 돼 버린 거예요. 그녀는 로켓처럼 펑 폭발했고, 방파제 끝에 서 있는 남편을 보고 바로 픽! 그리고 물에 빠뜨려 아주 죽여 버린 거죠. 도리스가 민박집을 떠나면서 어떤 길로 갔는지 왜 거짓말을 했을까요?"

"제가 알아보겠습니다. 그녀가 경찰에게는 어떻게 말했습니까?"

"진술서를 봐야겠어요. 이렇게 하죠. 저는 오늘 저녁 7시까지 일해요. 당신과 있는 모습을 보이지 않는 게 좋겠어요. 당신이 민박집에서 7시 바로 전에 출발해서 해변이 아니라 길로 걸어오면 내가 태워 갈 테니 어딘가로 가서 얘기해요. 서로 알게 된 것도 공유하고요."

"좋아요, 매기. 술 한 잔 더 가져다 드릴까요?"

그녀는 머리를 흔들었다. "주량 다 채웠어요. 다이어트를 하고 있거든요. 아무것도 먹지를 못했어요. 경찰 누구라도 여기 들어와서 당신과 내가 얘기하고 있는 모습을 보기 전에 가세요."

해미시는 아침에 해낸 일에 기분이 좋아져서 펍을 떠났다. 하지만 허기를 느끼고서 펍에서 뭐라도 먹었어야 했다고 후회했다. 그는 매기가 나갈 때까지 기다렸다가 다시 펍으로 들어가 시들시들해 보이는 샌드위치와 진저 맥주를 주문했다. 그는 해변 쪽 길로 민박집에 돌아오다가 타우저를 산책시키는 거너리 양과 마주쳤다.

"무슨 일이에요?" 그가 물었다.

"당신 경찰서에 보고하러 오라는데요, 해미시." 그녀가 지친 기색으로 말했다. 그녀의 머리는 다시 뒤로 질끈 묶여 있었고, 잿빛 바다와 우유 같은 하늘의 창백한 빛이 그녀의 금테 안경에 반사되어 그녀의 눈을 가렸다. "경찰이 심문을 거듭하고 있어요. 저하고 브렛 부부, 앤드루와 도리스, 로저스 부부를요. 심지어 아이들과도 얘기를 했어요. 특히 헤더요. 저 배 주인이란 사람, 참 성가신 자더군요. 그 사람이 살인을 사고처

럼 보이게 하는 법에 대해 헤더가 했던 얘기를 경찰에 다 말했
대요."

"그럼 난 가 보는 게 좋겠군요." 해미시는 몸을 굽혀 타우저
를 쓰다듬었다. "착하게 거너리 양과 함께 집에 가는 게 좋겠
다. 내가 오는 길에 햄 좀 사다 줄게." 그는 거너리 양에게 손
을 흔들고 다시 스캐그로 가는 길로 들어섰다.

경찰서에서 그는 매기를 보았다. 그녀는 더러운 찻잔들이
담긴 쟁반을 나르고 있었다. 그는 취조실로 안내를 받고 디컨
과 클레이와 마주했다.

"자네와 거너리 양이 거짓말을 했단 말이지." 디컨이 말문
을 열었다.

해미시는 말 바꾸기 좋아하는 매기에게 온 마음을 다해 속
으로 욕설을 퍼부었다.

하지만 그는 팔을 포개고 말없이 그들을 바라보았다. "당신
은 비밀을 털어놓을 때는 좀 더 신중하게 사람을 골라야겠더
군요." 클레이가 조롱했다.

"제가 왜 여기 혼자 와 있는 거죠?" 해미시가 대뜸 따졌다.
"거너리 양도 데려오는 게 당연할 텐데요."

"시간을 좀 주게." 디컨이 싸늘하게 말했다. "그러니까 자
네는 어디에 있었지, 친구?"

해미시는 그날 하루를 어떻게 보냈는지 천천히, 조심스럽

게 말해 주었다. 그러고는 몹시 짜증 섞인 외침으로 말을 맺었다. "만약 제가 그자를 죽였다면, 시신을 다른 사람이 발견할 만한 데 내다 버렸을 겁니다."

"그렇지, 어쩌면." 디컨이 놀랍게도 순순히 말했다. "자네에 대해 좀 더 확인해 보고 있었어. 스트래스베인에 있는 지미 앤더슨이라는 형사가 전화를 걸어서는 자네를 힘들게 하지 말라고 하더군. 자네가 사건을 푸는 데는 귀재고, 그걸 또 상관들 공으로 돌린다면서."

해미시는 아무런 말도 하지 않았다.

"또 거너리 양도 조사해 봤더니 그녀 말대로 일찍 퇴직한 학교 교사이고, 평판에도 오점 하나 없더군. 그래서 우리 의견으로는 자네를 그대로 놔두는 게 좋겠다는 거네, 해미시 맥베스. 자네가 우리에게 아주 유용할 것 같으니까. 자, 매기가 남자의 아내인 도리스 해리스에 대한 자네의 우려를 말해 주었는데, 그녀 말로는 살인이 일어나던 날 스캐그에서 떨어진 해변과 다른 방향으로 갔다는 거지? 그런데 자네는 그녀가 스캐그 쪽으로 가는 걸 직접 봤고."

"그렇습니다." 해미시는 여자들은 악마이고, 매기가 특히 그렇다고 생각하며 황망하게 말했다.

"하지만 우리가 브렛네 아이들에게서 진술을 받았는데, 아니, 장녀인 혜더에게서라고 해야겠지. 그 아이가 말하기를, 자기가 부모에게서 떨어져 나와 돌아다니다가 멀리서 도리스를 봤다는 거야. 도리스가 자신이 있었다고 한 바로 그곳에서."

"제가 잘못 본 게 아닙니다." 해미시가 단호하게 말했다. "전 그날 아침에 도리스가 스캐그로 가는 길에 있는 걸 봤습니다. 헤더가 거짓말을 할 이유가 뭘까요? 매기가 온 사방에 떠벌리고 다녀서 말인데, 더모트 브렛과 준이 결혼한 사이가 아니라는 것도 말씀드려 볼까 합니다." 그는 자신이 매기에게 브렛 가족 얘기는 하지 않았음을 기억해 내며 잠시 말을 끊었다. "작년에 더모트의 진짜 아내가 나타나서 한바탕 난리가 났다는 겁니다. 준과 아이들은 어딘가로 가고요. 하지만 당시 민박집 주인이었던 블레인 자매는 부끄럽지 않아야 할 자신들의 지붕 아래서 그런 일이 벌어지는 건 절대 용납할 수 없었다고 합니다. 그런데 더모트는 저에게 민박집 주인이 바뀐 걸 몰랐다고 말했습니다. 하지만 엘리자베스 블레인 여사가 오늘 저에게 말한 바에 따르면, 자매가 작년 여름이 끝나면 민박집을 팔 생각이었다는 걸 더모트가 아주 잘 알았다고 합니다."

"전부 다시 심문하는 게 좋겠군." 디컨이 무거운 목소리로 말했다. "자네 바쁘게도 돌아다녔군."

"제가 원래 좀 그렇습니다." 해미시가 짤막하게 답했다. "셰릴과 트레이시 두 사람은 어떻습니까?"

"겁을 잔뜩 줘 놨지. 갈보들 같으니. 술을 마시면 멍텅구리가 되고 위험해지지만, 술을 마시지 않았을 때는 별 말썽을 피우지 않아. 그 애들을 잘 눈여겨보게."

"제가 함께 일하길 바란다는 말씀이십니까?"

"그러는 게 좋겠어. 자네는 경찰이야. 하지만 어떤 증거도 혼자 쥐고 있거나, 자네와 잤다고 말하는 늙다리와 얽히는 일이 있어서는 안 돼. 알 만한 사람들이 말이야. 자, 처음부터 다시 살펴보자고, 맥베스. 그들에 대해 자네가 아는 걸 얘기해 봐."

그리하여 해미시는 누군가 자신의 여행 가방을 뒤진 일부터 살인이 벌어진 날과 그날 알게 된 것을 하나도 빼놓지 않고 소상히 말했다.

해미시가 말하는 동안에 디컨은 잔머리를 굴리는 눈으로 그를 뜯어보았다. 별난 친굴세, 디컨은 생각했다. 해미시는 처음 왔을 때보다는 치찰음이 덜했고, 유쾌한 하일랜드 억양으로 말했다. 그의 개암나뭇빛 눈은 말하는 동안 그의 진짜 생각을 드러내지 않았다. 아닌 게 아니라 해미시는 불편한 배신의 감정을 경험하고 있는 중이었다. 민박집의 불운한 투숙객들은 몹시 짧은 사이에 그의 친구가 되었다. 유쾌한 앤드루 비거와 부서질 듯한 도리스, 믿고 의지할 수 있는 거너리 양과 브렛 가족이 있었다. 그는 여전히 그들이 한 가족이라는 생각이 들었다. 심지어 그 끔찍한 셰릴과 트레이시도 친구로 여겨졌

다. 축제에 갔을 때 그들 모두 얼마나 행복했던가. 처음 느껴
보는 일이 아니거니와, 그는 자신의 직업에 욕지기가 났다. 그
의 목소리가 차분하고 침착한 톤으로 보고를 하는 동안에, 그
의 생각은 계속 내달렸다. 살인자를 보호할 수는 없다고. 그것
이야말로 그가 여러 추잡한 살인 사건을 거치면서 단호하게
견지해 왔던 것이다. 즉 목숨을 앗는 것은 잘못된 일이라는 것
이다. 아무도 남의 목숨을 끝장낼 권리는 없다. 제아무리 밥
해리스처럼 역겨운 인간이라고 해도.

"내일 제일 먼저 브렛 더모트부터 심문하지." 해미시가 말
을 마치자 디컨이 말했다.

"병리학자의 최종 결론은 어떻습니까?" 해미시가 물었다.

"머리에 가해진 일격으로 졸도해 버린 거야. 아마도 바다에
떠도는 유목으로 맞은 걸 테지. 그러고서 익사했어. 불시에 떨
어진 데다 무거운 나무토막이라는 요소를 생각하면, 그들 중
누구라도 저질렀을 수 있지. 하지만 도리스 해리스에게 유리
한 점이 한 가지 있다면 공격이 해리스와 같은 키의 사람에 의
해 가해졌다는 거야. 아니면 그렇게 추측이 된다는 거지. 해리
스는 178센티미터쯤 되고 도리스는 157센티미터 정도지."

해미시는 애석하다는 눈빛으로 두 형사를 보았다. "배 주
인이 그를 마지막으로 본 사람입니다. 그리고 그는 서 있었다
고 했죠. 하지만 밥 해리스는 술을 아주 많이 마시지 않았습니

까?"

"고래처럼 마셨지." 디컨이 말했다.

"배 주인이 그를 본 다음에, 그가 앉았을 수도 있어요. 방파제에 다리를 걸쳐 놓고요. 그렇다면 누구라도 그를 세게 내리치고 고꾸라뜨려 버릴 수 있었겠죠."

"좋은 지적이야." 디컨이 말했고, 해미시는 밀고자가 된 기분이 들었다. 그는 투숙객들을 용의자들로 끼워 맞추는 데 성공하고 있었다.

"지금은 이것으로 됐네, 맥베스. 이제 그만 가 보고, 입수하는 게 있으면 알려 주게."

해미시는 휴가 중이라고 항의하고 싶었다. 수사에는 더 관여하고 싶지 않다고 말이다. 하지만 그는 문득 이 답답한 방과 클레이의 담배가 풍기는 감질나는 유혹에서 간절하게 벗어나고 싶어졌다.

그는 두 형사에게 고개를 까딱이고는 밖으로 나왔다. 매기가 입구 복도를 지나치고 있었다. "해미시." 그녀가 말을 붙였다.

"일 없어요." 그가 날카롭게 쏘아붙였다. 그는 냉담하게 그녀를 지나쳐 밖으로 나왔다.

날은 햇빛과 바람과 이런저런 살랑임으로 가득했다. 운모 알갱이들로 반짝거리는 하얀 모래가 거리를 미친 듯이 춤추며 휩쓸었다. 아침의 차분한 잿빛은 사라졌다. 갈매기가 머리 위에서 뱅뱅 돌다가는 하악거리며 비명을 질러 댔다. 축제 마당에서 드문드문 들려오는 음악과 함께 아이들의 목소리가 바람에 실려 왔다. 튀긴 피시앤드칩스 냄새가 났다. 그 상점은 문을 닫고 있는 시간이 없는 것 같았다. 바다의 소금 냄새와 타르 냄새, 축제 마당에서 실려 오는 뜨거운 기름, 솜사탕, 양파와 핫도그 냄새가 났다.

그는 동양인 상점에 가서 타우저에게 줄 차가운 햄 한 봉지를 샀다. 그러고는 내키지 않는 발걸음으로 휘날리는 모래와 뱅뱅 맴도는 갈매기들을 뚫고 해변을 걸어 조약돌 둑을 넘고 모래 언덕을 넘어 민박집으로 돌아왔다.

그는 손목시계를 보았다. 티타임이었다. 로저스 부부는 또 어떤 끔찍한 메뉴를 생각해 냈을까? 그리고 손님들은 왜 더는 음식에 대한 불평을 토로하지 않는 걸까? 가령 미국인들이라면 그런 음식을 조금도 참고 있지 않을 것이었다. 가격이 아무리 싸다고 해도 말이다.

그는 타우저에게 햄을 먹이고 식당으로 내려갔다. 그리고 모두 모여 있는 광경을 보고서 약간 놀라 눈을 깜빡거렸다. 셰릴과 트레이시는 바로 얼마 전에 흘린 눈물로 눈이 빨개지고 기가 죽어 있었다. 그는 그들이 안됐다는 생각이 들었다. 하지만 이내 그들이 범죄자였음을 엄하게 상기했다. 그는 거너리 양 건너편에 무겁게 앉았다. "어떻게 됐어요?" 그녀가 조바심을 치며 물었다.

"경찰이 그날 오후에 당신과 내가 함께 있었다는 게 거짓말이란 걸 압니다." 해미시가 말했다.

"어떻게요?"

"내가 말했어요." 어떤 여경에게 뒤통수를 얻어맞았다는 얘기를 하기에는 너무도 지쳐 버린 해미시가 말했다. "거짓말해서 좋을 것 하나도 없어요. 당신에게 감사는 합니다. 하지만 나 때문에 당신의 평판을 망가뜨릴 필요는 없습니다. 살인 사건에서는 은폐란 걸 할 수도 없고요."

"하지만 경찰이 때로 멍청한 건 맞잖아요. 디컨은 내가 보기에 딱히 머리가 돌아가는 사람으로는 보이지 않던걸요."

"학자 타입이라고 말할 수는 없죠. 하지만 나는 그런 부류를 알아요. 견실하고 꾸준하죠. 마지막에 가서는 일을 해냅니다."

거너리 양이 도리스를 건너다보았다. "도리스가 괜찮았으면 좋겠네요. 심하게 긴장한 것 같던데."

"충격으로 아직 힘겨울 테니까요." 해미시가 말했다. "아이고, 세상에. 이건 뭡니까?"

그는 접시에 놓인 엉망진창 덩어리를 포크로 찔렀다. 갈색 그레이비소스 대용품으로 덮인 소고기가 아닌가 싶었다. 하지만 냄새가 고약했다. 코를 찌르는 악취가 났다. 해미시는 식당 안을 둘러보았다. 그리고 언성을 높였다. "여기에 이거 드신 분 있습니까?"

"그냥 조금요." 더모트가 침울하게 말했다. "그 정도밖에는 못 먹겠더라고요."

로저스 씨가 평상시처럼 멀건 미소를 띠며 식당으로 들어왔다. "음식 치워 주셔도 되겠습니다." 해미시가 분연히 말했다. "이 고기는 상했어요. 어디서 가져온 겁니까?"

"스캐그의 정육점에서요."

"스캐그에는 정육점이 없는데요."

"아, 던가튼이라고 말하려던 게."

"이보세요, 로저스 씨. 정도껏 하셔야죠. 이 똥 같은 거 치우고 먹을 만한 걸 내오세요. 그러지 않으면 제가 관광청과 보건 당국에 신고할 테니까요."

로저스는 해미시에게 순전히 증오로 찬 눈빛을 이글거렸지만, 아내를 불러서 함께 부루퉁하게 말없이 접시를 치웠다.

"경찰이 왜 다시 당신을 보자고 한 겁니까?" 앤드루가 물었다.

"요전번 진술이 만족스럽지 않았답니다. 안타깝게도 우리 모두 끝도 없이 심문을 받고 또 받을 것 같네요."

"더는 못 견디겠어요." 셰릴이 부르짖었다. "게슈타포 같다

125

고요."

"살인 사건이에요." 해미시가 딱딱하게 말했다. "살인자를 찾아낼 때까지는 우리 모두 곤경에 처할 거예요. 로저스가 우리에게 주는 이 쓰레기를 대체 어디에서 구해 오는지가 궁금하네요."

바깥 복도 쪽에서 벨소리가 들려왔다. 로저스가 붉으락푸르락 성질이 잔뜩 난 표정으로 모습을 드러냈다. 그가 복도로 갔다가 곧 다시 나타났다. "누가 당신을 찾아요, 맥베스."

"당신에게는 맥베스 씨입니다." 해미시는 일어나서 복도로 나갔다. 매기 도널드가 서 있는 것을 보고 그의 얼굴이 굳어졌다. "뭐 때문에 온 겁니까?"

"이봐요, 해미시. 난 사과를 하려고 왔어요. 그건 내 잘못이 아니에요."

"거너리 양에 관한 진실을 말할 사람이 또 누가 있을 수 있을까요?"

"술집 바텐더, 프레드 올솝요. 우리가 나간 후에 클레이가 술을 마시려고 왔고, 내가 왔다는 걸 그가 말했는데, 당신 생김새도 말했대요. 그래서 클레이가 경찰서로 돌아와서 나보고 '유력 용의자와 부적절한 접촉'을 했다고 닦달하더군요. 나도 모가지가 날아갈까 봐 겁났단 말이에요."

"전혀 핑계가 안 되는 것 같은데요." 해미시가 있는 그대로 성난 기분을 드러냈다.

"당신은 뭔지 몰라요, 여자로 산다는 거요." 매기가 그를 애원하듯 바라보았다. "불리하지 않은 게 없죠. 남자들에게 맞춰주지 않으면 이 하일랜드 바닥에서는 경찰 생활을 하는 내내 차 쟁반을 나르고 교통경찰이나 하고 있을 거란 말이에요." 그녀가 그를 떠보듯 미소를 지어 보였고, 해미시는 마지못해 누그러졌다.

"좋아요, 그럼. 나도 사건과 뭐 관련이 없는 사람과 얘기를 좀 해 볼 수 있겠네요."

"뭐 좀 드셨어요?"

"아직요. 로저스가 웬 쓰레기 같은 걸 내놓길래 돌려보냈어요. 다시 나올 음식을 기다리는 중이에요."

"나 차 가져왔어요. 화해의 선물로 던가튼으로 저녁 식사나 하러 같이 갈까 해서요."

"좋아요, 그렇게 하죠. 거너리 양에게 가서 타우저를 봐 달라고 하고 올게요."

그는 식당으로 돌아와 음식이 나오기를 기다리고 있는 사람들을 보았다. 그는 거너리 양에게 여자 순경과 저녁을 먹으러 나갈 건데, 타우저를 돌봐 줄 수 있느냐고 물었다. 순간 그녀는 섭섭한 얼굴을 해 보였고, 그는 공연히 죄책감이 들었다. "나, 거짓말한 죄로 체포될까요?" 그녀가 물었다.

"아니요, 내가 아는 한, 당신에게는 아무 일도 없을 겁니다."

"당신, 경찰과 합류했군요. 이제 당신은 우리 중 하나가 아니에요."

"나는 내 일을 하는 겁니다." 해미시가 유감스러운 눈길로 그녀를 내려다보았다. 매기가 식당으로 들어왔다. "해리스 부인을 경찰서로 모셔 갈 차가 도착했어요."

도리스가 일어섰다. "식사하고 가면 안 됩니까?" 앤드루가 화가 나서 따졌다. "저도 함께 갈게요, 도리스."

두 사람은 함께 밖으로 나갔다.

"준비되면 말씀하세요, 해미시." 매기가 말했다.

"저분이 당신의 여경이군요." 거너리 양이 어쩐지 더 나이 들어 보이고 쪼그라든 모습으로 말했다. 그리고 반쯤 혼잣말을 했다. "가끔 내 나이를 잊곤 한다니까."

서글프고 왠지 여전히 죄책감이 들었지만, 해미시는 식당 분위기와 형편없는 음식 냄새에서 벗어나게 되어 기뻤다.

"배신자가 된 기분이네요." 매기와 함께 밖으로 나가며 그가 말했다.

"그게 다 경찰로 일하면 겪게 되는 일 중 하나죠." 매기가 명랑하게 말했다. 그녀는 기분이 좋았다. 디컨은 해미시 맥베스가 그녀에게 끌리고 있는 게 분명하다고 말했다. 그리고 해미시 맥베스가 젊은 여경에게 품고 있을 유일한 관심은 성욕을 채우는 것밖에 없으리라는 생각으로 훌쩍 건너뛰고는, 해미시에게 바짝 붙어 있어야 한다고 그녀에게 말했다. "맥베스는 우리를 위해 할 일을 찾아낼 테지만, 그래도 나는 그가 어떤 증거도 숨기고 있기를 바라지 않거든"이라면서.

매기는 던가튼까지 능숙하게 차를 몰았다. 하얀 모래가 차가 쏘는 불빛에 맴돌며 춤을 추었다. 이 북방의 여름밤은 밤이라는 이름에 걸맞게는 어두워지지 않아서 가로등이 완전히 켜져 있지 않았다. "이 일이 다 끝나면 기쁠 거예요." 매기가 말했다. "아주 지치는 기분이 들기 시작하네요. 어디를 가나 진절머리 나는 일이 일어나고. 도대체 무슨 생각으로 스캐그로 휴가를 온 거예요, 해미시?"

"좀 쉬고 싶었습니다. 누가 건네준 잡지를 보니 예쁜 곳처럼 보였어요. 그리고 싸게 먹히고요. 경찰 급료란 게 천장을 뚫지는 않는다는 건 당신도 알잖아요. 지금은 좀 더 모험심을 발휘해 볼 걸 하는 기분이 듭니다. 저가 항공권을 파는 여행사에 가서 스페인에서 휴가를 보내는 모험을 해 볼 걸 그랬네요. 내가 도착하기 전에 그 호텔을 다 짓기를 바라면서요."

"저 작년에 스페인으로 휴가를 갔어요. 아주 좋았어요. 그리고 그곳은 적어도 날씨가 좋을 가능성이 높으니까요. 그런데 뭐랄까, 스페인 남부까지 그 먼 길을 갔는데 영국 사람들 사이에 둘러싸여 있는 게 이상했죠. 호텔 직원들을 빼고는 스페인 사람은 한 명도 만난 것 같지가 않아요."

"사건 얘기로 돌아가죠. 경찰이 도리스를 왜 다시 부른 겁니까?"

"당신이 도리스가 해변으로 간다고 했으면서 스캐그 쪽으로 가더란 얘기를 했나요?"

"그래요."

"뭐 말할 것도 없이 그것 때문이죠. 하지만 어린 헤더는 도리스가 말한 바로 그곳에 도리스가 있었다고 맹세한대요."

"헤더가 도리스를 봤으려면 말이에요," 해미시가 천천히 말했다. "부모에게서 떨어져서 돌아다녔어야 했다는 뜻이에요. 미안, 당신이 이미 알고 있지 않다면 말인데, 더모트와 준은 결혼한 사이가 아니에요. 어쨌거나 두 사람 다 아이들에게 헌신적인 것 같고, 헤더를 혼자 돌아다니게 내버려 두지 않았을 것 같거든요."

"더모트 얘기는 들었어요. 경찰은 그의 뒷조사를 하고 있어요. 신문에 그의 이름이 아직 나오지 않았나요?"

"모릅니다. 신문을 죄다 살펴보지는 않았거든요. 안타까운 일이에요." 그가 덧붙였다. "나로서는 그들에게 일이 잘 풀렸으면 하는 마음을 막을 수가 없거든요."

"더모트에게 해리스의 입을 막으려고 그를 해치운 죄가 있다면 일이 잘 풀리진 않겠죠."

그들은 남은 길을 아무 말 없이 갔고, 그녀는 던가튼의 한 인도 레스토랑 밖에 차를 세웠다.

"프렌들리 하우스의 음식을 맛본 후에는 뭐라도 맛이 끝내 줄 거예요."

식사를 하는 동안에 해미시는 손님으로 북적거리는 레스토 랑을 둘러보았다. 그는 늘 이 스코틀랜드의 북부까지 와서 장 사를 시작하는 아시아 사람들에게 신기한 마음을 감출 수 없 었다. 고향에서 그토록 멀리 떨어진 이곳까지 와서. 하늘에 감 사할 일이지, 맛있는 커리를 열심히 먹어 치우면서 그는 생각 했다.

"나는 로저스가 어디서 재료를 구하는지 알아내고 싶어 요."그가 마침내 빈 접시를 밀어 냈다.

"어쩌면 그는 그저 실력 없는 요리사일 뿐일지도 모르죠." 매기가 괜한 말을 보탰다.

"아니요. 단순히 그런 게 아니에요. 오늘 나온 고기는 상했 어요."

"우리가 너무 많은 용의자에게 집중을 하고 있는 게 아닌 가, 그런 생각이 들어요." 매기가 그를 진지하게 바라보았다. "내 생각에는 아내예요. 그러니까 대개가 그렇다는 거죠. 그 를 죽일 이유가 있는 사람은 아무도 없어요."

"분노가 폭발해 일어난 사건이에요." 기분이 불편해지면 늘 그렇듯이 해미시의 억양에 치찰음이 강해졌다. "그들 중 누구라도 될 수 있어요."

매기의 목소리는 상냥했다. "그녀가 아니기를 바란다는 거 알아요."

"그래요, 그건 사실이죠. 하지만 오로지 도리스에게만 초점을 맞추다가는 다른 누군가를 놓칠 수도 있어요." 그는 여러 가능성을 마음속으로 훑어보면서 침묵에 빠졌다. 그의 눈에 젊고 까불어 대다가 방파제 끄트머리에서 밥 해리스와 마주치고는 충동적으로 살인을 저지르는 트레이시와 셰릴의 모습이 보였다. 그들이 아주 최근에 '스릴'을 위해 저질러 볼까 했던 살인.

그리고 그 영상이 사라지고 더모트가 나타났다. '가족'을 해변에 남겨 놓고 손에 유목 하나를 들고 슬그머니 앞으로 향하는 더모트. 그다음으로는 거너리 양의 이미지가 선명하게 떠올랐다. 옛날에 가르치던 방식대로, 자로 제자를 후려칠 때만큼 능숙하게 해리스의 머리를 후려치는 거너리 양이. 하지만 그 그림은 도리스의 그림으로 즉각 교체되었다. 수년간의 괴롭힘과 학대에 돌아 버린 도리스의 모습으로.

"나는 그들 중 아무도 제대로 심문할 기회를 얻지 못했어요. 내일부터 시작하겠습니다. 당신은 어때요? 당신 얘기를 해 주세요. 경찰에 들어온 지는 얼마나 됐어요?"

"2년요. 전에는 유아들을 가르쳤고, 좀 더 흥분되는 일을 하고 싶어졌어요. 이제까지는 경찰에서도 그다지 흥분할 만한 일이 없었지만요. 내가 기대했던 것과 달라요. 이 양성평등의 시대에 남자들에게 무슨 하녀 취급이나 받게 되리라고는 예상하지 못했죠."

"당신은 젊고 매력적이에요." 해미시가 냉소적으로 말했다. "이 직업이 당신을 집어삼킬 무렵에는 깐깐한 늙은이처럼 보여서 남자인지 여자인지 구분도 가지 않을걸요."

그녀가 와인 잔을 들어 올렸다. "그 말에 건배를 하겠어요. 당신은 왜 경찰 일을 하는 거예요, 해미시?"

"나는 딱 잘 맞아요. 로흐두에 경찰서도 있고. 아, 참 아름다운 마을이죠." 향수병이 그를 쿡 찔러 왔다. "사람들은 친절하고, 온화한 삶이죠." 그는 자신을 향한 그 모든 적대감을 잠깐 잊었다. 그의 눈이 꿈결에 젖었다. "근무를 쉴 때면 경찰서의 내 집에 그냥 머물러 있거나 낚시를 합니다. 경찰서 뒤에 자그마한 땅을 부치고 있죠. 암탉과 오리도 좀 쳐요. 살인 사건이 한두 번 나기는 했지만, 아이고, 모든 게 다 괜찮게 돌아갔죠."

"로흐두에 가 보고 싶네요."

그는 그녀의 앙증맞은 얼굴에 대고 미소를 지었다. "이 사건이 모두 끝나고서 나를 찾아올 수도 있겠죠."

"사건이 끝나기는 할 것 같은가요?"

"당연히 그래야죠. 우리 중 누군가가 살해를 당했고, 우리가 모든 용의자를 제대로 된 방식으로 살펴보면 살인자를 잡을 수 있다고 생각해요."

"당신이 맡았던 사건 얘기 좀 해 주세요."

해미시는 자신이 세운 공적에 관해서 공식적으로는 얘기해 줄 것이 많지 않았지만, 다른 사건들, 다른 살인 사건 얘기를 하자니 왠지 안도가 들었고, 현재 일어난 비극은 잊어버렸다.

마침내 그들이 레스토랑을 떠날 때는 자정이 다 되어 있었고, 오는 길은 반쯤 빛살이 비치고 있었다. "날씨가 꽤나 급작스럽게 바뀌죠." 해미시가 말했다. "곧 밤이 돌아올 거고, 겨울에는 낮에 몇 시간만 해가 비칠 테고요." 민박집 밖에서 그는 그녀에게 저녁 식사 고마웠다는 말을 전했다. "다음에는 내가 대접할 차례입니다."

"내일 밤은 어때요?"

"그래요, 그거 좋겠군요. 하지만 나는 이 지역을 몰라요. 그러니까 레스토랑 선택은 당신에게 맡겨야겠군요."

그녀는 그의 뺨에 재빨리 입을 맞추었고, 해미시는 살인 사건이 발생한 이후로 그 어느 때보다 마음이 가벼워진 채 차에서 나와 잘 자라는 손 인사를 하고서 민박집으로 들어갔다. 그는 타우저에게 하루의 마지막 산책을 시켜 줄 계획을 세우며 위층으로 올라갔다.

그는 침실 문을 따고 안으로 들어갔다. 타우저가 침대 위에 축 늘어져 있었다. "자 자, 이 게으름뱅이야." 해미시가 불렀다.

개는 움직이지 않았다. "어서, 이 녀석아, 다 큰 녀석이." 해미시가 타우저에게 다가갔다. 그는 타우저의 거친 털에 손을 얹었다가 이내 꼼짝도 하지 못하고 굳어 버렸다. 그는 개를 흔들었다.

그러다가 흔들던 손을 문득 거두었다. 크나큰 고통의 검은 파도가 그를 에워쌌다.

타우저가 죽었다.

제5장

자연에도 슬픔은 넘치고 차건만.
남자들이고 여자들이고 하루를 가득 채울 슬픔이.
그런데, 이미 슬픔이 그득하건만
왜 우리는 늘 더 많은 슬픔을 부르는가?
형제자매들이여, 내 명하노니
눈물 흘리게 할 개에게
그대들의 심장을 내어 주는 것을 조심하시오.
러디어드 키플링

다음 날 아침 일찍 매기는 디컨에게 불려 갔다.

"민박집 가서 맥베스 좀 만나 봐."

"왜요, 무슨 일 있어요?"

"그의 개가 죽었어."

매기가 그를 물끄러미 바라보았다. "누가 개를 죽인 건가요?"

"한밤중에 끌려간 수의사가 자연사라고 했다는군. 부검은 필요하지 않다고. 문제는 맥베스가 이 죽은 짐승을 로흐두에 묻으러 가고 싶어 한다는 거야. 이런 얘기 들어 본 적이나 있나?"

매기는 불편하게 몸을 뒤척였다. "개를 많이 사랑했나 보죠. 사람들은 애완동물에게 아주 큰 애정을 품기도 한답니다."

"그래도 그자는 경찰이야, 아가씨. 게다가 그놈은 경찰견도 아니었다고. 어쨌거나 자네가 해 주었으면 하는 일이 있어. 자네 근무를 하루 쉬게 해 줄 거야. 가서 그에게 집까지 차로 데려다주겠다고 해. 내가 보니까 그는 비밀을 속으로 간직하는 습관이 있더군. 그가 무슨 생각을 하는지 모조리 알고 싶네."

매기가 약삭빠른 눈으로 그를 보았다. "그만큼 영리하다는 말이죠."

"그래, 그게 내가 들은 거야. 나는 그를 과소평가하는 스트래스베인의 그 상사 같은 실수는 저지르지 않을 생각이야. 맥베스가 가는 길에 살인이 일어나면 사건이 해결이 돼. 하지만 나는 어디서 굴러온 경찰 나부랭이가 나 대신에 사건을 해결해서 우스운 꼴이 되기는 싫어. 어서 가 봐. 그리고 제복도 벗고. 하루 쉬는 날이라고 말해."

"알겠습니다, 경감님." 매기는 치마를 매만지며 일어섰다. 그녀는 해미시가 개를 잃었다는 것에는 아무런 감정이 들지 않았다. 그녀는 디컨의 눈에 든 게 기뻤고, 예기치 않게 찾아온 휴일이 기대되었다. "거너리 양이 이미 데려다주겠다고 제안하지 않았을까요?"

"그러면 그 늙다리에게 추가 심문이 기다리고 있으니 꼼짝 말고 있으라고 전해."

그녀는 던가튼의 집으로 가서 제복을 벗어 던지고 짧은 소매에 목이 깊게 팬 예쁜 여름 원피스로 갈아입었다. 그리고 다시 스캐그로 길을 나서 민박집으로 바로 이어지는 해변 도로를 달렸다.

그녀가 식당에 들어섰을 때 사람들 모두 아침 식사를 하고 있었다. 브렛네 아이들이 울먹이고 있었다. 타우저의 죽음은 살인 사건보다 그들에게 더 큰 영향을 끼쳤다. 암울하고 굳어진 해미시의 얼굴을 보면서 매기는 양심이 꺼림칙해지는 기분을 경험했다. 하지만 그것도 오래가지 않았다. "개를 잃으셨다고요, 유감이에요, 해미시." 그녀가 말했다. "나 쉬는 날이에요. 경찰서 사람들이 그러는데, 당신이 로흐두에 가고 싶어 한다고요. 내가 데려다주고 싶어요."

"제가 맥베스 씨를 데려다줄 거예요." 거너리 양이 말했다. 그녀의 눈이 안경 너머에서 번득였다.

"안타깝지만 그렇게는 안 되겠는데요, 거너리 양." 매기가 말했다. "추가 심문 때문에 호출이 올 거예요." 그녀가 몸을 돌려 나머지 사람들과 마주했다. "나머지 분들에게도 해당됩니다."

"무슨 휴가가 이래!" 셰릴이 외쳤다. 도리스가 약간 창백해졌고, 앤드루는 그녀의 손을 잡고 반발심을 담아 매기를 노려보았다.

"아, 좋아요." 해미시가 퉁명스럽게 말했다. "나는 가서……사체를 가져오겠어요."

매기는 식당 밖으로 나가 복도에서 기다렸다. 해미시는 타탄 무늬의 여행용 러그에 싼 타우저를 데리고 내려왔다. 거너리 양이 준 것이었다. 그가 매기에게 고개를 끄덕였다. "갑시다." 그가 짤막하게 말했다.

차를 타고 가는 동안에 매기가 머뭇거리며 물었다. "괜한 추측으로 더 힘들게 할 생각은 아닌데요, 해미시. 하지만 수의사가 자연사가 확실하대요?"

"네."

"타우저는 몇 살이었어요?"

"열두 살요."

"개로는 오래 살았군요."

해미시는 황량한 눈으로 창밖을 바라보며 대꾸하지 않았다.

"어떤 길로 가면 좋겠어요?" 매기가 물었다. "로흐두로 가는 새 다리요?"

"스트루이 고개를 지나 보너 다리 그리고 레어그 쪽으로."

"좋아요. 난 서덜랜드에는 한 번도 가 본 적이 없어요."

해미시는 대답하지 않았다. 매기는 라디오를 틀었다. 스코틀랜드 동북부 모레이만 지역 방송이 불쑥 흘러나왔다. 비틀스의 음악이 차를 채웠다.

해미시가 말하고 싶어 하지 않는다는 걸 제대로 간파한 매기는 서쪽으로 꾸준히 끝도 없이 차를 몰았다. 그녀는 앞에 펼쳐진 하늘을 보고 차에 스웨터를 넣어 가지고 왔으면 좋았겠다고 생각했다. 아니면 우비라도. 스트루이 고개가 보이는 지점까지 왔을 때 해미시가 입을 열었다. "저기가 서덜랜드예요."

그들 앞에 첩첩산중이 펼쳐져 있었다. 산 위의 구름이 빛줄기로 갈라져 있었다. 윌리엄 블레이크의 천사들이 사다리로 썼을 법한 모양이었다. 딱히 감성적이지 않은 매기마저 전율이 이는 것을 억눌러야 했다. 마치 어떤 기이한 야만의 땅으로 들어서는 듯한 기분이었다. 파이프주의 오밀조밀한 들판과 마을들과는 달라도 너무 달랐다. 모레이의 던가튼 주변의 평야와도 달랐다. 그들은 레어그에 자리한 암스 호텔의 바에 들러 점심을 먹으며, 거의 아무런 말도 나누지 않았다. 매기는 점점 더 불편해지기 시작했다. 모두 시간 낭비라는 느낌이 들었다. 애완동물의 죽음으로 애통함에 빠져 있는 해미시는 사건 얘기는 하지 않을 것이었다.

해안으로 이어지는 한 차선짜리 길을 따라, 기둥을 이룬 산들의 그림자 아래로 서덜랜드 깊숙이 차를 몰고 가는 동안에 매기는 가까스로 입을 열었다. "더 추워지는 것 같은데요, 해미시. 도착하면 스웨터 좀 빌려줄 수 있나요?"

"그래요, 뭐라도 찾아 주죠. 아뇨, 꺾지 말아요. 로힌버로 쭉 직진한 다음에 북쪽으로 가는 해안도로를 타요."

"아직 멀었어요?"

"얼마 안 남았어요."

서덜랜드의 바람이 불기 시작했다. 매기의 작은 차를 포악하게 끌어당기며, 머리 위 하늘을 포효하며, 너덜너덜한 구름을 시냇물처럼 흩날리게 하며.

그녀는 로힌버에서 길을 꺾어 구불구불한 해안도로를 따라 갔다. 도로 아래 바위 많은 해변으로 대서양이 온 기운을 모아 바닷물을 밀치고 있었다. 반대편에는 괴상하고 뒤틀린 산들이 뒤로 따라붙었다. 독수리 한 쌍이 강한 날개로 돌풍을 뚫고 유유히 날았다.

"고급스러운 곳처럼 보이네요." 매기가 토멜 성 호텔로 들어가는 단철 대문 곁을 지나치며 한마디 했다.

"꽤 비싼 곳이죠." 해미시가 호텔을 외면하며 대답했다.

한 차선 길이 다시 내리막길로 꼬꾸라지듯 치달았다.

"여기가 로흐두입니다." 해미시가 말했다.

매기는 그림같이 고풍스러운 무지개다리를 건넜다. 마을이 로흐두 협만을 따라 제멋대로 뻗어 있었다. 회반죽을 칠한 작은 집들, 예쁜 정원들, 어선들이 정박해 있는 항구가 보였다. 배들이 일렁이는 파도에 이리저리 흔들렸다.

해미시는 매기에게 경찰서로 가는 길을 일러 주고, 목적지에 도착하자 옆쪽에 차를 세우라고 말했다. 그가 타우저를 차 뒤에서 막 조심스럽게 들어 올리는 참에, 웰링턴 부인이 법석을 떨며 왔다.

"돌아왔군요." 목사 부인이 말했다. 매기의 눈에 커다랗고 펑퍼짐한 여인이 들어왔다. 육중한 얼굴에, 육중한 가슴을 가진, 수완 좋은 분위기를 풍기는 여인이었다.

"개를 묻으러 왔어요." 해미시가 밋밋하게 말했다.

"오, 해미시." 웰링턴 부인이 힘없이 말했다. "무슨 일이에요?"

"그냥 죽었어요. 그냥 그렇게요." 해미시가 말했다. "경찰서 뒤편 들판에 묻으려고요."

"지금요?"

"한 시간쯤 있다가요. 이분은 매기 도널드 순경입니다. 도널드 양, 웰링턴 부인입니다. 목사님 부인이세요."

매기가 손을 뻗었지만, 웰링턴 부인은 그 손을 보지 못한 듯했다. 해미시가 타탄 무늬 담요에 싸인 꾸러미를 차 안에서 옮기는 모습을 보면서 그녀의 커다란 이목구비가 괴로움에 일그러졌다. 그녀가 불쑥 몸을 돌려 걸어가 버렸다. 해미시는 집 옆쪽으로 가서 꾸러미를 한 손에 들고, 주머니를 뒤져 열쇠를 찾아내 문을 열었다.

"내가 커피 만들게요." 매기가 말했다. 그녀 자신의 귀에도 너무 밝고 매정하게 들리는 목소리가 나와 버렸다. "레인지 어디 있나요?"

"저기 스토브가 있어요. 내가 금방 불을 붙일게요." 해미시는 침실로 들어가서 타우저를 침대에 부드럽게 눕혔다.

그가 주방으로 돌아와 매기에게 스웨터를 하나 건넸고, 그녀는 감사하게 받아 입었다. 그는 스토브 옆에 있는 바구니에서 불쏘시개와 신문을 꺼내 불을 붙이기 시작했다. 스토브에 불이 활활 타오르자, 그가 그 위에 주전자를 올렸다. "금방 될 거예요. 나는 메시지가 왔나 자동응답기를 확인하러 가야겠어요."

그는 경찰서의 사무실이 있는 쪽으로 갔다. 매기는 찬장 문들을 열어 보다가 컵과 인스턴트커피병이 든 찬장을 찾아냈다. "우유는 없네요." 그녀가 외쳤다.

"조리대 위에 커피 크림 박스가 있어요." 해미시도 외쳤다.

주전자 물이 끓어오르자 매기는 머그잔 두 개에 커피를 탔다. 해미시가 다시 나타나 무겁게 앉았다. "자동응답기에 걱

정할 만한 얘기는 없네요. 즐겁고 평화로웠어요. 나 대신 일을
봐 주고 있는 시노선의 맥그리거 경사에게 전화를 걸어 봤더
니, 아무 일도 없었다고 하네요."

그가 커피 잔을 밀었다. "뒤쪽으로 가서 무덤을 파려고 합
니다. 이 일이 끝날 때까지는 쉴 수 없어요. 아니요, 당신은 여
기 있어요." 그는 매기가 일어서자 재빨리 덧붙였다. "뭐라도
보고 싶으면 거실에 텔레비전이 있어요."

"좋아요." 매기가 어색하게 말했다.

그가 나가고 나서 그녀는 머그 잔을 들고 거실로 가서 호기
심에 차 주위를 둘러보았다. 낡아 빠진 의자 몇 개와 닳아 해
진 월턴 카펫, 페이퍼백들이 쑤셔 넣어진 책장 하나와 막대기
와 갈고리, 낚싯대가 잔뜩 걸린 스탠드가 있었고, 벽난로 위에
는 하일랜드의 경치를 담은 훌륭한 그림 한 점이 걸려 있었다.
창가에는 공문서와 서류가 높게 쌓여 있었는데, 옆방인 사무
실까지 어지러이 널려 있었다. 벽난로 위 선반에는 사진 몇 장
이 있었다. 매기는 손으로 컵을 감싼 채로 사진을 유심히 들여
다보았다. 가족 사진이 있었다. 해미시가 가장 앞에 있고, 모
두 다 그와 마찬가지로 붉은 머리였다. 그리고 해변에 서 있는
해미시의 사진이 있었는데, 그 옆에는 아름답고 우아한 금발
여인이 서 있었다. 그는 그녀의 어깨에 팔을 둘렀고, 두 사람
다 눈이 부시게 행복해 보였다. 경찰서 바깥의 접의자에 곤히

잠들어 있는 해미시의 사진도 있었다.

매기는 텔레비전을 켜고 앉아서 저 아름다운 금발이 누구일지 궁금증에 잠겼다. 그가 찼다는 약혼녀일까?

BBC 1에서 올바른 콘돔 사용법에 관한 내용이 나왔다. 그녀는 다시 일어섰다. 리모컨이 없었던 것이다. 그녀는 채널을 돌리다가 캐리 그랜트가 나오는 옛날 흑백영화를 발견하고 자리를 잡고 보았다.

한동안 시간이 흐르고 나서 그녀는 바깥에서 사람들 목소리와 차 들어오는 소리, 누가 말하고 움직이는 소리가 들려오는 것을 깨달았다. 그녀는 텔레비전을 끄고 부엌으로 가서 문을 열었다.

마을 사람들이 긴 줄을 이루어 지나가고 있었다. 그들은 집 뒤편으로 돌아가 밭으로 갔다. 해미시가 모습을 드러내자 그녀는 문에서 물러섰다. 그는 아무 말도 없이 그녀를 지나쳤다. 그가 침실로 들어가 타우저를 싼 꾸러미를 들어 올려 다시 바깥으로 나갔다. 잠시 후에 그녀는 그를 따라갔다.

온 마을 사람들이 모인 게 분명해, 그녀는 그를 따라 언덕배기로 올라가며 놀라워했다. 남자와 여자들이 입을 꾹 다물고 해미시가 판 무덤을 둘러싸고 섰다. 남자들은 심지어 각자 가지고 있는 가장 좋은 정장을 입고 있는 듯 보였다. 결혼식과 장례식에 갈 때 입으려고 좀약을 넣어 보관해 두었을 꼭 끼는 구식 정장이었다. 그녀는 어처구니가 없다고 생각하려고 애썼다. 마을 전체가 한낱 잡종견의 장례식에 나타나다니 어처구니가 없다고. 하지만 이 장면에는 마음을 끄는 구석이 있었다. 너덜너덜한 구름이 머리 위로 흘러가며 여자들의 스카프와 치마를 후려치고 지나갔다. 엄숙한 얼굴들은 저 옛날 사람들 같았다. 그녀는 검은색 양복과 목깃을 두르고 무덤가에 서 있는 목사를 보았다. 설마 장례식 추도사를 읊지는 않을 테지.

그녀는 무덤을 둘러싼 군중 사이에 들어갔으나 사람들에게 가로막혀 아무것도 보이지 않았다. 그래서 언덕배기로 약간 더 올라가서 그 장면을 내려다보았다. 해미시가 타탄 무늬 담요를 두른 타우저를 무덤에 조심스럽게 내려놓았다. 매기는 좋은 여행용 담요를 낭비한다고 생각했다. 해미시가 그 위에 흙을 약간 뿌렸다. 웰링턴 목사가 군중 앞에 섰다. "우리의 마음이 애완견의 슬픈 죽음을 맞이한 해미시에게로 전해질 것을 저는 확신합니다. 개는 종종 인간의 가장 좋은 친구라고 불립니다. 그리고 타우저는 그 좋은 예였습니다. 선한 주님이 상실감에 빠진 당신에게 위안을 내리시기를, 해미시. 기도합시다."

매기로서는 민망해서 어쩔 줄 모르겠는 가운데, 주기도문이 바람 부는 하늘을 타고 올라갔다. 기도가 끝나자 해미시는 삽을 들고 흙을 퍼 무덤 위로 뿌렸다. 웰링턴 씨가 다시 입을 열었다. "저와 제 부인이 목사관에 여러분 모두를 위해 술을 약간 준비했습니다. 모두 다 오셔도 좋습니다."

마을 사람들이 한 무리로 움직이기 시작했다. 해미시는 삽에 기대어 무덤을 내려다보았다. 모두 말없이 행렬을 이루어 언덕을 내려갔다. 계속 남아 있는 것은 잘못된 선택이라는 본능의 목소리 덕분에 매기는 그들을 따라갔다.

그녀는 언덕 아래에서 뒤를 돌아다보았다. 키 큰 해미시 맥베스의 형체가 바람 부는 하늘을 배경으로 실루엣으로 보였다. '고작 개일 뿐이야.' 그녀는 속으로 맹렬하게 생각했지만, 기품 있던 장례식 장면에 목이 메었다.

해미시는 그곳에 오랫동안 서 있었다. 타우저의 선명한 이미지들이 그의 머릿속을 앞서거니 뒤서거니 지나갔다. 그의 침대 끄트머리에서 자고 있는 게으른 타우저, 프리실라를 열광적으로 환영하며 흙투성이 발을 그녀의 치마에 올려놓던 타우저, 토끼들을 쫓으며 히스 꽃 사이를 내달리는 타우저. 마침내 그는 황망한 한숨을 작게 내쉰 뒤 어깨에 삽을 둘러메고 언덕을 내려왔다.

매기가 도착했을 때 목사관은 꽉 차 있었다. 그녀는 거실 문가에서 머뭇거렸다. 웰링턴 부인이 그녀를 보고 다가왔다. "들어오세요, 도널드 양." 그녀가 우렁차게 말했다. "슬픈 날이에요. 우리 모두에게 슬픈 날이에요. 아, 여기는 우리 동네 의사 선생님 부인이신 브로디 부인이에요. 이쪽은 도널드 순경이에요. 해미시와 함께 왔어요. 한 모금 들어요, 도널드 양.”

매기는 한 여자가 들고 다니는 쟁반에 담긴 위스키 잔을 집어 들었다.

“스캐그에서 일어난 사건을 맡고 있나요?”앤절라 브로디가 물었다.

“아주 미약하게요.”매기가 말했다.“모든 일은 형사들이 하고 있어요.”

“가여운 해미시.”앤절라가 눈에 달라붙은 머리칼을 걷어냈다.“살인이 그를 따라다니는 것 같다니까요. 하지만 그의 느긋한 태도에 속으면 안 돼요. 그는 아주, 아주 똑똑한 사람이에요.”

“저도 그렇게 들었어요. 그 사람 약혼은 어떻게 된 거예요?”

“그건 해미시에게 직접 물어봐야 할 거예요.”앤절라는 상냥하게 말했지만, 매기는 모욕을 당한 기분이 들었다.

그녀가 재빨리 말을 돌렸다.“마을 전체가 개 한 마리의 장례식에 나타나다니 놀랐어요.”

“우리 마을은 긴밀하게 맺어져 있거든요.”앤절라가 말했다.“타우저는 해미시에게 아주 중요한 의미가 있었어요. 해미시가 오네요.”

매기의 눈에 방에 들어서는 해미시가 사람들 머리 위로 보였다. 갑자기 정적이 감돌다가 모두 그를 둘러싸고 북적거렸다. 부드러운 하일랜드 목소리들이 애도의 말을 중얼거렸다. 해미시는 위스키 한 잔을 들고 한 모금에 다 마셔 버린 다음, 한 잔을 더 들었다. 저 사람이 취할 작정이라면 난 오늘 밤에 돌아가기는 영 글렀군, 매기는 생각했다.

앤절라가 매기를 이 사람 저 사람에게 소개했다. 방은 이내 사람들이 수다를 떠는 소리로 가득 찼다. 한 남자가 아코디언을 들고 와서 경쾌한 스코틀랜드 춤곡을 연주하기 시작했다. 좌중에 위스키가 더 돌았다. 카펫이 개켜졌고, 몇몇 사람들이 춤곡에 맞추어 춤을 추기 시작했다. 하일랜드의 경야는 한 번도 본 적이 없는 매기는 소음과 사람들이 즐거워하는 광경이 신기했다.

"사람들이 이제 해미시의 개에 대해서는 별로 괘념치 않는 것처럼 보이네요." 그녀가 앤절라에게 말했다.

"오, 이건 죽음을 축하하는 자리예요. 모든 생명은 천국으로 간답니다." 앤절라가 말했다. "가여운 타우저까지도요."

해미시는 춤판에 끼어들어 있었다. 그의 갸름한 얼굴은 흥분으로 빛났고, 그의 흐느적거리는 팔다리는 이쪽저쪽으로 날아다녔으며, 모두 환호를 하고 손뼉을 쳐 댔다. 점점 더 많은 위스키가 돌고, 담배 연기가 나고, 음악과 춤이 넘쳐 났다.

로흐두 밖 외딴 마을들에서 사람들이 더 많은 술병을 들고 들어왔다. 새벽 2시가 되자 매기는 더 이상은 버티지 못하겠다고 느꼈다. 그녀는 해미시에게 가자고 두 번을 권했으나, 해미시는 그녀의 말을 무시했다.

"전 그냥 경찰서로 돌아가서 잠을 자야겠어요." 매기가 웰링턴 부인에게 말했다.

"그럼 절대 안 되죠." 목사 부인이 말했다. "우린 어디를 가서든 당신을 찾아낼 거예요. 우리 집에 여분의 침실이 있어요. 경찰서에서 당신 물건을 가져오면 편안한 잠자리를 만들어 줄게요."

"밤을 보낼 짐은 가져오지 않았어요. 하루 묵게 될 거라고는 생각하지 못했거든요."

"그럼 위로 올라가요. 내가 입을 걸 찾아 줄게요."

매기가 웰링턴 부인의 펑퍼짐한 잠옷을 두르고 나자 부인이 그녀의 옷을 빨아 준다며 가져갔다. "아침이면 다 준비가 되어 있을 거예요, 도널드 양. 좋은 꿈 꿔요."

매기는 아래층에서 들려오는 소음을 막으려고 애쓰며 이리저리 뒤척였다. 누군가 백파이프를 연주하기 시작했다. 누군가 넘어진 것 같은 소리가 났고, 컵이 깨지고, 환성이 들렸다. 그녀는 마침내 뒤숭숭한 잠에 빠져들었다. 그리고 지치고 물린 기분으로 일찍 잠에서 깼다. 놀랍게도 그녀의 깨끗한 옷이 침대 발치 의자에 깔끔하게 개켜져 있었다.

침실 한쪽에 세면대가 있었다. 웰링턴 부인이 가져다 둔, 포장을 뜯지 않은 칫솔과 치약과 깨끗한 수건도 있었다. 매기는 씻고 옷을 입고 아래층으로 내려갔다. 목사관은 조용했다. 그녀는 경찰서로 해미시를 깨우러 가기로 마음먹었다.

그녀는 해미시가 고주망태가 되어 기절해 있을 줄로 예상했으나, 가 보니 그는 한 중년 여자와 함께 부엌에 있었다. "우리 어젯밤에 만났죠." 여인이 말했다. "나는 커리예요, 네시 커리."

해미시가 매기를 바라보았다. "잠시 우리 둘만 있게 해 줄 수 있어요? 곧 아침 만들어 줄게요."

매기는 고개를 끄덕이고 거실로 갔다. 그녀는 기다리고 또 기다렸다. 네시 커리가 떠나는 소리가 들리고, 그와 거의 동시에 문을 두드리는 소리가 들리더니 다른 사람이 들어왔다.

해미시가 거실 문에 얼굴을 내밀고 그녀에게 말을 건 것은 11시경이었다. "아침 준비됐어요."

"브런치라고 해야 맞겠네요. 무슨 일이었어요? 사람들이 범죄를 신고하러 온 건가요?"

"아니요, 도움을 받았으면 하는 문젯거리가 있어서 온 거예요."

"그러니까 당신은 동네 정신과 의사이기도 한 건가요?"

"우리는 모두 서로 돕습니다."

매기는 부엌 식탁에 앉아 베이컨, 달걀, 구운 토마토로 이루어진 든든한 아침과 씨름했다. "우리 스캐그로 돌아가야겠어요. 어젯밤에 돌아갈 거라고 말했는데, 게다가 이렇게 되면 하루 쉬는 게 아니잖아요."

"내가 깜빡했네요. 가서 디컨에게 전화를 걸어요."

매기는 경찰서 사무실로 가서 문을 닫았다. 그녀는 스캐그 경찰서에 전화를 걸어 디컨을 바꿔 달라고 했다.

디컨은 타우저의 장례식 얘기를 들었다. "그 하일랜드 촌것들은 다 미친 게로군. 걱정할 것 없어. 최대한 빨리 돌아오기나 해."

매기는 부엌으로 돌아와 아침을 마저 먹었다. "가기 전에 어디 한 군데 들러야 해요." 해미시가 말했다. "가는 길에 처리합시다."

경찰서를 나선 다음에 해미시는 그녀에게 점쟁이네로 가는 길을 일러 주었다.

앵거스 맥도널드가 해미시를 반갑게 맞이했다. "걱정하지 말게, 해미시. 당신에게 강아지가 또 생길 거요."

"강아지는 더 원하지 않습니다. 이쪽은 매기 도널드입니다. 어젯밤 목사관에서 보셨을 것 같군요."

"오, 그래요." 점쟁이가 꿰뚫는 듯한 시선을 매기에게 고정했다. "주전자를 올려놔야겠군요."

암흑시대가 따로 없군, 점쟁이가 토탄 불 위에 검게 탄 주전
자를 올려놓는 모습을 보며 매기가 생각했다.

"여기 온 이유를 얘기할게요, 앵거스 영감님." 해미시가 진
지하게 입을 열었다. "이 말도 안 되는 짓을 멈춰야 해요."

"무슨 말도 안 되는 짓?"

"그러고도 영감님은 점쟁이라고 자처하는 거예요? 제시 커
리 얘기를 하고 있잖아요. 영감님이 그녀가 이혼한 어부와 결
혼할 거라고 말한 이래로 얼굴에 화장을 잔뜩 처바르고 한껏
꾸미고서는 얼빠진 노파처럼 하고 다닌다잖아요. 어선들이
들어올 때면 항구에 얼쩡거린다고요. 매클레인 부인은 그녀
의 눈알을 손톱으로 빼 버리겠다고 을러대고."

"나는 보이는 그대로 볼 뿐이네." 앵거스가 불길하게 말했
다.

"당신은 사람들이 나쁜 짓을 하게 만드는 혐오스러운 인간
이에요. 제시 아줌마를 여기로 불러서 그녀가 조용한 노처녀
의 삶을 이어 갈 것이라는 다른 점괘를 봤다고 말해요. 안 그
러면 내가 당신의 평판을 결딴낼 테니까. 내가 그럴 수 있다는
거 알죠? 한 사람의 귀에 작은 속삭임을 흘려 넣고, 다른 귀에
작은 거짓말을 흘려 넣고 하면서."

앵거스는 생각에 잠겨 해미시를 바라보았다. "사실 말인

데," 그가 말했다. "그녀의 미래에 관해 내가 또 다른 광경을 보기는 했지."

"그럴 줄 알았어요. 이제 영감님 욕실을 좀 쓰고서 우린 갈 길을 가겠어요."

해미시가 집 뒤편으로 사라졌다. "차 한잔 마시고 가지 않을 건가요?" 점쟁이가 매기에게 물었다.

"아니요. 우린 가야 합니다. 어젯밤에 갔어야 했어요."

"당신은 젊은 나이에 성공을 거둘 거예요. 그렇게 될 거요." 앵거스가 부드럽게 구슬렸다. "당신은 성적 대상으로 취급받는 게 경멸스럽다고 말하지만, 바로 그 성을 이용해서 꼭대기까지 올라갈 거란 말이지. 아무리 젊다고 해도 당신은 닳고 닳았으니."

매기는 불이 붙은 듯 얼굴을 붉히며 벌떡 일어났다. "저는 차에서 기다리겠습니다." 그녀가 쏘아붙였다.

해미시가 돌아와서 주위를 둘러보았다. "매기는 어디 갔어요?"

"차에."

"그녀에게 뭐라고 말했어요?"

"아, 아니. 아가씨가 가고 싶다고 하던데." 점쟁이는 자신이 한 말을 매기가 해미시에게 옮기지 않을 것이라는 확신이 있었다. 그녀는 말하지 않았다.

"웰링턴 부부에게 묵게 해 줘서 고맙다는 말 했나요?" 해미시가 물었다.

"아, 그 사람들요. 오늘 아침에 아무도 보이지 않아서요. 그래서 그냥 나왔죠."

해미시는 목구멍에서부터 짜증 섞인 쯧쯧 소리를 냈다. "마을로 돌아가서 파텔네 잡화점에 들릅시다."

매기는 분부대로 했다. 해미시는 상점으로 들어가 초콜릿 상자 하나를 들고 나타났다. "목사관에 들러서 당신은 웰링턴 부인에게 초콜릿을 드리고, 환대에 감사한다는 말을 전할 겁니다."

"얼마예요?" 매기가 중얼거렸다. "그거 값 내가 낼게요."

"그럴 필요 없어요."

매기는 문득 로흐두에서 간절히 나가고 싶어졌다. 그녀는 경찰이라는 남자들의 세계에서 남자들의 치근덕거림에 익숙해져 있었다. 남자들의 수작에 익숙했지, 남자가 자신의 사교상의 태도를 바로잡는 데는 익숙하지 않았다.

웰링턴 부인은 해미시에게 초콜릿 고맙다고 따뜻하게 말했다. 그는 매기의 생각이었다고 말했다. "아, 그래요. 고마워요, 도널드 양." 웰링턴 부인이 이렇게 말했지만, 그녀가 이미 매기를 냉정하고 감사를 모르는 물건, 자기 주려고 초콜릿을 살 생각은 꿈에도 하지 않을 물건이라고 판단 내렸을 것이라는 생각이 매기에게 내려앉았다.

그녀는 안도의 감정을 느끼며 로흐두를 빠져나왔다. 자기 성찰이라고는 거의 하지 않는 매기였지만, 자신의 성격에 대한 기분 고약한 통찰을 뒤로 남겨 두고 가는 듯한 기분이 느껴졌다.

그녀는 안도하며 민박집에 해미시를 내려 주었다.

그러고서 그녀는 경찰서로 직행했다. 경사가 그녀에게 음흉한 시선을 던졌다. "여, 매기, 우리한테 속바지 좀 보여 줘 봐."

"재수 없게 까불지 말라고요." 매기가 그에게 속눈썹을 나풀거리며 대꾸했다. 안전하고 익숙한 세계로 돌아와 기뻤다.

디컨이 문밖으로 고개를 내밀더니 그녀를 보았다. "돌아온 것을 환영하네, 매기. 차 좀 내오고, 가게 가서 도넛도 좀 사와. 그러고서 자네가 할 얘기를 듣지."

매기가 빙그레 웃었다. "네, 경감님." 그녀는 나가려고 몸을 돌리면서 방에서 디컨이 누군가에게 어깨 너머로 하는 얘기를 듣고 만족을 느꼈다. "굉장한 아가씨야. 크게 될 거라고."

해미시는 방으로 들어가 침대에 앉아 황량한 눈으로 허공을 응시했다. 그러고는 주위를 둘러보았다. 타우저의 음식이나 물그릇, 목줄이 어디에도 보이지 않았다. 문을 살짝 노크하는 소리가 들렸다.

그는 진절머리를 내며 일어서서 문을 열었다. 거너리 양이 서 있었다. "당신 방에서 마음대로 타우저의 물건을 치웠어요, 해미시. 내가 잘한 일이었으면 좋겠네요."

"아주 친절하고 사려 깊으십니다, 거너리 양."

"당신이 그 여경과 함께 간다고 너무 화낸 거 미안해요. 괜찮으면 한잔하러 스캐그에 같이 가고 싶은데요."

"그래요, 그거 좋겠네요."

펍에 앉고 나서 해미시가 물었다. "어떻게 돼 가고 있어요?"

"그게 말이에요, 드라마의 연속이죠. 더모트 브렛의 진짜 아내가 왔어요. 당신은 더모트와 준이 부부가 아니란 거 알았어요? 그의 이름이 신문에 났어요. 난리도 그런 난리가 없었답니다. 부인이 그와 이혼을 하겠다고 했어요. 아이들은 더모트의 아이들이 맞더군요. 그는 수년 동안 이중생활을 해 왔던 건데, 아내에게 절대로 말하지 않을 생각이었다더군요. 그녀가 그런 일을 당하고는 결코 살 수 없고 자살이라든지 뭔가 미친 짓을 할 것이기 때문이라고요. 이 일에서 좋았던 점이 하나 있다면, 그 아내가 정말로 그를 치워 버리고 싶어 해서 그가 준과 결혼할 수 있게 되었다는 거죠. '이런, 이 모든 짓거리를 다 하고 있을 필요가 없었다니' 하고 그가 말하더군요."

사건에 대한 해미시의 관심이 급격히 되살아났다. "그게 무슨 뜻인지 궁금하네요." 그가 천천히 말했다. "결국 해리스를 죽일 이유가 없었다는 뜻일 수 있잖아요. 뭐가 또 있죠?"

"셰릴과 트레이시가 오늘 아침에 던가튼로에서 히치하이크를 하려다가 붙잡혔어요. 경찰이 그 애들을 경찰서에 데리고 있어요."

"왜 도망가려고 했답니까?"

"그 경찰, 크릭 있잖아요. 그가 이제는 이 온갖 일이 지루해져서 뒷얘기를 하고 다니기 시작했는데, 그의 말에 따르면 그 애들은 끔찍한 음식과 지루함, 경찰의 괴롭힘에 질렸다고 했대요."

"틀린 얘기 같지는 않군요. 앤드루하고 도리스는요?"

"참 서글픈 일이에요. 둘이 함께 산책을 나가기는 하지만, 너무도 침울해하고 있어요. 두려움과 걱정이 두 사람 사이에 있었던 것 같은 사랑을 죽여 버리고 있기라도 한 것처럼 보이니."

"아이들은요? 브렛네 애들요?"

"더모트의 아내가 모습을 드러내자마자 준이 다행히도 그녀가 오는 걸 보고 아이들을 집 뒷문으로 데리고 나가 하루 종일 오지 않았어요. 운이 따른다면 이혼 후에 준과 더모트는 결혼을 할 수 있고, 아이들은 영영 알 필요가 없게 되는 거죠."

"적어도 그들은 잉글랜드인들이니까요." 해미시가 감정 섞인 목소리로 말했다.

"그게 무슨 상관이에요?"

"아이들이 스코틀랜드 사람이었다면, 스코틀랜드 법 아래서 평생 사생아로 남아 있어야 했을 거예요. 잉글랜드인들이니까 부모가 결혼하는 대로 합법적인 자식이 되는 거죠. 하지만 더모트는 어떻게 그렇게 오랫동안 속일 수 있었을까요?"

"해리스처럼 그도 여행을 다니는 세일즈맨이에요. 미네랄워터를 팔죠. 아주 자주 집을 떠나 있었던 거죠. 두 집 살림을 꾸리려면 틀림없이 열심히 일해서 돈을 많이 벌었어야 할 거예요."

"부인과의 사이에 아이는 없답니까?"

"네, 제가 들은 바로는 없어요. 정보원 크릭에게서 얻은 정보에 따르면 그래요. 그리고 준은 단독날인증서로 성을 브렛으로 바꾼 거래요."

슬픔에 일시적으로 얼어붙었던 해미시의 뇌가 갑자기 다시 작동할 조짐이 보였다. 그 매음굴! 그는 그곳을 잊고 있었다.

"전화를 몇 통 걸어야겠어요. 나중에 봐요. 제가 얘기를……"그는 타우저의 죽음에 거너리 양이 보였던 큰 친절함을 떠올렸다. "오늘 저녁에 식사 모실게요. 던가튼에 훌륭한 인도 레스토랑이 있어요. 커리 좋아하세요?"

거너리 양의 눈이 빛났다. "아주 좋아해요."

"그럼 데이트하는 거예요."

해미시는 그녀를 떠나 주도로 끝, 해리스가 나왔던 곳이라고 생각되는 집으로 걸어갔다. 길에서 약간 안으로 들어간 곳에 잘 손질된 빅토리아풍 주택이 있었다.

그는 가서 벨을 눌렀다. 언뜻 봐서는 스캐그의 어느 주부처럼 보이는, 토실토실한 여자가 문을 열어 주었다. 서머 드레스를 입고 굽이 낮은 구두를 신고, 갈색 머리는 꼬불꼬불하게 사정없이 파마가 되어 있었다. 푸른빛이 도는 회색 눈이 냉정하게 그를 살펴보았다. 입은 작고 가늘었고, 입가에는 실망의 기색이 걸렸다. 그녀는 아무 말도 하지 않고 그저 뒤로 물러서서 그를 안으로 들였다. 그녀는 부끄러움을 더 알았던 시절이었으면 앞쪽 응접실이었을 곳으로 그를 안내했다. 약간 치과 대기실처럼 보이기도 하는 곳이었다. 소파 앞 낮은 테이블에 화려한 잡지 몇 권이 놓여 있었다. 의자 몇 개가 드문드문 놓여 있고, 벽난로 선반에 놓인 검은 대리석 시계에서 째깍거리는 소리가 울려 퍼졌다. 말린 팜파스그라스가 난로에서 타고 있었다. 거실에서는 살균제와 가구 광택제 냄새가 났다.

"자, 무슨 일로 오셨을까요?" 그녀가 팔짱을 끼며 물었다. 그녀의 작은 눈이 그를 위아래로 훑어보았다.

"저는 경찰입니다. 몇 가지 질문을 드렸으면 합니다."

"이보세요. 나는 경찰과는 조금도 다툴 일이 없어요."

"저는 부인이 매음굴을 운영한다는 이유로 심문을 하러 온

게 아닙니다."

그녀의 얼굴이 화가 나서 붉어졌다. "여기는 남부끄러울 게 없는 조식 제공 민박집이에요. 내가 똑똑히 보여 주죠. 당신이 가서 얘기해야 할 사람은 심슨이란 인간이에요. 나는 당신을 명예훼손으로 고소할 수도 있어요. 꺼져요."

해미시는 바보가 된 기분을 느끼며 문으로 갔다. "심슨이란 여자분은 어디에 사시나요?"

"옆집."

해미시는 사과의 말을 중얼거리며 집을 나서 대문에 도달해서는 풀이 죽은 채 문기둥 옆에 구불구불한 글씨로 '조식 제공 민박집'이라고 새겨진 작은 간판을 알아보았다.

옆집 문은 그의 한정적인 경험에 비추어 보았을 때 매음굴처럼 보이는 구석이 조금도 없었다. 집은 깔끔하게 손질되어 있고, 윤택한 중산층의 분위기를 풍겼다. 집 옆의 자갈 깔린 짧은 진입로에는 새 BMW가 세워져 있었다.

그는 〈용감한 스코틀랜드〉가 흘러나오는 벨을 울렸다. 이번에는 가운을 입은 여자가 문을 열어 주었다. 갸름한 얼굴에 이가 커다랗고, 눈은 툭 튀어나온 여자였다. "아, 안으로 들어오세요." 그녀가 쾌활하게 말했다. "일찍도 오셨네요."

"지금 오후입니다." 해미시가 말했다.

"그래요, 우리는 남자들이 밤에 오는 데 익숙하거든요. 어떻게 즐겁게 해 드릴까요?"

그녀가 그를 앞쪽 방으로 안내했다. 옆집과 대조적으로 이 집 거실은 그냥 한 가정의 거실처럼 보였다. 누군가 뜨던 뜨개질감이 안락의자에 내버려져 있고, 텔레비전이 켜져 있었다. 난로에서는 작은 석탄불이 타닥타닥 기분 좋게 타오르고 있었다. 소파와 의자는 꽃무늬 친츠 천으로 씌워져 있었다.

"경찰에서 나왔습니다." 해미시가 말했다.

"아, 그래요. 이번엔 뭘 원하죠? 또 경찰 미망인과 고아 기금에 기부금을 내라는 건가요?"

해미시는 경찰의 부정부패에 관한 증거일 수도 있는 이 말을 슬그머니 회피했다. "제가 제대로 찾아온 것이면 좋겠네요. 여기 매매춘하는 집 맞습니까?"

"참 직설적이시네요."

"제가 먼저 옆집을 찾아가는 실수를 저질렀습니다."

그녀가 웃음을 터뜨렸다. "그 늙은이를 엄청나게 당혹스럽게 하셨겠군요. 그녀가 일컫는 대로 그녀의 그 신사 기숙사로 말하자면, 여기에 오는 사람들과는 비교도 안 되게 술을 마셔 댄답니다. 원하는 게 뭐죠?"

"밥 해리스 말입니다. 살해당한 남자요. 그가 이곳에 왔습니까?"

"두 번 왔어요."

"누구를 만났죠?"

"맨디요. 두 번 다."

"제가 그녀와 얘기를 좀 나눌 수 있겠습니까?"

"물론이죠. 하지만 그 애가 해 줄 말이 뭐가 있을지 모르겠네요. 두어 번 잠깐 왔다 가는 거였으니. 가장 싼 걸로요. 데려올게요."

해미시는 기다렸다. 텔레비전에서 낮게 흘러나오는 목소리가 호랑이의 교미 행태에 대한 정보를 알려 주었다.

한동안 시간이 흐르고 나서 문이 다시 열리고, 심슨 여사가 잠옷 가운 차림의 안색이 창백한 여자를 데리고 왔다. 해미시는 창녀에게도 심장이란 게 있다고 여기는 감상적인 남자가 아니었다. 경찰을 하면서 한 경험에 따르면 그들은 게으르고 불안정하며 신경질적이고 건방졌다.

"맨디예요." 심슨 여사가 그녀를 앞으로 밀었다. "하루 종일 걸리면 안 돼요. 잠을 자 둬야 미모가 유지되니까."

맨디는 기다란 코끝을 긁다가 힘없이 늘어진 머리칼을 눈에서 걷어 냈다. 해미시는 혹여 100년을 잔다고 해도 맨디가 밋밋하고 추저분하게 보일 거라는 고약한 생각이 들었다.

그들은 소파에 앉았다. "자, 맨디," 해미시가 말문을 열었다. "그 죽은 남자, 밥 해리스가 당신 고객이었던 걸로 알고 있는데요."

"아, 그 사람요. 저는 보통 누가 누구인지를 모르는데, 그 사람 사진은 신문에서 봤어요."

"그 사람 성격을 조금 더 알면 누가 그 사람을 죽였는지 알아내기가 조금 더 쉬워질 것 같아서요."

"아, 그 사람 아내겠죠."

"어째서 그렇게 생각하죠?"

"그는 술을 엄청 마셨고, 고주망태의 문제를 겪고 있었죠. 그러니까 세울 수가 없었다는 얘기예요. 그러면서 마누라가 자기를 망쳐 놓았다고, 그녀가 자기를 증오한다고, 저한테 다시 돌아오겠다고 했는데, 다음번도 마찬가지였어요. 그는 나를 때렸어요. 미친 작자였죠. 나는 종을 울렸죠. 고객이 추접하게 나올 때를 대비해서 종이 있거든요. 심슨 여사가 달려와서 그 사람더러 나가라고 명령했지요."

"고객들한테 많은 소문을 들을 텐데요, 밥 해리스가 살해당하던 날 그를 봤다고 말한 사람이 있나요?"

"그럼요."

"뭐라고 하던가요? 누구죠?" 해미시가 몸을 앞으로 뺐다.

"그 민박집에 있는 남자요."

"뭐라고요? 이 옆의 민박집 말입니까?"

"아뇨, 해리스가 묵고 있던 집 말이에요. 로저스, 그게 그 사람 이름이에요. 해리 로저스."

제6장

온 세상이 차체 없이 뼈대만 남은 차와 같은 상태에 있다.

손 오케이시

해미시는 기다란 뱀처럼 몰아치는 모래바람을 뚫고 민박집 방향으로 바닷가를 내달렸다. 모래 언덕을 질러가던 그의 눈에 멀리 자신의 파란색 밴에 타는 로저스가 보였다. 그는 소리를 지르면서 한층 더 빨리 달렸다. 하지만 바람이 그가 지르는 소리를 후려쳐 쓸어 가 버렸고, 그는 밴이 길로 나와 던가튼 방향으로 가는 것을 보았다. 그는 자신에게 차가 없다는 사실에 저주를 퍼부었다. 거너리 양은 여전히 스캐그에 있을 것이었다. 그가 민박집 복도로 들어서는데 매기 도널드가 그곳에 서 있었다.

"빨리요!" 해미시가 말했다. "차 가져왔어요?"

"네, 저 뒤쪽에요. 한데—"

"어서요. 로저스를 따라잡아야 해요."

그들은 달려 나와 매기의 차로 갔다. "어디로요?" 그녀가 물었다.

"던가튼으로 가는 길이요. 파란색 밴을 몰고 갔어요."

그들은 속도를 내 출발했다. "이게 다 무슨 일이에요?" 매기가 트랙터 하나를 매끈하게 돌아 추월하며 말했다.

"그 매춘업소를 갔었어요."

"세상에 도대체 왜……?"

"로저스도 고객이었어요. 그런데 그가 해리스가 살해되던 날 해리스를 봤다고 매춘부에게 말했답니다. 그의 진술에 그런 얘기가 있었습니까?"

"한 마디도 없었어요."

"그러니까 로저스를 따라잡아서 그가 뭘 하는지 봅시다."

매기는 운전에 집중했고, 그들은 던가튼 자락에서 앞에 파란색 밴을 보는 것으로 보상을 받았다. "저 사람 세울까요?" 매기가 물었다.

"아뇨." 해미시가 말했다. "더 좋은 생각이 있어요. 그를 따라갑시다. 하지만 당신을 보게 하면 안 돼요. 그가 어디로 가는지 알고 싶어요."

매기는 차 한 대를 추월하게 놔두어 로저스의 시야에서 자신의 차를 숨겼다.

차분한 속도로 달리던 파란색 밴은 시내 중심가를 지나 던가튼 가장 안쪽의 잎이 우거진 교외로 방향을 틀었다. 길 양편으로 빅토리아풍 단독주택들이 늘어서 있었다. 한때는 우아한 가정집이었으나, 이제는 작은 호텔과 양로원으로 바뀌어 있었다.

"그가 저기 노인들 사는 집에 차를 세우고 있네요." 매기가 말했다. 로저스는 한 주택의 짧은 진입로로 들어섰다. 바깥에 '서니 타임스 양로원'이라는 간판이 달려 있었다.

"여기서 세워요." 해미시가 지시했다. "그리고 기다려요." 해미시가 차를 스르륵 빠져나갔다. 그는 그 집 정원으로 들어가 월계수 덤불 사이로 들여다보았다. 로저스가 집 옆쪽에 난 주방 문으로 가고 있었다.

해미시가 지켜보는 가운데, 기름투성이 앞치마를 두른 남자가 문에서 나왔다. 로저스가 그에게 무슨 메모지 같은 것을 건넸다. 남자는 고개를 끄덕이고서 다시 들어갔다. 로저스는 밴의 트렁크를 열었다. 이내 남자가 나타나더니 두 사람은 함께 짐이 든 종이 박스를 트렁크에 넣기 시작했다.

해미시가 다가갔다. 로저스는 그 모습을 보았다. 그는 트렁크 문을 쾅 닫고 재빨리 운전석으로 향했다. "아뇨, 안 됩니다." 해미시가 말했다. "박스 안에 뭐가 들어 있는지 잠깐 봅시다."

"그러려면 수색영장이 필요할 거요." 로저스가 외쳤다. 그렇지 않아도 붉은 그의 얼굴이 분노로 더 붉어졌다.

"아뇨, 그렇지 않습니다." 해미시가 말했다. 그는 밴 뒤쪽으로 가서 트렁크 문을 열고 박스 하나를 앞으로 끌어냈다. 박스에는 살짝 상해 가기 시작하는 소의 옆구리 살이 담겨 있었다. 그는 다른 박스들도 들여다보았다. 각종 식료품을 가득 담은 박스들이었다. 그러니까 이것이었다. 민박집에서 나오는 끔찍한 음식의 원인이 이것이었다. 로저스는 던가튼의 양로원에서 버리는 식품을 사고 있었다.

해미시가 소리쳐 매기를 불렀고, 그녀가 오자 알아낸 것을 간단하게 설명했다. "저 사람 주방에서 데려와요. 둘 다 서로 데려갈 테니까."

로저스와 주방에서 나온 남자는 부당한 일은 하나도 없었고, 자신은 무고하다고 큰 소리로 항의하며 집을 돌아 양로원 앞문으로 끌려왔다. 그곳에서 해미시는 누가 책임자인지 물었다. 구겨진 양복을 입은 피곤한 안색의 남자가 복도 끝의 사무실로 그들을 데려갔다. 그는 자신을 두걸드라고 소개하고서 양로원은 '노인구호'라는 자선단체가 운영한다고 말했다.

"제이미가 무슨 짓을 저지르고 있었답니까?" 그가 지친 기색으로 물었다.

"이 사람이 제이미입니까?" 해미시가 주방 남자 쪽으로 고갯짓을 하며 물었다.

"그렇습니다. 제이미 싱클레어요."

"양로원 물품을 여기 로저스 씨에게 팔고 있었습니다. 로저스 씨는 스캐그에서 민박집을 하고 있습니다. 제이미는 유통기한이 한참 지난 고기를 팔고 있었죠. 저건 오래된 물품이고, 저는 당신이 입주자들에게 그런 고기를 주고 있지 않기를 바랍니다."

"네, 그렇지 않습니다. 우리는 던가튼의 평판 좋은 상점들에서 물건을 공급받고 있습니다. 이게 전과자를 고용하면 당하는 일이죠. 저는 자선단체에 싱클레어를 쓰고 싶지 않다고 했지만, 그 사람들은 누구에게나 기회는 있어야 한다고 말하더군요."

"싱클레어의 전과가 뭡니까?"

"사기, 좀도둑질, 상점 물품 절도, 핸드백 소매치기, 뭐든 대보십시오."

해미시는 완전히 주눅이 들어 버린 싱클레어를 심문하려고 앉았다. 싱클레어는 냉장고와 냉동실에 있는 물품을 정기적으로 점검했고, 로저스를 위해 챙겨 둔 물건은 주방의 찬장에 놓아두었다가 로저스가 오면 주었다. 해미시는 싱클레어와 로저스에게 양로원에 대한 사취 공모 혐의를 씌웠고, 매기에게 싱클레어를 차로 데려가라고 말했다. 하지만 로저스에게는 그대로 있으라고 퉁명스럽게 지시했다. 그가 두걸드 씨에게 말을 돌렸다. "잠깐 선생님 사무실 좀 사용해도 되겠습니까? 서에 데려가기에 앞서 로저스 씨에게 몇 가지 질문을 하고 싶습니다."

"그러십시오. 이건 좋지 않은 일이군요. 하지만 이사회의 저 박애주의자분들 모두에게 다음에는 좀 쓸 만한 사람을 보내 줘야 한다는 가르침은 줄 기회가 되겠죠."

모두 나가고 나자 해미시는 공격적으로 나오는 로저스를 마주했다. "자, 이 혐의는 스캐그의 경찰이 다룰 겁니다. 하지만 나는 다른 것에 더 관심이 있단 말이죠. 당신은 해리스가 살해되던 날 그를 봤습니다."

로저스가 지지 않겠다는 눈으로 그를 빤히 보았다. "못 봤습니다. 누가 그렇게 말합디까?"

"매춘업소의 맨디라는 이름의 창녀가요."

발을 동동 구르며 서 있던 로저스가 마치 다리가 없어져 버린 듯이 불쑥 앉았다. "할 말 없습니다." 그가 중얼거렸다.

"어이쿠, 그럼 로저스 부인은 할 말이 좀 있을지도 모르겠군요."

"그랬다가는 큰일 날 줄 아시오!"

"두고 보시지요."

로저스는 머릿속으로 누군가의 목을 비트는 걸 상상하는 듯이 커다랗고 두툼한 손을 쥐어짰다.

"좋아요." 그가 잠시 침묵했다 입을 열었다. "그날 그자가 방파제로 가는 걸 봤어요. 더모트 브렛이 그를 불러 세워 그에게 소리를 질렀어요. 무슨 말인지는 들리지 않았습니다."

"그게 언제였습니까?"

"3시쯤 됐을 거요."

해미시는 그를 날카롭게 바라보았다. "브렛 씨가 경찰에게 그 일을 말하지 않은 이유는요?"

로저스가 천장을 물끄러미 올려다보았다. "모릅니다."

"당신은 왜 말하지 않았습니까?"

로저스가 자기 발을 내려다보았다.

"좋아요. 밖에 차로 갑시다."

해미시는 싱클레어와 로저스를 체포한 경위에 대해 디컨에게 설명하는 일은 매기에게 맡겼다. 그는 민박집으로 다시 달음질을 쳤다. 그는 경찰이 찾으러 오기 전에 자기가 먼저 브렛을 심문하고 싶었다.

늦은 오후였지만, 바람이 잦아들었고 태양이 환하게 빛났다. 그의 앞으로 더모트와 준, 아이들이 해변에 보였다. 더모트는 모래성을 만드는 아이들을 도와주고 있었고, 준은 그들이 낑낑거리는 모습을 보고 웃고 있었다. 근심 걱정 없는 가족처럼 보였다. 해미시는 그들에게 다가가 더모트에게 조용히 말했다. "저하고 잠깐 걸읍시다. 경찰이 도착하기 전에 당신과 얘기를 좀 해야겠습니다."

더모트는 들고 있던, 모래가 가득 찬 들통을 내려놓고 천천히 일어섰다. 그와 해미시는 해변을 따라 걸어갔다. 옆에서 밀물이 밀려들었고, 그들은 준과 아이들에게서 멀어졌다. 해미시는 뒤를 돌아다보았다. 준이 그들을 빤히 보고 있었다. 그녀의 얼굴은 파리하고 조바심이 가득했다.

"로저스를 체포했습니다." 해미시가 말문을 열었다.

"왜요?" 더모트의 눈에 어쩌지 못하는 희망의 빛이 몰려나왔다.

"썩은 음식 때문에요. 그는 던가튼의 한 양로원에서 쓰고 남은 식료품을 사 왔어요. 하지만 저는 당신과 그 얘기를 하려는 게 아닙니다. 로저스는 살인이 일어나던 무렵 당신이 해리스와 다투고 있는 모습을 보았어요."

"아, 그거요."

"그러니까 털어놓으십시오. 진술서에 왜 그 말을 하지 않았습니까?"

"걱정이 됐습니다. 저에게 불리하게 보일 테니까요. 당황해서 어떻게 해야 할지 몰랐습니다. 저는 신문에 제 이름이 올라가지 않게 하려고 애쓰고 있었어요. 만약 경찰에게 얘기를 하면 제가 경찰 조사를 돕느라 구금되어 있다는 기사가 나갈 테고, 아내가 알게 될 거라고 생각했어요. 결국 그렇게 됐지만요. 들으셨습니까?" 해미시는 고개를 끄덕였다. "그렇게 됐죠. 어쨌거나 그녀는 알게 됐어요. 그녀는 제가 자기를 떠나면 자살할 거라고 늘 협박했어요. 그러고는 그녀가 독을 내뿜으며 왔죠. 그녀는 준과 제가 신문에 브렛 부부라고 나오는 걸 다 읽었고, 저와 이혼을 하겠다고 했어요. 그냥 그렇게 말입니다! 숨기려고 했던 그 모든 세월이 전부 필요가 없었던 거예요!" 그는 영문을 모르겠다는 듯이 머리를 흔들었다. "저는 제가 위험에서 벗어났다고 생각했어요. 하지만……"

해미시가 나직하게 말했다. "하지만 로저스가 당신을 협박했군요."

"그가 그렇게 말하던가요?"

해미시는 머리를 흔들었다. "그는 당신이 스캐그에 있었던 걸로, 해리스가 살해당하기 전에 그와 실랑이를 벌인 일로 당신을 협박했겠죠."

"그는 많이 바라지는 않았어요." 더모트가 머리를 떨구며 웅얼거렸다. "그저 200파운드 정도. 저는 이 일이 끝날 때까지 그가 입을 다물게 해야겠다고 생각했어요. 이제 제게 더 불리해지고 말았네요."

"로저스에게 어떻게 돈을 지불했습니까?"

"주지 않았어요. 오늘 주려고 했죠."

해미시가 끙 하는 소리를 냈다. "당신이 그에게 수표를 주었으면 하고 바랐는데. 그러면 증거가 있을 테니까요. 그의 말과 당신의 말뿐이에요. 당신이 해리스를 죽였습니까?"

"죽이고 싶었죠. 하지만 죽이지 않았어요. 그는 저와 준에 대해 제 아내에게 어떻게 알려 줄지 넌지시 말을 흘렸어요. 저는 당황해서 어찌할 바를 몰랐습니다. 저는 스캐그로 그를 따라가서 무슨 말이라도 했다가는 두들겨 줄 거라고 협박을 했어요. 로저스가 우리를 봤죠. 해리스가 죽었다는 소식을 듣자마자 그는 제가 해리스와 다툰 일을 말하겠다고 했어요. 말했듯이 저는 당황했고, 그에게 돈을 주겠다고 약속했습니다."

해미시는 서글프게 해변을 바라보았다. 경찰 두 명이 그들 쪽으로 오고 있었다. "당신 때문에 온 겁니다." 그가 말했다. "제 충고 들으세요. 저들에게 전부 다 말해요. 당신은 협박을 받았다는 증거가 없지만, 이제 경찰은 로저스가 거짓말을 하고 속였다는 것을 아니까 당신 말을 믿는 쪽으로 기울 겁니다."

더모트가 경찰들과 함께 갔다. 해미시는 준에게 가서, 아이들에게서 좀 떨어진 곳으로 그녀를 데리고 가 무슨 일이 있었는지 말해 주었다. "여기에 다시 오다니 우리가 미쳤던 거죠."

준이 쓰라리게 말했다. "작년에는 달랐어요. 음식은 좋았고 날씨도 완벽했고, 무엇보다 아이들이 아주 좋아했어요. 이제 어떻게 될까요?"

"더모트가 사실을 얘기하고 경찰이 그를 믿는다면, 오늘 밤이면 아마도 돌아올 겁니다. 하지만 당신도 반드시 사실을 말해야 해요. 당신은 어디에 있었습니까?"

"제가 이미 말했던 곳에 있었어요. 아이들과 해변에요. 사실과 다른 유일한 부분은 더모트가 이곳에 있지 않았다는 거예요. 그이는 해리스가 스캐그에 간 것 같다고 하며 그자의 입을 막겠다고 말했어요." 그녀의 얼굴이 화끈 달아올랐다. "그이는 그자에게 한 방 먹이겠다고 협박하려고 했을 뿐이에요." 그녀가 재빨리 덧붙였다.

"애들 계속 즐겁게 해 주세요. 헤더가 좀 긴장한 것처럼 보이네요."

"저 아이는 괜찮을 거예요. 이 일 때문에 우리 모두 우울해지네요. 누가 죽인 거예요, 해미시?"

"모릅니다."

"누군지 몰라도 지옥에나 가라지." 준이 사납게 내뱉었다. "저는 해리스를 싫어했어요. 하지만 살인은 너무도 크나큰 걱정거리와 비극을 일으키는 일이잖아요. 저는 그가 아직 살아 있다면 좋겠다고 생각해요."

"이제 티타임이 돼 가는군요. 음식이 나올지나 모르겠지만요." 해미시가 손목시계를 들여다보았다. 준이 아이들을 불렀다. 해미시는 막내를 어깨에 휙 앉혔고, 그들은 함께 민박집 방향으로 걸었다. 그들 앞으로 그들의 그림자가 기다랗고 연필같이 가늘게 뻗었다. 공기에 냉기가 살짝 섞여 있어서 해미시는 스코틀랜드의 여름은 언제나 짧고, 8월이 끝나자마자 서리가 내릴 것임을 떠올렸다.

민박집에서 준은 옷을 갈아입히러 아이들을 위층으로 데리고 올라갔다.

해미시는 휴게실로 들어섰다. 거너리 양이 앉아서 텔레비전으로 뉴스를 보고 있었다. 그녀가 텔레비전을 껐다. "우리, 저녁은 언제 먹으러 갈까요?"

해미시는 그녀를 초대한 일을 깜빡했다. 하지만 얼른 말을 꾸며 냈다. "아, 한 시간 정도 있다가요. 좀 일찍 먹읍시다. 피곤하네요."

그녀가 일어섰다. "그렇다면 나는 위로 올라가서 좀 쉬다가 옷을 갈아입을게요."

해미시는 창가로 걸어가 밖을 내다보았다. 그는 침대로 가서 잠이 들어 이 모든 일을 잊어버리고만 싶었다. 그러면서도 방에 가고 싶지는 않았다. 타우저가 달려와 자신을 맞이해 주기를 여전히 기대하고 있었던 것이다. 문이 열리고 도리스와 앤드루가 들어왔다. 그들은 그를 보고 경계하는 표정으로 불쑥 멈추어 섰다. 이윽고 앤드루가 말했다. "식당으로 가나요, 해미시?"

"아닙니다. 저는 오늘 거너리 양과 데이트를 갑니다. 오늘 밤에 음식이 나올지나 모르겠지만." 그는 그들에게 로저스 얘기를 해 주고 다음과 같이 말을 맺었다. "거짓말을 하다니 더모트는 어리석었습니다. 거짓말은 절대 어떤 도움도 되지 못합니다. 거짓말이라는 말이 나온 김에, 도리스, 당신은 민박집과 반대편, 그러니까 스캐그 쪽으로 걸어갔다고 했는데, 내가 당신이 마을 쪽으로 가는 걸 직접 봤습니다."

"간단해요." 도리스가 말했다. "나는 마음이 바뀌어 돌아왔어요. 해변이 아니라 길을 따라서 왔어요. 그러고는 이 집 뒤쪽으로 가서 저쪽 해변으로 갔어요. 헤더가 나를 봤어요."

"그럼 경찰에 그렇게 말하는 게 좋을 겁니다. 당신은 어디에 있었나요, 앤드루?"

"말했잖습니까, 해미시. 나는 도리스를 찾으러 스캐그에 갔어요. 하지만 찾지 못했죠."

해미시가 불편한 기색으로 그들을 보았다. 그는 도리스가 방금 잘 꾸며 낸 거짓말을 했다는 것을 확신했고, 앤드루로 말하자면, 그는 해리스와 쉽게 마주칠 수 있었다. 스캐그는 좁은 곳이었다.

"있지 말입니다." 해미시가 힘에 겨운 상태로 불붙은 듯 붉은 머리를 쓸어 내면서 말했다. "제가 계속 이 말을 되풀이하는 것 같은데요. 경찰에게 거짓말해 봐야 아무런 좋은 일이 생기지 않습니다. 경찰은 어떻게 해서든지 늘 알아냅니다."

"그러니까 디컨 같은 바보라도 말입니까?" 앤드루가 물었다.

"특히 디컨 같은 바보가요. 제가 그런 부류라면 많이 만나 봤습니다. 그들은 느리고 집요하고 철저합니다. 거짓말 냄새를 맡을 수 있고, 맡았다 하면 캐묻고 또 캐묻고 파고 또 파고 듭니다."

"경찰이 우리를 여기 영원히 묶어 둘 수는 없어요." 도리스가 소곤거렸다.

"당신들 남은 인생 동안 당신들을 쫓을 수도 있어요. 당신의 남편을 죽인 사람은 누가 됐든지 반드시 잡혀야 해요, 도리스. 당신은 알고 싶지 않습니까?"

그녀는 앤드루에게 묘한 눈길을 보냈다. "모르겠어요."

그녀는 앤드루가 한 짓이라고 생각해, 해미시의 마음이 착 가라앉았다. 확실하다. 하지만 앤드루가 저지른 짓이라고 생각한다면 그녀 자신이 남편을 살해했을 수가 없다. 그녀가 앤드루의 맥베스 부인이 되어 그가 실행에 옮기도록 부추긴 것이 아니라면.

긴 하루였다. 그는 갑자기 피곤이 몰려오는 걸 느꼈다. 그는 그들에게 짧게 목례를 하고 서둘러 그들을 떠나 옷을 갈아입으려 올라갔다. 깨끗한 속옷을 찾으려 뒤지다가 스캐그에 빨래방이 있다면 내일 더러운 옷 더미를 가지고 가야겠다고 생각했다.

그는 다시 아래층으로 내려와 식당 안으로 고개를 들이밀었다. 준이 베이컨과 달걀을 사람들에게 내놓고 있었다. "로저스 부인은 경찰서에 있어요." 그녀가 말했다.

"베이컨 괜찮습니까?" 해미시가 물었다.

"네. 로저스 부부가 먹는 음식 창고에서 가져온 거예요."

그는 물러났다. 거너리 양이 내려와 있었다. 그녀는 화장을 짙게 하고, 머리는 빗어 어깨로 내려뜨리고, 프린트가 들어간 원피스를 입고 하얀 구두를 신고 있었다. 그는 이 노처녀가 자신에게 빠지고 있다는 거북한 기분이 들면서 저녁 식사에 초대하지 말 걸 그랬다는 생각이 들었다. 무슨 핑곗거리가 없을지 마음속을 헤집어 보았지만, 아무것도 생각해 낼 수가 없었다. 그때 문이 열리고 매기 도널드가 들어왔다. "서에 가야겠어요, 해미시. 경감님이 당신을 만나고 싶어 해요."

그는 안도감이 들었다. 거너리 양은 쓰라리게 실망한 기색이더니, 이내 짐짓 쾌활하게 말했다. "기다릴게요, 해미시. 밤새도록 있지는 않겠죠."

"내일 밤에 식사를 하는 건 어떨까요? 내일은 확실한 데이트가 될 거예요."

"좋아요." 거너리 양이 마지못해 말했다. "나도 식당에서 뭘 좀 먹을까 봐요."

"디컨이 왜 나를 보자고 하는 겁니까?" 스캐그로 가는 차 안에서 해미시가 물었다.

"당신과 사건 얘기를 하고 싶어 하는 것 같아요. 나 같은 여경 나부랭이하고는 사건 얘기를 하려고 하지 않으니까요. 그리고 나는 오늘 당신이 나를 저녁 식사에 데려가는 줄 알았는데요."

"까먹었어요." 해미시가 웅얼거렸다.

그녀는 피곤함을 느꼈고, '자기 사람들'에게로 돌아온 희열은 빠르게 닳아 없어졌다. 그녀는 사건에 관한 모든 논의에서 배제되었다. 그보다 나쁜 것은 로저스와 싱클레어를 체포한 공을 자신이 완전히 차지하려고 시도했지만, 디컨이 어떻게 해미시가 두 사람을 주방 문 앞에서 현행범으로 체포했는지 진술을 받고 나서 한 말이었다. "매기, 다른 사람이 탐문해서 해낸 일을 자기 공으로 차지하는 짓을 해서는 경찰 안에서 어디에도 가지 못할 거야. 자네에게 놀랐어. 차 좀 내 주면 좋겠어. 얼른 가져와."

경찰서에 다다랐을 때 매기가 말했다. "차에서 기다릴게요.

안에 들어가면 나를 웨이트리스로 써먹을 거예요. 심지어 나는 지금 근무 중도 아닌데."

해미시는 경찰서로 들어가 내근 경사의 안내를 받아 옆쪽에 있는 방에 들어섰다.

디컨 혼자 있었다. "로저스와 싱클레어는 어디 있습니까?" 해미시가 물었다.

"던가튼의 보안관 법정에 출두하러 갔네. 잘 해냈어, 맥베스. 민박집 사람들에게서는 뭐 좀 알아낸 것 없고?"

하지만 해미시는 도리스와 앤드루를 '배신'하고 그들에 대한 의심을 입 밖에 내기에는 너무도 지쳐 있었다. 그는 고개를 저었다. "뭘 알아낼 기회가 없었습니다."

디컨은 의자에 기대어 한 발로 다른 의자를 끌어당겼다. "앉게, 친구. 내가 생각을 좀 해 봤어. 해리스의 아내나 거짓말하는 브렛 부부나 로저스, 아니면 아내의 남자 친구가 아니라고 해 보자고. 자네 친구, 그러니까 거너리 양에 대해선 생각해 보았나?"

"그녀가 왜요?"

디컨이 코 옆을 톡톡 두드렸다. "억눌린 노처녀. 자네와 잠을 잤다는 온갖 그 실없는 얘기를 한. 그렇게 창녀처럼 입고 나타나지 않았다면 내가 그 여자 말을 믿었을 리가 없지."

"지금은 1990년대예요. 1900년대가 아니고요." 해미시가 말했다. "결혼과 아이들이라는 덫을 피한 영리한 커리어 우먼으로 여겨지는 노처녀들도 곧잘 있단 말입니다. 그들은 억눌리거나 뒤틀려 있는 게 아닙니다. 사실 말인데, 결혼을 하지 않은 여자가 질병에 걸릴 확률도 더 낮고 더 오래 산다는 통계도 있어요. 제가 태어나기도 전에 그들이 카트를 집어 내던진 유일한 이유는 사회가 그들을 실패자이자 변종으로 취급했기 때문이라고요."

"아이구, 그래, 자네 식대로 생각하게나." 디컨이 기분이 상해서 말했다. "스트래스베인에서는 상관에게 존칭을 붙이라는 말을 아무도 해 주지 않던가?"

"잊었습니다, '경감님'. 제가 어쩌다 보니 휴가 중이어야 하는데, 라는 미친 생각을 하고 있었지 뭡니까."

"뭐, 휴가가 아니었던 건 아니라고 생각하고 잊자고. 자네는 겉보기와 다르게 상황 판단이 빠른 사람이라고 정평이 나 있더군. 이 사건이 자네 관할 구역에서 일어났다고 가정해 보세. 자네 같으면 어떻게 하겠나?"

"제가 잘 아는 사람들 사이에서 시작했을 겁니다. 하일랜드 사람들은 다른 종류의 동물이니까요."

"맞아, 거듭 되풀이해도 될 말이지. 하지만 내가 자네의 사건들을 확인해 봤거든. 그중 살인자 몇 사람은 잉글랜드인이더군."

"저는 보통 용의자 각각의 뒷조사를 하는 것으로 시작합니다. 경감님도 그렇게 하셨다는 건 압니다만, 저는 경찰 밖에도 쓸 만한 연줄이 다양하게 있습니다. 민박집에는 공중전화 하나밖에 없어요." 한 가지 생각이 문득 그의 뇌리를 스쳤다. "제 경찰서에 이틀 정도 가게 해 주시면 제가 경감님을 도와 드릴 수도 있을 것 같습니다."

디컨은 잠깐 그를 살펴보고는 말했다. "그래, 보내 줄 수 있을 것 같아. 우리가 자네를 잡아 둘 이유도 그다지 없으니까. 매기 도널드를 데려가게."

"왜요?" 해미시가 날카롭게 따졌다. "계속 저를 감시하게요?"

"아니야, 아니야." 디컨이 그를 살살 달랬다. "자네에게 도와 줄 사람을 붙여 주는 거네, 알겠나? 매기는 속기와 타자에 능해. 자네를 대신해 어떤 보고서라도 써 줄 걸세."

해미시는 매기를 로흐두에 데려가고 싶지 않았지만, 다른 한편으로 스캐그를 다시 벗어나고 싶다는 마음에 갑자기 안달이 났다. "묵게 되면 그녀가 숙박 비용을 대야 합니다. 경찰서에서 저와 함께 묵을 수는 없습니다."

"좋아. 그녀는 어디에 있나?"

"차에서 기다리고 있습니다."

"그럼 가게나, 친구. 그리고 연락 게을리하지 말게. 매기를 들여보내게."

해미시는 차로 가서 매기에게 디컨이 보고 싶어 한다고 전했다.

차를 타는 것보다 중요한 임무가 주어지기를 바라는 열렬한 마음에 매기는 서둘러 디컨을 만나러 갔다. 해미시와 로흐두에 가야 하며, "그가 하는 모든 일을 보고해"라는 말을 들은 그녀의 얼굴이 실망감에 우스꽝스럽게 바뀌었다. "아, 그 촌동네는 다신 안 가요." 그녀가 부르짖었다. "사람들이 죄다 이상하다고요. 해미시가 개를 묻을 때 마을 사람 전체가 나타난 것 아세요? 무슨 진짜 장례식인 것처럼요. 그리고 모두 경야에 왔다고요!"

"그래, 그래. 그게 자네한테 떨어진 하일랜드 사람들이야. 그가 무슨 일을 하는지, 누구를 만나 얘기하는지 꼼꼼히 확인해. 그는 자기 전화를 써서 자기 연줄에게 정보를 얻으려고 돌아가는 거야."

"우리에게 없는 연줄이 그 사람이 어디서 날 수가 있어요?"

"모르지. 내가 아는 건 그가 쓰는 방법이 과거에 통했던 것 같다는 게 전부야."

매기가 차로 돌아오자 해미시가 말했다. "당신이 나를 도와줘야 한다면 나를 위해 한 가지를 해 줘요."

"뭐예요?"

"경찰서로 다시 들어가서 모든 용의자들의 집 주소를 가져와요."

"어렵지 않은 일이네요."

해미시는 앉아서 기다렸다. 그는 손목시계를 보았다. 경찰서에서의 일은 오래 걸리지 않았다. 민박집으로 돌아가 거너리 양이 식사를 했는지 알아보고, 하지 않았다면 그녀를 데리고 저녁을 먹으러 가는 게 좋겠다고 생각했다. 그의 마음이 마술처럼 그녀를 불러내기라도 한 듯이 차 한 대가 매기의 차 옆에 서더니, 거너리 양이 밖으로 나왔다. 해미시도 차에서 나왔다.

"당신이 괜찮은지 보려고 왔어요." 거너리 양이 말했다. "당신이 또 체포되는 걸 보고 싶지 않아서요."

매기가 나왔다. "다 됐어요, 해미시. 당신이 원하는 주소를 가지고 왔어요. 아침 7시에 데리러 갈게요. 자, 이제 당신이 내게 빚진 저녁은 어쩌죠?"

"나는 거너리 양과 데이트가 있습니다." 해미시가 말했다. 두 여자가 서로를 바라보았다. 돈 후안 확정이로군, 해미시가 냉소적으로 생각했다. 나를 사이에 둔 싸움을 불러일으키다니, 하나는 은퇴한 교사에, 하나는 어찌나 기가 센지 성냥을 그으면 불이라도 붙을 여경이라니.

"어디로 가는데요?" 매기가 밝게 물었다.

"해미시가 던가튼의 어떤 커리 집에 저를 데리고 가 줄 거예요." 거너리 양이 말했다. "이 사람이 훌륭한 곳이라고 하더 군요."

"아, 그건 제가 보장할 수 있어요." 매기가 상냥하게 말했 다. "제가 이 사람을 그곳에 데려간 범인이거든요."

"이제 갑시다." 해미시는 두 사람 모두에게, 스캐그 전체에, 이 살인 사건에 신물이 나는 심정으로 거너리 양의 차에 올랐 다.

"내일 어디에 가는데요?" 거너리 양이 차를 출발시키며 물 었다.

"로흐두로 돌아갑니다. 알아볼 일이 좀 있어서요."

"다시 돌아오나요?"

"물론입니다. 어떤 의미에서 나는 아직 용의자니까요."

"터무니없는 소리예요."

"내가 만약 디컨이었다면 그런 생각을 마음속 저편에 여전 히 가지고 있을 겁니다. 살인 사건에서는 누구나 용의자예요."

"심지어 나도 말이죠."

"심지어 당신도요."

"나는 그 남자 해리스를 혐오했어요. 그리고 맞아요. 내가 저지른 일일 수도 있겠죠." 거너리 양이 말했다. "하지만 나는 죽이지 않았어요. 누가 했든지 간에 행운이 있길 바란다는 말을 전해 주고 싶지만, 결과가 지금 너무 지독하네요. 가여운 도리스. 왜 앤드루와 그냥 가서 행복하면 안 되는 걸까요?"

"살인자가 잡히기 전까지는 두 사람 중 누구도 행복할 수 없을 것 같은데요. 두 사람은 어쩌면 서로를 의심하고 있을지도 모릅니다."

"그런 말도 안 되는!"

"아주 말이 안 되지는 않습니다. 당신은 나머지 사람들을 보면서 누가 살인자일지 종종 궁금하지 않나요?"

거너리 양이 살짝 몸을 떨었다. "나는 길을 헤매던 어떤 미치광이가 그냥 해리스의 머리를 갈겨서 하루를 환하게 밝혀 준 것이기를 바라는 마음이에요."

"만약 어떤 미치광이 짓이라면 우리는 망한 겁니다. 동기가 없는 범죄보다 나쁜 건 없거든요."

레스토랑에 도착해 자리에 앉고 나서 해미시가 말했다. "우리 다른 얘기 좀 할 수 없을까요? 살인 얘기에는 질렸어요. 당신은 왜 그렇게 일찍 퇴직했나요? 은퇴할 나이로 보이지는 않는데."

"입에 발린 말을 잘도 하시네요. 은퇴할 나이에 가까울 만큼은 가까워요. 그냥 학생들을 가르치는 게 싫증이 났어요. 첼트넘 외곽의 남학교에서 교편을 잡게 되었는데, 세상 어디에 뭐가 붙어 있는지 그보다 더 관심이 없으려야 없을 수가 없는

못돼 먹은 녀석들에게 지리를 가르쳤죠. 이튼이나 웨스트민
스터나 윈체스터 같은 굉장한 곳은 아니지만, 학비를 아주 많
이 내는 그런 공립학교 중 하나였어요. 그곳에 온 아이들은 대
부분 공통입학시험에 떨어진 아이들이지만, 부모들은 자기
애들이 번지르르하고 비싼 시설에 가기를 원한 거예요. 급료
는 좋았어요. 하지만 못된 바보들을 가르치는 건 언제나 압박
감뿐이에요. 여학교로 전근 가는 것도 생각해 봤지만, 퇴직하
고 내 인생을 즐겨 보자고 마음을 먹은 거예요."

"즐기고 있나요?"

"그랬죠. 이 살인 사건이 나기 전까지는요. 스코틀랜드에서
저렴한 휴가를 누린다는 생각은 너무도 온건하고 안전한 것
같았으니까요."

"다시 살인 얘기로 돌아왔군요." 해미시가 아쉽다는 듯이
말했다.

"그럼 당신 인생 얘기를 좀 들려주면 어때요? 이 아수라장
과 살인과 관련되지 않은 건 뭐라도요."

해미시는 마음을 가다듬고 로흐두의 이야기를 들려주었다.
로흐두와 그곳 사람들에 대한 오래된 애정이 벼락처럼 되살
아났다. 타우저의 죽음에 모두들 얼마나 다정하게 대해 주었
던가. 그는 얘기를 이어 갔고, 거너리 양은 몸을 뒤로 기대고
들었다. 그녀의 지적인 눈이 안경 뒤에서 즐거움으로 반짝거

렸다.

민박집으로 돌아오는 동안에 해미시는 거너리 양과 보낸 저녁이 대단히 즐거웠음을 놀라운 마음으로 깨달았다.

하지만 빅토리아풍의 민박집 일부가 황혼 속에, 모래 언덕 너머로, 무성하게 난 뾰족한 풀들 너머로 우뚝 모습을 드러내자, 마음이 착 가라앉았다. 스캐그에 위험한 살인자가 활개 치며 돌아다니게 두고 로흐두로 정말 떠나야 하는 것인지 판단이 서지 않았다.

제7장

나는 도망갔다네, 외쳤다네, 죽음이여.
지옥이 그 흉측한 이름에 몸을 떨며 한숨을 내쉬었네.
그 모든 무덤들로부터. 그리고 울려 퍼졌네, 죽음이여.

존 밀턴

다시 로흐두였다. 햇살이 폭풍을 머금은 하늘에서부터 만의 검은색 물을 비스듬하게 내리쳤다. 정박한 어선들이 흔들리고 있었다. 빨랫줄에 걸린 옷가지가 바람에 괴롭힘당하는 범선의 가로돛처럼 펄럭였다.

경찰서에 도달해 차에서 나온 매기는 대서양에서 불어오는 돌풍의 힘에 밀려 몸을 숙이고 해미시를 따라 부엌으로 들어갔다. 그녀는 해미시가 스토브에 불을 붙이고 가축을 확인하는 동안 앉아서 기다려야 했다. 그가 부엌문으로 머리를 들이밀었다. "목사관으로 가서, 우리가 밤을 보내게 될지도 모를

190

경우에 대비해 침대 하나 얻을 수 있는지 알아보면 어때요?"

그녀는 주저했다. 누가 됐든지 해미시가 통화하려는 사람과의 대화를 들어야 했다. 그런 생각을 읽기라도 한 듯이 해미시가 상냥하게 말했다. "잔일을 좀 해야 해요. 한 시간 정도는 가만히 앉아서 경찰 일을 할 겨를이 없을 거예요."

매기는 떠났다. 해미시는 싱긋 미소를 짓고는 경찰서 사무실로 갔다. 그는 매기가 준 이름과 주소 명단을 집어 들었다. 그는 런던의 신문기자인 사촌 로리 그랜트에게 전화를 걸었다. 실없는 농담을 주고받고 나서 그가 말했다. "나 또 살인 사건 맡았어, 로리. 스캐그에서 일어난 일이야. 들어 봤어?"

"머리를 얻어맞고 바닷속으로 떠밀린 사건?"

"그거야. 바다는 아니고 강이긴 하지만. 어쨌거나 용의자들의 이름과 주소를 주면, 그들에 관해 무슨 기록이 있는지 알아봐 줄 수 있겠어?"

"시시하잖아, 촌동네 살인이라니, 해미시. 나한테는 뭐가 떨어지지?"

"내가 살인자를 찾아내면 특종을 첫 번째로 보도하게 되지."

"관심 없네요."

"수사의 일환으로 글래스고로 가 볼까 생각 중이야. 네 어머니에게 들러서 네가 어떻게 하고 돌아다니는지 말할지도 모르겠는데."

"그랬단 봐라!" 로리는 해미시가 자신의 방탕한 클럽 생활과 바람둥이로 살고 있는 생활을 말하고 있다는 걸 알았다.

"이모는 그렇게나 네 소식을 듣고 싶어 안달일 거란 말이지."

"알았다, 이 협박이나 해 대는 나쁜 놈아. 들어나 보자."

해미시는 이름과 주소 명단을 읽어 나갔다. 로리와 볼일을 마치고 나자 그는 전화기와 주소를 응시하다가 첼트넘에 있는 경찰서에 전화를 걸어 첼트넘 외곽의 학비는 비싸되 학생들의 학습 수준은 낮은 고급 남학교의 이름을 물어보았다. 그들은 학교 이름이 세인트찰스임과 그곳 전화번호를 가르쳐 주었다.

그는 학교에 전화를 걸어 교장과 통화하게 해 달라고 요청했다. 교장인 파트리지 씨는 이미 경찰과 면담을 했으며, 더 보탤 말이 없다고 매몰차게 말했다. 거너리 양은 말썽 없고 유능한 교사로, 오랫동안 그곳에서 일했다고 했다. 때 이르게 퇴직하겠다는 그녀의 결정이 뜻밖이었던 것은 분명했다. 맞다. 그녀는 학교 안에서 살았는데, 지금은 몬트필리어가에 아파트를 하나 가지고 있는 것으로 교장은 알고 있다고 했다.

만족스럽지 않은 통화가 끝나고 나서, 해미시는 코츠월드의 한 원예용품점에서 일하는 십촌 형제에게 전화를 걸었다.

이브샴에 가서 해리스 부부에 대해 알아봐 달라고 하기 위해서였다. 이브샴 경찰에 직접 전화를 걸어 알아볼 수도 있었지만, 그 일은 디컨이 이미 했을 것이고, 해미시는 유용한 가십을 파내는 데는 하일랜드인 친척들이 경찰보다 낫다는 것을 알았다. 브렛 부부, 아니 준과 더모트는 해머스미스에 살았다. 운이 좋으면 로리가 그들에 관해 뭔가를 좀 알아낼 것이었다. 그의 펜이 더모트의 진짜 아내, 앨리스의 이름 위에서 맴돌았다.

그는 뒤로 몸을 기댔다. 생각에 잠긴 그의 이마가 찌푸려졌다. 가능성이 너무 많이 널려 있었다. 해리스가 더모트의 아내에게 이미 편지를 썼고, 해리스가 살해당하기 전에 그녀가 남편의 이중생활을 이미 알고 있었다고 가정한다면 너무 터무니없을까? 그녀가 살인이 일어나기 전에 스캐그에 와서 해리스를 찾아내 분노를 이기지 못하고 발작적으로 그의 머리를 쳤다면? 결혼한 사람들은 나쁜 소식을 전달하는 사람에게 잔인하게 돌변할 수 있는 법이다. 에식스의 그레이스에 그녀의 주소가 있었다.

로리가 전에 그에게 에식스의 쳄스퍼드에 사는 신문사 통신원을 소개해 준 적이 있었다. 그는 책상을 뒤져 커다란 공책을 꺼냈다. 해미시는 여행을 다니다가 유용하다 싶은 사람을 만나면 이름과 주소와 전화번호를 모조리 기록해 두곤 했다.

있었다. 해리 딕슨. 그는 전화를 걸어 딕슨과 연결이 되었고, 사건 개요를 설명해 준 다음 앨리스 브렛의 최근 행보에 관해 뭐든 알아봐 줄 수 있겠느냐고 물었다. 딕슨은 처음에는 자신이 늙어 가고 있으며, 어떤 일도 할 기분이 아니고, 스코틀랜드 북부에서 일어난 살인에 관한 내부 이야기는 파 봤자 자신이 얻을 게 거의 없다고 버텼다. 하지만 해미시가 로리의 신문사에서 그에게 맡길 만한 일을 알아보겠다고 말하자 딕슨은 수락했다.

앤드루 비거는 잉글랜드 우스터에 주소가 있었다. 해미시는 지도책을 꺼내 이브샴에서 우스터로 가는 길을 따라가 보았다. 26킬로미터쯤 되었다. 멀지 않았다. 앤드루와 도리스가 전에 만났을 가능성이 있을까? 이토록 먼 곳에서 알아보고 있자니 보통 짜증 나는 노릇이 아니었다. 그는 우스터의 한 신문사 편집장에게 전화를 걸어 신문사 기록에 앤드루의 이름이 나오는지 확인해 달라고 부탁했다.

트레이시와 셰릴은 경찰에 맡길 생각이었다. 그들이 이어 온 젊은 범죄자의 삶은 경찰 서류와 보호관찰 보고서에 잘 기록이 되어 있었다.

매기는 목사관에 가지 않았다. 그녀는 왠지 겁이 나는 목사 부인에게 신세를 지느니 조식 민박집에 돈을 내고 잠을 자는 게 낫겠다고 마음먹었다. 그녀는 항구 근처에서 화이트보드에 조식을 제공하는 숙소라고 써 둔 집을 보고 문을 두드렸다. 어부 아치의 아내 매클레인 부인이 문을 열었다.

"오늘 밤 묵을 방 있나요? 저는—"

"아가씨가 누군지 알아요." 매클레인 부인이 말했다. "그 여경이잖아요. 해미시가 마침내 품위를 좀 지킬 기미를 보여 주니 기쁘네요. 들어와요. 방 보여 줄게요."

매기는 수증기로 가득 찬 주방을 통과했다. 한쪽에 놓인 커다란 구리 솥에서 시트가 잔뜩 삶아지면서 김을 내뿜고 있었다. 공기는 표백제와 세탁용 소다 냄새로 가득했다. 그녀는 2층으로 올라갔고, 매클레인 부인이 천장이 낮은 침실 문을 열었다. 매기는 경찰치고 체구가 작았지만, 방으로 들어가면서 본능적으로 몸을 숙였다. 눈부신 이불과 푹신한 침대보가 덮인 좁다란 침대가 놓여 있었다. 세면대가 있고 버들가지 의자 하나, 좁다란 옷장도 하나 있었다.

"얼마예요?" 매기가 물었다.

"10파운드예요."

"좋아요. 방 쓰겠어요. 물론, 우리가 오늘 안에 일을 끝낼 수도 있겠지만요."

매클레인 부인이 점퍼스커트 위로 붉은 팔을 포갰다.

매기는 다른 데도 둘러보겠다고 말하고 싶었지만, 이 긴밀하게 엮인 작은 마을에서는 그녀가 매클레인 부인의 집에 묵기를 거부했다는 말이 번개처럼 퍼질 것이고, 그러면 아무도 자신을 들이고 싶어 하지 않을 것이라는 느낌이 왔다. 그리고 그녀는 어쨌거나 경찰서에 숙박비를 청구할 생각이었다.

"아주 좋네요. 가서 밤을 보낼 짐을 가져올게요."

"뭐 빨 거 있으면 다 줘요. 나는 여기 묵는 사람들 옷을 빨아 줘요."

매기의 가방에 들어 있는 몇 안 되는 옷가지는 깨끗했지만, 매기는 이 마을 세탁소의 제안에 감동을 받았다. 전부 꼼꼼하게 빨고 다림질을 한다면 좋을 것이었다. 그녀는 해미시와 어딘가로 저녁을 먹으러 갈 수도 있으리라는 기대에 예쁜 원피스 한 벌을 챙겨 왔다. 그녀는 해미시 맥베스에게 딱히 매력을 느끼지는 않았지만, 그는 남자였고, 그녀가 아는 자기와 반대 성을 가진 사람을 상대하는 유일한 방법은 그가 자신에게 성적으로 관심을 갖게 하는 것밖에 없었다.

그녀는 차에서 가방을 꺼내 매클레인 부인의 집으로 다시 갔다가 경찰서로 돌아왔다. 해미시는 어디에도 보이지 않았다. 경찰서 뒤로 돌아가 봤더니 바람 부는 하늘을 배경으로 해미시의 실루엣이 보였다. 그는 타우저의 무덤을 내려다보며 서 있었다.

매기는 속아 넘어간 것 같은 기분을 느끼며 경찰서로 돌아왔다. 이것은 쓸모없는 여행이었다. 디컨은 해미시의 능력을 과대평가했다. 해미시는 개의 무덤가에 서서 애통해하려고 이곳까지 그 먼 길을 그녀를 끌고 온 미친 경찰일 뿐이었다. 그녀는 부엌 찬장과 냉장고를 열어 보았다. 음식이 전혀 없었다.

그때 그녀는 해안을 따라오면서 봤던 이탈리아 레스토랑을 기억해 냈다. 그녀는 그곳으로 갔다. 그곳은 거의 꽉 차 있었지만, 말끔하게 생긴 마른 남자가 구석 테이블로 그녀를 안내하고서는 체크무늬 비닐 테이블보를 닦고 문지르는 데 한참 시간을 쓴 후에 그녀에게 메뉴를 주었다. 그녀는 라사냐와 채소 샐러드와 와인 한 잔을 주문했다. 뜻밖에도 웨이터는 그녀를 힐난하는 눈빛으로 내려다보았다. "딱 한 잔만 드시기를 바랍니다."

"내가 마시고 싶은 기분이 들면 병째로도 마실 거예요." 매기가 쏘아붙였다.

"제 이름은 윌리 러몬트입니다."

"그래서요?" 또 다른 동네 근친 교배종이군, 매기는 생각했다.

"저도 레스토랑업에 발을 들여놓기 전에 경찰이었습니다." 윌리가 진지하게 말했다. "제가 참을 수 없는 한 가지가 있다면 술을 마시는 경찰입니다. 술을 마시는 여경은 더 나쁘고요."

매기가 고개를 치켜들었다. "와인 한 잔은 음주 한도 근처에도 가지 않아요. 이제 당신이 경찰이었던 건 잊어 줄 수 있겠어요? 나는 배가 고프다고요. 음식 얼른 가져오세요."

윌리는 마지막으로 테이블을 한 번 더 닦고는 떠났다. 윌리가 아니라 끝내주게 예쁘게 생긴 여자가 음식을 내왔다. 지나 롤로브리지다*가 한창 시절에 대역을 맡겨도 될 만한 인물이었다. "제 남편이 그러는데 손님이 경찰이라고 하더군요." 그녀가 말했다.

"맞아요." 매기가 퉁명스럽게 내뱉었다. 윌리의 이탈리아인 아내 루차가 풍만한 엉덩이를 테이블에 기댔다. "저 임신했어요."

매기가 눈을 깜빡였다. "축하합니다."

"사내아이란 걸 나는 알아요." 루차가 꿈꾸듯이 말했다. "우리는 아이 이름을 해미시라고 지을 거예요."

"맥베스의 이름을 딸 모양이죠?"

"그래요, 좋은 이름이죠…… 해미시. 가여운 개 일은 너무 슬퍼요."

"아주 슬프죠." 매기는 식사 좀 하게 그녀가 자기를 조용히

* 이탈리아를 대표하는 미녀 배우로, 1950~1960년대에 할리우드에 진출하여 스타가 되었다.

내버려 두길 갈구하며 맞장구를 쳐 주었다. 그녀는 와인 잔을 입술에 가져갔다가 루차가 엄하게 하는 말을 듣고 잔을 내렸다. "윌리가 그러는데, 당신이 술을 엄청 많이 마신다고 하더군요."

매기는 아주 단호하게 잔을 탁 내려놓았다. "보세요, 저는 와인 한 잔을 주문했어요. 한 잔요! 그리고 배도 몹시 고파요. 맛있는 식사 좀 즐기게 저 좀 놔둬 주실 수 있겠어요?"

루차가 그녀를 슬픈 눈길로 바라보았다. "가여운 해미시. 어째 통 제대로 된 여자를 찾아내지를 못하네. 나, 내 생각을 말하자면요, 프리실라도 맞는 여자는 아니었다고 생각해요. 하지만 그녀는 친절하기라도 하지, 당신은 아니네요." 루차의 목소리는 사근사근했지만, 그럼에도 식당 안에 다 들렸다. 동네 사람들이 탐욕스럽게 귀를 기울이고 있었다. 루차는 엉덩이를 씰룩거리며 자리를 떴고, 매기는 화끈거리는 얼굴을 음식 위로 숙였다. 그녀는 허겁지겁 음식을 해치우고 와인을 마신 후, 음식값을 셈하고서 테이블에 돈을 놓고 밖으로 나왔다. 다른 손님들의 뚫어지는 눈길에서 탈출한 것이 다행스러운 마음이었다.

경찰서에 돌아오자 사무실에서 해미시가 웅얼거리는 소리가 들려왔다. 손잡이를 돌려 보았지만 문은 잠겨 있었다. 그녀는 당황한 채로 부엌으로 물러났다.

한동안 시간이 흐르고 나서 해미시가 사무실에서 나왔다. "저는 제가 사건 수사를 돕기로 한 줄로 알았는데요." 매기가 말했다. "당신이 뭘 하는지 못 듣게 하려고 사무실 문을 잠근 거예요?"

　"아, 아니에요." 해미시가 느긋하게 말했다. "동네 사람들이 막무가내로 쳐들어올까 봐 잠근 거예요. 다들 그런 버릇이 좀 있거든요."

　"뭐 알아낸 거 있어요?"

　"전화 몇 군데 돌렸어요. 이제는 회신만 기다리면 돼요. 내가 더모트에게 묻지 않은 게 하나 있어요."

　"뭐예요?"

　"그는 내게 민박집 주인이 바뀐 걸 몰랐다고 했어요. 거기에 아주 잘못된 점이 있단 말이죠. 내가 아직 생존해 있는 블레인 여사와 얘기를 나누어 봤거든요. 원래 그 민박집을 소유했던 자매 중 한 명요. 그분은 자기가 그곳을 팔 거란 걸 더모트가 아주 잘 알고 있었다고 했어요. 더모트가 지난해에 해리스와 아주 불쾌한 일을 겪었다고 했고, 블레인 자매는 그가 준과 '죄 속에서 살고 있다'고 설교를 했다고 했어요. 그러니까 애초에 그들은 왜 다시 온 걸까요? 민박집 주인이 바뀔 것을 알았고, 그곳이 비용이 저렴해졌으며, 해리스를 다시 보게 되리라고 예상하지 않았다면 모를까요. 하지만 만약 해리스가 그곳에 올 거라는 걸 그가 알았다면요? 나는 작년과 올해 사이에 더모트와 해리스가 어느 때인가 만난 적이 있는지 궁금해요. 두 사람 다 여행을 다니는 영업 사원이에요. 또 궁금했던 점이 있어요. 프레드 올숍 얘기를 좀 해 줘요."

"바텐더요?"

"맞아요, 그 사람. 해리스는 살해당하던 날 그 펍에 갔고, 술에 취했어요. 그가 누구라도 만났는지, 누구와 다투지는 않았는지 그런 말을 하지 않던가요?"

매기는 머리를 흔들었다. "프레드는 해리스가 위스키를, 그것도 꽤 많이 마셨다고 했어요. 해리스가 동네 사람들 몇 명이 하는 얘기에 끼려고 했지만, 사람들이 그를 피했다고 했어요."

해미시는 조급해하며 어깨를 으쓱했다. "너무 많은 용의자들이 거짓말을 하고 있고, 그것도 아예 그럴 이유도 없이 그러는 것 같다는 느낌이 들어요. 나는 경찰 생활을 하면서 사람들이 경찰 앞에 서면 거의 자동적으로 거짓말을 한다는 걸 알게 됐어요. 그리고 또 있어요. 헤더가 도리스를 봤다고 한 곳에서 정말로 도리스를 봤을까, 아니면 누가 그렇게 말하라고 아이에게 시킨 걸까, 그것도 궁금해요. 그 누군가는 그녀의 어머니 아니면 아버지일 텐데, 그들이 왜 군이 도리스를 보호하고 싶어 하는 걸까요?"

"더모트가 한 짓이고 도리스에게 혐의가 돌아가기를 바라지 않았다면 말이죠." 매기가 말했다.

"친절하고 사려 깊은 살인자를 만나는 날이 온다면 내 손에 장을 지지겠어요." 해미시가 말했다. "뭐 좀 먹었어요?"

"저기 이탈리아 레스토랑에 갔는데, 그 주제넘은 꼴불견 윌리 러몬트가 서빙을 하러 와서는 내게 술의 해악에 대해 설교를 했죠."

"그래요, 그게 바로 윌리랍니다. 날이 갈수록 사람들 머리 위에 서려고 하는 데다 음식 양이 조금씩 적어지고 있죠. 하지만 토멜 성 호텔이 아니면 먹으러 갈 만한 곳이 수십 킬로미터 안에는 없어요. 토멜 성은 비싸고요."

"윌리 가게예요?"

"아니요. 루차의 친척 소유예요. 지금 이탈리아에 가 계시죠. 곧 돌아오실 거예요. 그럼 음식이 원래대로 돌아오게 된다는 뜻이고요. 나는 내일까지 머무를 것 같아요. 당신은 묵을 곳을 찾는 게 좋겠어요. 웰링턴 부인이 재워 줄 거예요."

"저는 매클레인 부인네 집에 묵을 거예요."

해미시의 눈이 재미있다는 듯이 반짝였다. "위생적인 곳이죠. 내가 그 정도는 얘기해 줄 수 있죠."

전화가 사무실에서 새된 소리로 울렸고, 해미시는 가서 전화를 받았다. 코츠월드에 사는 친척에게서 온 전화였다. 그는 이브샴에 살았던 해리스 부부에 대해 알아보았다고 말했고,

해미시가 기대하던 것을 꽤 많이 알아냈다. 이웃들은 도리스를 아주 좋아하고 괜찮은 사람으로 대했고, 밥 해리스는 모든 사람들의 미움을 받았다. "하지만," 전화선 건너편에서 나긋한 하일랜드 목소리가 덧붙였다. "도리스와 사이가 좋은 옆집 이네스 부인이 그러는데, 도리스는 스캐그에 다시 가고 싶어 하지 않았대. 작년에 즐겁지 않았다고. 그러면서 남편이 무언가 속셈이 있다고 말했다는 거야."

"해리스가 무언가 속셈이 있었다는 게 무슨 뜻이지?" 해미시가 물었다.

"그러게, 그냥 그렇다고 말하네. 도리스가 용기를 내서 스캐그에 가지 않겠다고 말했는데, 해리스가 고함을 지르며 갈 이유가 있다고 했대."

"아! 또 뭐 없어?"

"지금까지는 이게 다야. 또 연락할게."

해미시는 그에게 고맙다고 말하고 전화를 끊었다.

그가 주방으로 돌아오기가 무섭게 매기가 그에게 누구와 통화를 했는지 날카롭게 물었다. 해미시는 짜증이 확 치밀었다. 원하지 않는 보조 탐정이 따라붙었다.

그런데 생각해 보면 그녀가 안다고 해서 해가 될 게 무엇인가. 자신이 그녀를 별로 좋아하지 않는다는 사실만 빼놓고 말이다.

"이브샴에 사는 연락책이었어요." 그가 말했다. 해미시는 친척이 알아낸 것을 매기에게 말해 주었다.

"흥미롭네요. 그러니까 마치 브렛 부부가 스캐그로 간다는 걸 해리스가 알아내고, 그들을 괴롭히러 간 것처럼 보이는데 요."

"만약 이게 형사 소설이라면," 해미시가 침울하게 말했다. "가장 생각지도 못한 사람이 살인자겠죠. 거너리 양이나 앤드 루 비거 둘 중 하나요. 하지만 실제 삶에서는 언제나 명백한 사람이 범인이에요. 그리고 명백한 사람은 도리스 아니면 더 모트죠. 도리스는 남편을 증오했을 게 틀림없어요. 수년간 계 속된 학대 안에서 쌓였겠고, 더모트는 아내가 알게 될까 봐 전전긍긍했다고 시인했어요. 아, 아, 그게 말이죠. 난 전화가 몇 통 더 올 거라서, 기다려야 해요. 당신은 마을을 둘러보면 서 산책이나 하면 어때요?"

"나 여기 놀러 온 거 아니에요. 그리고 이 마을에서 내가 보 고 싶은 건 다 봤어요."

"좋을 대로 해요." 해미시가 말하고는 사무실로 돌아가서 단단히 문을 닫았다.

매기는 지루함에 터져 나오는 하품을 내리눌렀다.

사무실 전화가 또 울렸다. 그녀는 반쯤 일어섰다가 화가 난 채로 도로 앉았다. 무엇을 알아냈는지 그녀에게 말해 주는 건 해미시의 일이었다.

해미시가 수화기를 들었고, 토멜 성 호텔 지배인 존슨 씨의 쾌활한 목소리가 들렸다. "돌아왔다는 얘기 들었어요." 존슨 씨가 말했다. "어떻게 지냅니까?"

"스캐그에서 일어난 살인 사건 조사를 하고 있어요." 해미시가 말했다. "내 전화를 쓰려고 여기 온 거예요. 그런데 프리실라 소식은 들으셨나요?"

"한동안 들리지 않네요. 아직 남쪽에 있어요. 처음에는 거의 매일 전화를 하더니. 하지만, 아이고, 해미시. 그녀 걱정은 붙들어 매도 돼요. 우리끼리니까 하는 말인데, 그녀 없이 이곳을 운영하는 편이 더 수월해요. 그녀는 걱정이 너무 많아요. 한번 오겠어요?"

"안 돼요. 저는 사람들의 회신을 기다리고 있어요. 그리고 제가 하는 모든 일을 확인하는 여경이 한 명 딸려 왔어요."

"오늘 밤 그분 데리고 저녁 들러 와요. 내가 두 사람 다에게 식사 대접할게요. 호텔에서 내는 걸로. 대령님하고 마나님은 어디 갔어요. 그러니까 이곳을 오롯이 나 혼자서 운영하고 있다는 얘기죠. 당신이 알고 싶다면 말인데, 할버턴스마이스가 사람들은 전부 다 골칫덩어리들이에요."

"프리실라는 괜찮지 않나요?" 해미시가 방어를 시도했다.

"아, 그렇죠. 하지만 난 가끔 그 아가씨가 일을 만들어서 한다는 생각이 든단 말이죠. 오늘 밤에 봐요?"

"경호원 대동하고 가죠. 떼어 놓고 갈 수가 없어서."

"예쁩니까?"

"그럭저럭요."

"당신에게 위안이 좀 되나요?"

"이 사람은 아니에요. 아치네 집에 묵을 거예요."

"이런, 이런. 매클레인 부인이 그녀를 죽도록 북북 문질러 대겠군요. 시간 괜찮으면 8시쯤 와요."

해미시는 매기에게 돌아가기가 꺼려졌다. 그는 널리 퍼져 살고 있는 다양한 친척들에게 써야 할 편지가 있었고, 그래서 그 임무에 돌입하기 위해 앉았다. 하루가 지나가고 있었다. 전화는 침묵을 지켰다. 그러고는 오후 4시쯤에 다시 전화가 비명을 지르며 삶을 되찾았다. 에식스의 해리 딕슨이었다.

"앨리스 브렛은 변호사 비서로 일하고 있습니다. 그녀에 대해 알아내느라 링컨스인필즈까지 가야 했다고요. 기름값 당신에게 청구할 겁니다. 그곳에 가기 전에 내가 이웃들하고 얘기를 나눠 봤어요. 이거 들어 봐요. 살인이 일어나기 일주일 전에 그녀는 편지를 한 통 받았고, 친구이자 이웃인 딥 부인에게 스코틀랜드에 갈 거라고 얘기했답니다. 남편이 바람을 피운다고요. 내가 그녀의 회사에 가서 그녀를 만났어요. 그녀는 딥 부인이 말도 안 되는 소리를 지껄였다며, 편지는 받은 적도 없고 더모트의 이름을 신문에서 보기 전까지는 아무것도 몰랐다고 하더군요. 다시 딥 부인에게 갔죠. 그녀는 그사이에 우리의 앨리스에게 전화를 받은 게 분명한 게, 편지 같은 얘기는 일언반구 한 적도 없다며 꽥 소리를 지르더니, 내 면전에서 문을 쾅 닫아 버렸거든요."

"수고하셨습니다. 경찰에게 그녀를 들여다보라고 하겠습니다."

"난 당신이 경찰인 줄 알았는데요."

"맞습니다. 제 말은 남쪽에 있는 경찰 말입니다." 해미시가 무언가를 들킨 기분을 느끼며 말했다. 왜냐하면 그는 때로 경찰을 '그들'로 생각하곤 했기 때문이다. 마치 그 자신이 법의 반대편에 서 있는 사람처럼.

해미시는 만약 매기에게 정보를 주면 그녀가 디컨에게 전화를 걸어 결과를 자신이 얻어 낸 것이라고 주장하리라고 재빠르게 판단하고, 디컨에게 직접 전화를 걸어 자신이 알아낸 것을 얘기해 주었다.

"자네가 한 일에 만족을 해야겠지." 디컨의 어투가 싸늘했다. "하지만 이 모든 건 용의자가 또 생겼다는 얘기잖아. 여하튼 잘하고 있네. 내가 앨리스 브렛에게 가 보겠네."

"좋은 쪽으로든 나쁜 쪽으로든 풀리겠죠." 해미시가 말했다. "앨리스 브렛에 대해 뭘 알게 되시면 전화를 주십시오. 그리고 에식스의 연락책이 기름값을 청구한답니다. 그건 경감님에게 맡기겠습니다."

"그래. 매기와 얘기 좀 할 수 있겠나?"

해미시는 매기를 데려왔다. 해미시의 행동에 대한 앙갚음으로 매기는 그를 바깥에 세워 두고 사무실 문을 닫았다.

그녀는 자신이 디컨에게 새삼스럽게 들려줄 얘기가 없음을 알고서 짜증이 나고 말았다. 해미시가 그녀가 아는 것보다 더 많은 것을 이미 말한 터였다. "제가 이 죽은 듯이 지루한 곳에 있어야 할 이유를 알지 못하겠네요." 매기가 말했다.

"자네는 그저 맥베스를 도와." 디컨이 날카롭게 말했다. "그게 자네가 그곳에 있는 이유야."

그녀가 수화기를 내려놓음과 거의 동시에 전화가 울렸다. 그녀는 재빨리 수화기를 들었다. "해미시?" 목소리가 물었다. "도널드 순경입니다. 맥베스 순경에게 전할 메시지가 있으면 제게 해 주세요"라고 매기가 막 얘기를 하는 참에 해미시가 성큼성큼 들어와 수화기를 낚아챘다. "여, 로리." 그녀의 귀에 그가 하는 소리가 들렸다. 매기는 사무실 의자에 앉았다. 이번 통화는 듣겠다는 단호한 의지를 가지고. 로리가 보고한 바에 따르면, 어떤 용의자들도 신문사 기록에는 아무것도 없다는 게 고작이었다. 하지만 매기 쪽에서 들을 수 있는 것이라고는 해미시가 실망해서 툴툴거리는 소리가 전부였다. 해미시는 수화기를 내려놓고 매기에게 말했다. "커피 한잔 어떨까요?"

"당신도 다른 남자 경찰들만큼이나 나빠요." 매기가 뛰쳐나가며 말했다.

전화가 다시 울렸다. 우스터의 신문사 편집장이었다. 그는 앤드루 비거가 나온 기사 몇 개를 찾아냈다. 앤드루는 작년에 도그쇼의 심사위원을 맡았고, 지역의 크로스컨트리 경마에서 말을 탔으며, 우스터 외곽 와이어피들로의 커다란 집에서 어머니와 함께 살고 있다고 했다. 그게 다였다.

해미시는 그에게 고맙다고 말하고 전화를 끊고서 답답한 마음으로 전화기를 쳐다보았다.

그가 부엌으로 돌아갔다. 매기는 우울해 보였다. "커피는 그만둡시다." 그가 불쑥 말했다. "나가서 앤절라, 의사 선생 댁에 좀 들릅시다. 당신 바람 좀 쐬게요. 그다음에 오늘 저녁에 토멜 성 호텔에서 저녁 식사를 대접할게요."

그녀의 얼굴이 환해졌다. "오, 해미시. 어쩜 이렇게 다정할수가! 돈이 엄청 들 텐데요."

"그건 걱정하지 말고요." 식사는 공짜라고 말할 뜻이 없는 그가 당당하게 말했다.

매기는 갑자기 기분이 좋아져서 그를 따라 밖으로 나왔고, 그들은 비명을 지르며 불어오는 바람을 헤치고 의사의 집 쪽을 향해 걸어갔다. 파도가 굽이치며 해안의 자갈을 내리쳤다.

플라스틱 쓰레기통이 그들 옆으로 미친 듯이 굴러갔다. 바닷가에서 아이들이 갈매기처럼 괴성을 지르며 바람을 마주하고 달렸다. 해미시와 매기는 의사의 집 옆으로 돌아서 갔고, 해미시가 주방 문을 노크했다.

앤절라가 문을 열어 주고서 그들을 안으로 들였다. 매기는 호기심에 젖어 주방을 둘러보았다. 온 사방이 책이었다. 주방 테이블과 의자, 바닥이고 어디고 할 것 없었다. 고양이 두 마리가 식탁 위에 놓인 책들을 유유히 가르며 지나가고, 식탁 아래에서는 개 두 마리가 코를 골았다.

"알아서 앉을 자리를 만들어 봐요, 해미시." 앤절라가 말했다. "이 집 규칙이 어떻게 돌아가는지는 당신도 알 테니."

앤절라가 커피 한 주전자를 준비하면서 가냘픈 어깨 너머로 말했다. "사건은 어떻게 돼 가나요, 해미시. 왜 스캐그가 아니라 여기 와 있는 거예요?"

"제 사무실을 쓰고 싶어서요. 마을은 어때요?"

"별다를 거 없지. 별다른 소동도 없고. 제시 커리가 평범한 숙녀로 돌아갔다는 거? 앵거스가 그녀에게 무슨 말을 했든지 간에 그게 먹혔나 봐요, 며칠 퍽 슬퍼 보이기는 했지만. 내일 교회 홀에서 케이크 바자회가 있어요. 아무리 안간힘을 써 봐도 내 케이크는 절대로 부풀지를 않네요. 로흐두 호텔을 보려는 방문객이 많이 왔고요." 그녀가 몸을 돌려 매기에게 말했다. "호텔이 매물로 나온 지는 한참 됐어요. 하지만 사람들이 보러 왔다가는 언제나 가 버리죠. 그 호텔에서 심지어 일본 사업가들의 컨소시엄이 열리기도 했는데요. 하지만 이 언덕과 산들을 보고 이런 곳에 골프 코스가 붙어 있을 길은 없다는 걸 알고서는 사지 않고 다시 떠나 버리지 뭐예요. 아, 맞다, 지난 주에 소동이 하나 일어나긴 했네요. 목사관에서 듣지 않았어요?" 해미시가 고개를 저었다. "호텔을 어린 범죄자들을 위한 무슨 소년원으로 만들 계획이 있었다죠. 그랬다면 아마 온 마을 사람들이 하원의원에게 항의하는 편지를 썼을걸요."

"멋진 건물인 데다가 바로 항구 앞에 있잖아요. 누군가는 사고 싶어 하지 않을까 싶은데."

"만약 토멜 성 호텔이 생기지 않았다면 살 사람이 있었겠죠. 하지만 그렇게 강력한 라이벌이 버티고 있는 지역에서 시작하고 싶은 사람은 아무도 없을 거예요."

"대령이 그 집을 도로 가정집으로 돌리려는 기미는 안 보이나요? 지금은 말도 못하게 부자가 되었을 텐데요."

"지난번에 파산했을 때 어찌나 겁에 질렸던지 말이에요." 앤절라가 커피 주전자를 식탁 위 책 더미에 올려놓으며 말했다. "그럴 가능성은 고려도 안 해요. 존슨은 훌륭한 지배인이고." 그녀가 머그잔 두 개에 커피를 따랐다. "프리실라한테서는 소식 있어요?" 앤절라가 물었다.

"아니요." 해미시가 짧게 답했다. 그의 얼굴이 굳어졌다.

"오, 아휴." 앤절라가 재빨리 말했다. "사건 얘기 좀 들려줘요."

매기는 해미시가 살인 사건에 관해 간결하게 설명하고 용의자들을 묘사하는 것을 귀 기울여 들었다.

해미시가 말을 하는 동안에 앤절라가 그들과 함께 앉았다. 그리고 해미시가 말을 마치자 그녀가 말했다. "더모트 브렛일 거예요."

해미시는 더모트와 준과 아이들을 생각했다. "아니었으면 좋겠어요." 그가 소망을 피력했다. "더모트의 아내인 앨리스는 어때요?"

앤절라는 이마를 찌푸리더니 눈으로 흘러내린 머리 가닥을 쓸어 넘겼다. "그녀에 대해 조금 더 알고 싶네요. 그러니까 변호사 비서라고 하면 딱히 히스테릭한 타입으로는 들리지 않거든요. 하지만 이 더모트란 사람은 분명히 준을 사랑하고, 그러면서도 아내가 자살을 할지 몰라 이혼을 요구하는 데 전전긍긍했잖아요."

"제가 한꺼번에 다섯 곳에 있었으면 좋겠네요." 해미시가 말했다. "이 앤드루 비거란 사람과 도리스의 일이 걸린단 말입니다. 이브샴과 우스터는 멀리 떨어져 있지 않아요. 당신은 첫눈에 반한다는 걸 믿나요, 매기?"

한 번도 사랑에 빠져 본 적이 없는 매기가 고개를 저었다.

"나는 그들이 만나기 전에 그들 사이에 뭔가 있었다는 생각이 든단 말입니다. 앤드루 비거는 우스터 외곽의 커다란 집에서 살고 신사의 삶을 이어 나가는 것처럼 보여요. 그런데 스코틀랜드의 하잘것없는 휴양지의 저급한 민박집에 휴가를 왔죠. 젠장. 내가 직접 가서 알아보고 다녔으면 좋으련만."

"아니면 거너리 양일 수도요." 앤절라가 말했다. 해미시가 놀란 눈으로 그녀를 보았다.

"왜죠?"

"당신과 잤다고 말하는 것으로 그녀는 철벽 같은 알리바이를 제 손으로 마련했는데, 멍청한 여자같이 들리지는 않거든요."

"하지만 그녀에게는 살인범이라고 볼 만한 구석이 전혀 없어요." 해미시가 몹시 화가 나서 말했다. "떳떳한 삶을 이어 온 것처럼 보이는 떳떳한 교사인걸요."

앤절라가 한숨을 내쉬었다. "털끝만큼도 흠 없는 삶을 사는 사람은 이 세상에 없답니다, 해미시. 우리는 모두 무엇이든 남의 이목이 꺼려져 숨기는 게 있어요. 하지만 셰릴과 트레이시라는 애들일 수도 있죠. 그 생각은 해 봤어요?"

"그 애들은 별로 염두에 둬 본 적이 없어요. 그 애들의 너저분한 젊은 삶은 수감 기록과 보호관찰 기록으로 너무도 잘 기록되어 있으니까요."

"하지만," 앤절라가 열을 냈다. "바로 그거예요. 당신은 살인자를 찾아내려고 이 괜찮은 사람들 여러 명에게 집중을 해 왔어요. 하지만 당신 눈앞에는 범죄 전과가 있는 젊은 여자 두 명이 있고, 그중 한 명은 폭력으로 유죄를 받은 적이 있죠. 당신은 그들이 재미 삼아 누군가를 죽이고 싶다고 하는 얘기를 들은 사람들이 있다고 했어요. 그렇게 단순한 건지도 몰라요. 당신은 누군가 살인을 할 만한 성격을 가진 사람을 찾아야 해요. 셰릴과 트레이시가 거기에 딱이에요."

"너무 어려요." 해미시가 말했다.

"하지만 요즘에는 아주 어린아이들도 무시무시한 살인을 저지르죠." 자신이 이곳에서 잊힌 것 같은 기분이 들기 시작하던 매기가 끼어들었다.

"확인해 볼게요. 글래스고라면 연락책이 넘치니까."

"내가 보는 바로는 이건 사나운 충동에 의한 살인이에요." 앤절라가 꿈을 꾸듯이 말했다. "독살도 총도 칼도 아니고, 느 닷없이 머리를 한 대 가격한 거. 누구든지 간에 살인이라고는 생각조차 해 본 적 없는 사람일 거예요. 분노로 발작해서 그 끔찍한 해리스의 머리를 내리친 거죠. 해리스는 강으로 굴러 떨어졌고, 공격자는 때리고 나서 어떻게 됐는지 기다리지도 않고 서둘러 자리를 뜬 거예요. 사인은 익사가 맞죠?"

"맞아요." 해미시가 느릿느릿 말했다.

"그럼 민박집 일행 중에 고상한 축으로 돌아가 봅시다." 앤절라가 열심히 말했다. "살인자를 찾는 대신에 분노 발작을 일으킬 만한 사람을 찾아보는 거예요. 오, 또 다른 게 있어요."

매기는 짜증이 난 얼굴로 의사 부인을 바라보았다. 이런저런 추측으로 해미시 맥베스를 홀려야 할 사람은 그녀가 아니라 자신, 매기여야 했다.

"뭐가 또요?" 해미시가 물었다.

"해리스는 사람들을 건드리는 취미가 있었던 것 같은데요. 가령 더모트를 괴롭힌다거나. 만약 해리스가 양로원에서 나오는 상한 음식에 관해 알았다면요? 이 로저스란 사람, 당신이 말하는 범죄자가 나왔네요."

"그래요, 부인이 저에게 생각할 거리를 아주 많이 주셨어요." 해미시가 말했다. "로저스 문제, 디컨이 그 일에 착수해야 한다는 생각이 이제 드네요."

매기가 일어섰다. "걱정하지 말아요. 내가 디컨 경감님께 전화할게요, 해미시."

"아, 경찰서로 돌아갈 필요 없어요." 앤절라의 말에 매기는 불같이 화가 났다. "저쪽에 있는 전화를 써요, 해미시."

그리하여 매기는 해미시가 로저스에 대한 의심을 디컨에게 설명하는 사이에 자신이 쓸모없다는 기분을 느끼며 앉아 있어야 했다. 자신이 이 사건에 대해 쓸 만한 통찰 하나 건지지 못했다는 사실은 그녀의 마음속에 떠오르지 않았다. 그녀는 평소대로 자신이 따돌림을 당하고 있다고 느꼈다.

돌아온 해미시는 매기의 샐쭉한 얼굴을 재빠르게 간파하고 말했다. "얼른 가서 저녁 식사 자리에 갈 옷으로 갈아입고 호텔로 먼저 가 있어요. 나는 몇 군데 전화를 걸 데가 있어요."

매기는 가고 싶지 않았지만, 다른 한편으로는 계속 눌러 있어야 할 이유를 생각해 낼 수 없었다. 하지만 매클레인의 집으로 가면서 그녀는 해미시 맥베스가 비싼 저녁을 사 줄 만큼 자기 생각을 해 주고 있다는 사실에 다시금 흥이 났다.

그녀는 방에 앉아서 책을 읽었다. 간혹가다 새로 세탁한 옷들을 기분 좋게 쳐다보았다. 옷은 개켜져 침대에 놓여 있었다. 그녀가 입으려고 계획한 옷은 빨간색 장미꽃이 촘촘히 박힌 하얀색 원피스였다. 그녀는 이 옷이 자신의 몸매를 돋보이게 한다는 것을 알았다. 마지막으로 그녀는 매클레인 부부의 초소형 욕실로 가서 관만 한 크기의 현대적 플라스틱 욕조에서 목욕을 했다.

매기는 깨끗한 옷을 입기 시작할 때에야 매클레인 부인에게 제 옷을 빨게 한 것은 순전히 어리석은 짓이었음을 깨달았다. 매클레인 부인은 모든 것을 삶아 버리는 게 틀림없었다. 원피스는 면이었고, 브래지어와 팬티는 면과 아크릴 혼방이었다. 페티코트와 타이즈도 마찬가지였다. 모든 것이 줄어들어 있었다. 원피스는 무릎 위로 올라왔고 가슴이 고통스럽게 끼었다. 브래지어와 팬티는 꽉 죄고 불편하게 느껴졌다. 그녀는 시계를 보았다. 하는 수 없었다. 하지만 그녀는 나가는 길에 매클레인 부인에게 한마디 쏘아붙여야겠다고 생각했다.

그녀가 주방으로 들어서자 매클레인 부인이 김이 나오는 구리 솥에서 몸을 돌렸다. 그녀의 얼굴은 붉게 상기되어 있었고, 눈은 매섭기 그지없었다. 매기는 그만 용기가 달아나 버렸다. 그래서 그냥 매클레인 부인을 지나쳐 문밖으로 나왔다.

매기의 방이나 욕실에는 거울이 없었다. 그녀는 콤팩트에 달린 거울을 보고 얼굴에 화장을 한 터였다. 매클레인 씨가 면도는 어떻게 하는지 그녀로서는 모를 일이었다.

호텔의 연회 구역에 들어서자마자 그녀는 반대편 벽에 걸린 기다란 거울에 비친 자신의 모습과 마주했다. 그녀는 그만 몸을 돌려 도망가고 싶어졌다. 그녀의 커다란 가슴이 브래지어에 죄이고 줄어든 원피스에 짓눌려 푹 팬 목선 아래로 불거져 나와 있었다. 18세기의 웬 창녀처럼 보이는 모습이었다.

그때 해미시가 그녀에게 다가왔다. 야회복 재킷을 입은 해미시는 매우 매끈하고 편안해 보였다. "보니까 매클레인 부인이 당신 옷을 빨게 놔뒀다는 걸 알겠군요." 그가 측은하다는 듯이 말했다. "실수예요. 그런 옷을 입고는 식사 못 해요. 음식이 목으로 안 넘어갈 거예요. 가서 바에 앉아 있어요. 내가 어 떻게 해 볼 길이 있는지 알아볼 테니까요."

매기는 바로 가서 한쪽 구석에 자리를 잡았다. 바를 가로지 르는데, 진과 사우나로 얼굴이 불콰해진 남자들 무리가 그녀 를 재미있다는 듯이 바라보았다. 한 남자가 처참하도록 생생 하게 들리는 목소리로 말했다. "동네 창녀인가 보네."

그녀는 벌거벗겨지고 세상에 혼자가 된 기분으로 자리에 앉았다. 해미시가 존슨 씨를 달고 다시 나타났다. "이런, 이 런." 존슨 씨가 감탄스럽게 매기를 쳐다보며 말했다. "매클레 인 부인이 빨래를 한다는 건 정말로 빨아 버린다는 뜻이죠."

"나하고 함께 가요, 매기." 해미시가 말했다. "당신 입을 걸 좀 마련했어요."

그는 그녀를 2층으로 데려가 복도를 따라가다가 주머니에 서 열쇠를 꺼내 문을 열었다. "이곳은 할버턴스마이스 부인이 지내는 구역이에요. 우리가 여기서 뭘 좀 찾아 줄게요. 하지만 입은 옷에 뭐라도 흘리면 안 돼요. 그랬다가는 우리 모두 경을 칠 테니까요. 여기요, 이건 어때요?"

그는 금색 자수가 놓인 보라색 실크 카프탄드레스를 꺼내 왔다.

"아, 그거면 되겠어요." 매기가 드레스의 풍성한 주름을 보 며 말했다.

"욕실은 저쪽에 있어요. 나는 여기서 기다리겠습니다."

욕실에 들어간 매기는 지옥같이 꽉 죄는 원피스와 속옷을 벗어 던지고 알몸 위에 헐렁한 카프탄 드레스를 끼워 입었다. 그녀는 저녁 식사가 끝나면 갈아입으려고 욕실에 자기 옷을 내버려 두었다.

욕실 밖으로 나온 그녀가 물었다. "이 위에 걸칠 숄이나 천 같은 거 뭐 없을까요?"

"있을 거예요." 해미시가 여자 옷을 뒤졌다. "아, 여기 딱 있네요." 그는 그녀에게 검은색 캐시미어 숄을 건넸고, 매기는 그것을 감사하게 받아 어깨에 둘렀다.

아래층 식당으로 가면서 매기는 자신의 동반자를 잠깐 예리하게 훔쳐보았다. 그는 야회용 재킷 하나로 탈바꿈한 것처럼 보였다. 평생 값비싼 레스토랑에서 식사를 한 사람처럼 보였다. 매기는 해미시가 어디에 있든 그곳에 속한 사람 같고, 그곳에 언제나 어울리는 하일랜드 사람의 느낌을 풍기는 축복받은 사람이라는 것을 알지 못했다.

매기는 즐겁게 저녁 식사를 했지만, 의사 부인을 앞지를 어떤 생각도 해낼 수가 없었다. 해미시도 그녀와 사건에 대해서는 딱히 의논을 하지 않았다. 그는 그녀가 있다는 것을 거의 잊어버리고 혼잣말을 하는 것처럼 보였다. 매기는 그가 자신을 아예 여자로 인식하지도 않는 것처럼 보인다고 생각했다.

매기는 자의식에 빠져 있느라 식사가 끝나고 나서 웨이터가 그에게 계산서를 내밀지 않았다는 사실을 알아채지 못했다. 해미시로서는 다행스럽게도.

마침내 지독하게 꽉 끼는 옷으로 갈아입고 나자 그녀는 의기소침해지는 기분이 들었다. 그녀는 자신이 매클레인 부인에게 따끔하게 한마디 할 용기조차 없음을 알았다. 얼마 되지 않는 나머지 옷들도 딱 이만큼이나 꽉 낄 것이었다. 그녀는 그날 가져온 나머지 옷을 방에 있는 세면대에서 빨고서 난로 앞에서 말려야 할 것이었다.

그들이 막 호텔을 떠나려는 참에 존슨 씨가 그들을 쫓아 달려왔다.

"전화가 왔어요, 해미시. 스캐그의 경찰이랍니다."

매기는 그녀의 차에서 기다렸다. 해미시는 오랫동안 나오지 않는 것처럼 느껴졌다. 그가 나오자 그녀가 창을 내렸다. "무슨 문제라도 있어요?"

"그래요. 매클레인 집에 가서 당신 짐을 챙겨 오는 게 좋겠어요. 우린 스캐그로 갑니다."

"무슨 일이에요?"

"살인이 또 일어났어요."

"뭐요! 누구요?"

"제이미 맥퍼슨, 배 주인요."

제8장

우리는 어떤 것이든
증거가 될 수 없다는 가정을
함부로 해서는 안 된다.

조지 헨리 루이스

피시앤드칩스와 짠 바다, 차가운 바람, 휘날리는 모래, 황량함의 냄새가 묻어났다. 7월 말밖에 되지 않았는데도 한 해가 저물어 가고 있는 기미가 강하게 몰려왔다. 스캐그에.

새벽 2시였다. 해미시는 경찰서에서 면도도 안 한 디컨을 마주하고 앉았다.

"다시 말씀해 주십시오, 경감님. 어떻게 된 일입니까?"

"내가 어떻게 된 일인지 알았다면 누가 한 짓인지도 알았겠지." 디컨이 좋지 않은 기분으로 말했다. "하지만 말했던 대로 이런 일이야. 플래어티 부부가 배를 빌리려고 했다더군. 늦은 오후였지. 두 사람은 배가 있는 창고로 갔지. 자네도 알잖나, 그 왜 방파제 뒤에 있는 헛간 말이야. 부부는 안으로 들어가서 둘러봤다더군. 아무도 없는 것 같더래. 그런데 무슨 앨프리드 히치콕 영화처럼 발 하나가 작은 사무실 문밖으로 삐져나와 있는 걸 마나님이 본 거야. 창고 뒤편에 있는 사무실인데, 그는 거기다 장부를 보관해 놔. 그 사람들은 살인이라고 생각을 안 했지. 웬 가련한 작자가 기절을 했다고 생각했다더군. 플래어티 씨는 그가 아마도 취했을 것이라고 아내에게 말했는데, 하지만 어쨌거나 들여다봤지. 그 자리에 제이미 맥퍼슨이 꼼짝 없이 죽어 있었지. 플래어티 씨는 침착한 성격을 자부심으로 삼는 사람이라 즉시 구강 대 구강 소생술을 시행하려고 했어. 그가 인공호흡을 하려고 한 손을 제이미의 목 아래로 집어넣었지. 그제야 그는 끈적거리는 걸 느끼고서 손을 빼냈고, 제이미의 목이 피로 뒤덮여 있는 걸 알게 된 거야. 그 손을 아내에게 보여 주자 그녀는 저승사자라도 본 것처럼 비명을 지르기 시작했어. 병리학자와 감식반 친구들이 초동 감식한 바로는, 제이미는 책상 앞에 앉아 있었고, 누군가 그의 뒷목을 단검 같은 것으로 찔렀어. 하지만 아주 예리한 물건은 아니라고 하더군.”

“그렇다면 힘이 좀 세야 했겠군요.”

“그렇지. 그런 듯 보여. 그는 의자에서 떨어져 나동그라졌고, 의자는 쓰러졌어. 문까지 기어가다가 바닥에 등을 대고 죽은 거야. 이건 해리스와 관련이 없는 사건이거나, 아니면 제이미가 뭔가를 알고 누군가를 협박해서 그자가 그를 해치웠거나 둘 중 하나야."

"그리고 우리에게는 로저스라는 이름의 공갈범이 있죠."

"하지만 살인이 일어났던 대략적인 시간에 로저스는 여기에 있었어. 다시 심문을 받으면서. 사실 그는 오후 내내 이곳에 있었다고."

"나머지 사람들은요?"

"더모트 브렛은 점심시간 무렵에 다시 심문을 하고 나서 돌려보냈고, 도리스 해리스와 앤드루 비거는 오늘 아침 심문을 다시 받았어. 거너리 양도 마찬가지고. 셰릴과 트레이시는 바닷가에 있었다고 했지만, 그들을 본 사람은 아무도 없고."

"만약 제이미 맥퍼슨이 누군가에게서 돈을 뜯어내려고 했다면," 해미시가 말했다. "그 누군가의 은행 계좌에 최근 인출 기록이 있겠죠. 그 누군가는 왜 돈을 인출했는지 설명하지 못할 거고 말입니다."

"그건 알아보고 있어." 디컨이 지친 손으로 얼굴을 쓸어내렸다. "그거 아나? 나는 제이미 맥퍼슨이 협박을 한 게 맞는다면, 그 누군가가 그에게 돈을 주기 전에 그를 죽였을 거라는 직감이 들어. 무기가 뭐였는지를 모르겠군."

"그냥 주위에 널려 있던 뭔가가 아니었을까요?" 해미시가 의견을 내놓았다. "종이칼이나 배에서 쓰는 칼이나, 뭐 그런 거요."

"그래, 충분히 그럴 수 있지."

"그 사람 가족은요? 결혼은 했습니까?"

"아내는 한참 전에 죽었어. 미국에 아들이 한 명 있고. 그게 전부야. 그는 혼자 살았어. 괴팍한 노인네였지. 그래서 우리가 알기로는 그가 속내를 털어놓는 사람은 아무도 없었어. 외톨이 남자. 친구도 아무도 없고. 모든 보고서를 볼 때 꽤나 주정뱅이였어. 혼자 마시는 주정뱅이."

"여기에 묶여 있는 거 정말 싫군요." 짧은 침묵 후에 해미시가 입을 열었다.

"왜? 모든 일이 일어나고 있는 곳이 여기잖나, 친구."

"뭔가 저를 계속 괴롭히는 게 있습니다. 도리스 해리스는 이브샴에 살고, 앤드루 비거는 우스터에 삽니다. 멀지 않은 곳이죠. 저 끔찍한 밥 해리스는 각지를 돌아다녔습니다. 그러니까 도리스는 분명 혼자 있는 시간이 꽤 있었겠죠. 앤드루 비거는 우스터 외곽의 커다란 집에서 어머니와 사는 시골 신사로 보여요. 도그쇼 심사위원을 맡고 지역 크로스컨트리 경마에서 말을 타고요. 그가 말을 한 마리만 가지고 있다고 해도 돈이 많이 들어갈 겁니다. 그런 사람이 모레이만의 너저분한 민박집에서 휴가를 보내겠다고 난데없이 마음을 먹는 일은 있을 수가 없습니다."

"좋아." 디컨이 말했다. "그걸 들여다보자고. 신사 앤드루가 도리스와 미친 듯이 사랑에 빠져 있어. 그럼 도대체 그는 왜 그녀가 그녀의 끔찍한 남편과 함께 있는 모습을 보면서 자기 자신을 고문하고 싶어 했을까, 응?"

"그게 아니라면," 해미시가 나직하게 말했다. "그가 이곳에 오기 전에 해리스를 살해할 계획을 세웠거나요. 이제 경감님은 원하시면 우스터 지역 경찰에게 더 깊게 파 보라고 하셔도 되겠습니다. 하지만 경찰 관례라는 게 어떤지 경감님도 아시죠. 따분해하는 순경이나 형사를 보내 끈기 있게 심문을 해 보라고 하십시오. 하지만 저는 뭘 좀 알아내는 요령이 있거든요." 해미시가 하일랜드인의 단순한 자부심을 가지고 말했다. "제가 그곳에 가서 뭘 좀 건질지 알아보고 싶습니다."

"그럼 여느 형사가 해내지 못할 일을 자네가 해낼 수 있다는 거지?"

"제 상상력을 이용하는 겁니다." 해미시가 열에 들떠 말했다. "제가 앤드루이고, 도리스를 몰래 만나고 있다면 어떻게 할지, 이웃 누구라도 자기를 볼까 봐 전전긍긍하는 도리스를 만나는 앤드루라면요. 저는 그들이 어디에서 만났는지 알아낼 수 있습니다. 그들은 같이 잠자리를 한 커플처럼은 보이지 않아요. 그러니까 저는 그들이 갈 만한 레스토랑이나 술집에 가서 질문을 할까 합니다. 그런 식으로 해 보려고요."

디컨은 의자에 등을 기대고 해미시의 키 큰 몸을 뜯어보았다. "내가 자네를 어떻게 책임지지? 자네는 자네 돈으로, 거기 경찰 모르게 일을 해야 할 거야."

"도박을 걸어 보겠습니다. 만약 제가 사건을 해결하면, 제가 쓴 비용을 충당하는 일은 경감님에게 맡기겠습니다. 제가 사건을 풀지 못하면, 제가 비용을 지불하겠습니다. 랜드로버 경찰차를 가져왔습니다. 그 차를 타고 남쪽으로 갔다가 우스터에서 차를 렌트하거나 대중교통을 이용하겠습니다. 전에도 이런 일을 해 본 적이 있습니다."

"소득은 있었고?"

"소득은 언제나 있었습니다." 헛걸음이었던 몇 번의 남행을 마음속 저 안쪽으로 굳게 밀어 넣으며 해미시가 말했다.

"좋아." 디컨이 불쑥 말했다. "그렇게 하겠네. 남쪽에 사는 자네 친척 누가 세상을 떴다고 하지. 이건 자네와 나만 아는 일이야. 하지만 너무 오래 걸리면 안 돼. 길어야 이틀이야. 그쪽 사람이 찍은 도리스와 앤드루의 사진이 있으니 그걸 자네에게 주겠네."

해미시는 랜드로버를 타고 민박집으로 돌아왔다. 심란하게도 아직 개 냄새를 풍기는 차를 타고. 그는 불이 꺼진 복도에 들어서서 앞 계단에 서 있는 검은 형체를 보고 몸이 굳어졌다.

"해미시?" 거너리 양의 목소리가 들렸다.

"거기서 뭐 하는 거예요?" 해미시가 따져 물었다.

"잠이 오지 않아서요. 그 여경에게 듣자 하니 당신이 돌아왔다더군요. 다른 살인이 일어난 거 들었나요?"

"휴게실로 와요." 해미시가 말했다.

그가 불을 켰고, 그들은 서로 마주 보고 앉았다. 그녀는 여전히 옷을 갈아입지 않고 있었다. 그녀의 눈에 다크서클이 맴돌았다. 일시에 늙어 버린 듯했다.

"난 내일 떠납니다." 해미시가 말했다.

"오, 안 돼요. 안 돼요. 나는 겁이 나서 못 견디겠어요."

"길어야 이틀이에요." 해미시가 달래듯이 말했다. "이브샴과 우스터에 다녀올 겁니다. 다른 사람들은 최근에 일어난 살인 사건을 두고 뭐라고 말합니까?"

"더모트와 준은 있는 힘을 다해 아이들을 보호하느라 아주 잠잠해요. 가장 시끄러운 쪽은 셰릴이에요. 히스테리 상태가 돼서는 다음은 누구일지 자기가 안다고 고함을 질렀어요. 로저스 부인은 던가튼의 친척 집에 지내러 갔어요. 그래서 우리는 직접 음식을 만들어 먹어야 해요. 그게 뭐 그렇게 고생이란 얘기는 아니지만. 나는 여기서 떠날 생각을 하고 있었는데, 살인 사건이 또 난 거예요. 그래서 모두 이 지긋지긋한 곳에 갇혀 버린 거죠."

"그리 오래 가 있지 않을 겁니다." 해미시가 다시 설명했다.

"경찰이 왜 우리를 계속 붙잡아 두고 있는지 모르겠어요." 거너리 양이 말했다. 그녀의 왼쪽 뺨이 초조함에 씰룩거렸다. "배 주인이 살해당한 게 해리스와 도대체 어떤 관련이 있는 거죠?"

"제이미가 해리스의 살인자를 협박했을 가능성이 있어요." 해미시가 밋밋하게 말했다.

"말도 안 돼요!"

"그럴지도 모르죠. 하지만 가능성이 아주 큽니다. 그는 괴상하고 혼자 겉도는 사람이었고, 술꾼이었어요. 자요, 거너리 양. 나도 몇 시간 눈 좀 붙여야겠어요. 아침 일찍 떠나야 해서요."

"내 일 좀 뭐 부탁해도 될까요?"

"무슨 일인지에 따라서요." 해미시가 조심스럽게 답했다.

"당신이 가는 곳은 첼트넘에서 멀지 않아요. 혹시 에이다, 내 친구 에이다 애그뉴에게 좀 들러 줄 수 있을까요? 가서 나는 괜찮다고 좀 말해 주세요."

"전화를 걸어도 되잖아요."

"알아요. 바보 같은 소리죠. 하지만 에이다는 내 고양이를 돌봐 주고 있고, 나는 그 동물에게 마음이 깊어요. 조이라고 해요. 좀 들러서 고양이가 괜찮은지 봐 줘요. 내가 왜 이럴까, 무슨 노처녀처럼 얘기를 하네."

"그분 주소 가르쳐 주세요. 가능하면 들르겠습니다."

거녀리 양은 일어서서 오래된 잡지를 집어 들고 종이를 약간 뜯어내어 주소를 적었다. '애그뉴 부인, 첼트넘 앤도버테라스 42번지.' 그녀가 쪽지를 해미시에게 건네주었다.

그는 갑자기 녹초가 된 기분이 들었다. 그는 그녀에게 대뜸 "잘 자요"라고 말하고는 그녀가 따라오는지 기다리지도 않고 휴게실을 나와 버렸다.

해미시는 디컨에게 7시에 떠나겠다고 말했지만, 7시에 가면 매기 도널드가 민박집 문 앞 계단에서 기다리고 있을까 봐 저어되어 6시에 출발했다.

스캐그에서 빠져나와 남쪽으로 뻗은 기나긴 길을 가자니 안도감이 들었다. 남쪽으로 갈수록 고속도로는 운전하기가 비교적 쉬워졌고, 우스터에 도착했을 때는 늦은 오후였다. 그는 런던로에서 조식을 제공하는 숙소를 찾아냈다. 그는 오랜 운전으로 피곤했지만, 씻고 옷을 갈아입고서 찾아낼 수 있는 가장 싼 자동차 렌털 업체의 전화번호를 찾다가 렌터뱅어, 즉 '고물차를 빌리세요'라는 이름의 미심쩍은 회사로 마음을 정했다. 조식 민박집을 운영하는 부부는 노인이었고, 호기심 어린 시선을 받지 않는 건 해미시에게 신선한 경험이었다. 그러니까 왜 스코틀랜드 경찰이 여기까지 와서 랜드로버는 자기 집 뒷길에 두고 다른 차를 빌리는지 호기심을 보이지 않았다는 뜻이다. 집은 어둡고 오래되었지만, 방은 편안했다.

그는 렌트 회사에서 낡은 포드 에스코트를 받고서 와이어 피들로, 앤드루의 집 쪽으로 향했다. 길을 나서고야 그는 비로소 바보 같은 짓이라는 생각이 들기 시작했다. 우스터 온 사방에 술집과 식당이 깔려 있었다. 도심 안에 있는 곳은 말할 필요도 없었다. 이곳은 스코틀랜드 최북단이 아니었다. 커플이 만날 만한 곳이 수천 군데는 되었다.

앤드루의 집은 하이팜이라는 이름이 붙어 있었다. 가까이 다가가면서 그는 그 집이 한때는 정말로 농가였음을 알 수 있었다. 하지만 지금은 개인 주택으로, 별채들은 마구간과 차고로 개조되어 있었다. 길에서도 전부 잘 보였다. 해미시는 길 한쪽에 차를 세우고서 어떻게 할지 궁리했다. 그때 키가 훤칠하고 강인하게 생긴, 머리가 하얀 여인이 집 밖으로 나와 레인지로버를 타고 떠나는 모습이 보였다. 해미시는 이목구비로 미루어 그녀가 앤드루의 어머니가 확실하다고 생각했다. 그녀가 떠나고 나서 그는 계속 집을 살폈다. 벽에 달린 도난경보기가 보였다. 그는 그것이 정말로 작동하고 있는 걸까, 아니면 절도범들을 속이기 위해서 단 그냥 깡통일까 머리를

230

굴렸다. 그 순간 그는 자신이 무의식적으로 무단 침입을 계획하고 있음을 깨달았다. 그는 머릿속의 경고를 무시하고 차를 몰고 좀 더 가다가 샛길에 이르렀다. 혹시 잡혔다가는 로흐두 순경으로서의 하찮은 경력이 끝장난다고 외치는 머릿속의 경고를 무시했다. 그는 샛길로 들어가 앞으로 툭 튀어나온 산울타리 아래 포드를 바짝 붙여 세우고 집으로 다시 돌아왔다. 주변에 사람이 아무도 보이지 않았다. 집은 컸다. 입주 고용인이 있을 수도 있었다. 하지만 이 집은 집에 아무도 없을 때 풍기는 버려진 분위기가 났다. 그래도 안전을 기하기 위해 그는 벨을 울리고 기다렸다. 문을 열어 주는 이가 없었다. 누가 보는 사람이 없는지 주위를 낱낱이 살펴본 다음에 그는 집 뒤쪽으로 슬그머니 갔다. 2층짜리 붉은 벽돌집이었다.

집 뒤에는 연장된 1층짜리 부속 건물이 있었다. 그는 창문 안을 들여다보았다. 주방이 연장된 공간이었다. 그는 물러서서 위를 올려다보았고, 미소에 입술이 말려 올라갔다. 부속 건물의 납작한 지붕 위에 창문이 하나 열려 있었고, 고양이 두 마리가 꼼짝도 하지 않고 누워 있었던 것이다. 그는 잠깐 거너리 양을 생각하다가 세상 모든 고양이 애호가에게 속으로 감사의 기도를 보냈다. 여하튼 그는 재빨리 움직여야 했다. 고양이들을 위해 창문을 열어 놓았다는 바로 그 사실이 그녀가 오래 나갔다 오지 않을 것임을 뜻했다.

그는 배수관을 타고 납작한 지붕으로 민첩하게 올라가 고양이들을 안으로 부드럽게 던지고 조용히 창을 올리고서 창문틀로 건너앉았다.

넘고 보니 2층 복도였다. 그는 방문 하나를 열었다. 골방 창고였다. 그는 문을 닫고 옆방 문을 열었다. 앤드루의 침실로 보였다. 벽에는 군인들과 함께 찍은 사진들, 더 옛날 대학 시절 사진, 럭비 팀 사진들이 걸려 있었다. 하지만 해미시는 편지를 찾고 있었다.

창가에 책상이 있었다. 해미시는 세무회계 서류와 다양한 청구서를 조심스럽게 살피고는 종이 한 장까지도 발견했던 그대로 되돌려 놓았다. 밤이 내리고 있었다. 아직 빛이 남아 있을 북부와 달리 이곳은 곧 어두워질 것이었다. 그는 전깃불을 켜야 하는 사태를 피하려고 수색하는 손길에 속도를 붙였다.

그는 분노의 탄식을 내뱉었다. 사적인 편지는 아예 한 통도 없었다. 오로지 사업과 관련된 편지들뿐이었다. 벽에 걸린 것 말고는 사진도 한 장 없었다. 그는 책상에서 떨어져 낮은 책장으로 가서 책을 한 권 한 권씩 꺼내 흔들었다. 앤드루가 책 안에 사진이나 편지를 숨겨 놓았기를 기대했지만, 간혹가다 서표만 떨어질 뿐 아무것도 없었다.

아래층에 서재가 있을지 모른다고 해미시는 생각했다. 더

개인적인 물건을 넣어 두는 책상이 또 있을지 몰랐다. 그는 조용히 아래층으로 내려갔다. 그는 작지만 쾌적한 응접실의 문을 열었다. 이곳에는 은제 액자에 끼워진 가족사진들이 있었다. 학교에 다니던 앤드루, 대학교에 다니던 앤드루, 샌드허스트 육군사관학교에 다니던 앤드루 등 다양한 사진이 있었다.

그때 차가 올라오는 소리가 들렸다. 그는 문으로 돌진하다가 쿠션에 걸려 넘어졌다. 바닥에 널브러져 있는 것을 미처 보지 못한 것이다. 그러고는 그도 카펫에 널브러지고 말았다. 그는 손과 무릎으로 총총 기어 소파 뒤에 숨으며 조용히 욕지기를 내뱉었다. 비거 부인, 앤드루의 어머니가 틀림없었다. 그녀는 행동이 아주 재빨랐다. 차가 도착하는 소리가 들리고 잠깐밖에 지나지 않았는데 집 안에, 응접실 안까지 들어온 것이다. 그는 소파 뒤에 누워서 땀을 흘렸다. 그녀가 벽난로 쪽으로 가는 소리가 들렸다. 난롯불도 벌써 붙은 듯했다. 성냥을 긋는 소리가 들린 지 바로 얼마 후에 나무가 타닥거리며 타는 소리가 들렸다. 그는 그녀가 응접실을 떠나기를 바랐지만, 그녀는 소파 끝에 앉았고, 끼익거리는 소리가 났다.

그때 응접실의 전화벨이 커다랗게 울리는 바람에 해미시는 식겁하고 말았다.

그녀가 전화를 받는 소리가 들렸다. 날카로운 목소리였다.

"앤드루?"

침묵이 흘렀다. 해미시는 전화선 건너편에서 앤드루가 하는 말이 들리기를 필사적으로 바랐다.

비거 부인이 말했다. "살인이 또! 앤드루, 끔찍하구나, 끔찍해. 하지만 내가 너한테 경고하지 않았다는 말은 말아라."

다시 정적이 흘렀다. 비거 부인이 말했다. "나는 네가 그 여자와 사귀지 않았으면 얼마나 좋을지 하느님에게 빌고 있어."

전화선 건너편에서 소리가 약하게 들려왔다. 앤드루가 반발을 하는지, 설명을 하는지 얘기를 하고 있었다.

"경찰에 얘기를 했어야 했어." 비거 부인이 불평했다. "누구라도 너희 두 사람을 봤으면 어쩌니? 조심했다는 말은 하지 말거라……

어디냐고? 우선 그 늙은 고양이 같은 해리엇 굴레이가 이브샴의 그 중국 레스토랑에서 너희를 봤다더라. 전부 너답지 않은 짓이야. 이제 너도 그런 부류의 사람을 알고 지내면 어떤 결과가 오는지 알겠지. 그런 사람들은 늘 서로 치고받고 죽이고 하는 법이야."

긴 침묵이 또 이어졌다. 그녀가 한결 부드러워진 목소리로 말했다. "내가 그쪽으로 가기를 바라지 않는다는 거 안다. 하지만 변호사든 뭐든 필요하면 내게 꼭 말해 줘야 해…… 그래, 할 수 있으면 내일 이 시간에 전화하거라. 안녕, 아가야."

수화기가 내려졌다.

가요, 해미시는 속으로 기도했다. 제발 가 주세요!

그녀가 방을 왔다 갔다 하는 소리가 들렸고, 해미시는 그 마른 몸을 소파 뒤에 더 바짝 붙였다. 그때 고양이 한 마리가 소파 뒤로 어슬렁거리며 다가왔다. 고양이가 그의 가슴에 올라타고 발톱으로 스웨터를 치대기 시작했다.

그는 가 버리라고 고양이를 노려보았지만, 고양이는 자기를 바라지 않는 곳에서 사랑을 찾는 고양이다운 천재성으로 털북숭이 머리를 그의 턱에 부벼 대며 애정의 부위를 바꾸었다. 고양이 털이 해미시의 코를 간질였다. 그는 재채기가 나올 것 같은 기분을 느끼며 고양이를 떼 내려고 몸을 비틀었다. 그는 비거 부인이 응접실을 나가는 소리를 듣고 안도했다. 고양이를 후려치려고 했지만 손이 헛나갔다. 고양이는 기분 좋게 활보하며 멀어져 갔다. 멀리서 접시가 달그락거리는 소리가 희미하게 들려왔다. 그는 몸을 풀며 일어섰다. 열려 있는 응접실 문을 통과해 복도로 나섰다. 세상없이 기쁘게도 문이 열려 있었다. 그는 바깥으로 슬쩍 빠져나갔다. 그러다가 발걸음을 멈추었다. 집에서 나가는 자신을 그녀가 보는 위험을 무릅쓸 수가 없었던 것이다. 그는 몸을 돌려 벨을 울렸다.

비거 부인이 앞치마에 손을 닦으며 문으로 왔다. "네?"

해미시는 강철 같은 눈빛으로 그녀에게 시선을 고정했다. "신을 찾으십니까?"

"가요!" 그녀가 그의 면전에서 문을 쾅 닫았다.

그는 상황을 모면한 것에 기분이 가벼워짐을 느끼며 진입로를 걸어 내려갔다.

그는 세워 두었던 곳에서 차를 찾아내 올라타고 이브샴으로 향했다. 살 떨리는 경험이었지만, 통화를 엿들은 건 끝내주는 일이었다. 그는 앤드루의 집에 무단으로 침입해서 두 사람이 전에 만난 적이 있음을 알게 되었다는 얘기는 디컨에게 할수 없었다. 하지만 앤드루와 도리스의 사진을 그 중국 레스토랑에 가져가 주인에게 보여 주고, 주인이 그들을 알아본다면 그걸로 충분한 증거가 될 것이었다.

이브샴에 도착해서 그는 차를 세워 두고 걸어서 레스토랑을 찾아보기로 마음을 정했다. 시골 읍 마을에서는 도통 헷갈리는 일방통행로 교통 시스템을 시행하는 경우가 있다는 걸해미시는 알았다. 지나가던 한 커플이 하이가에 있는 한 중국레스토랑으로 가는 길을 가르쳐 주었다. 그들은 중국 음식을파는 대부분의 다른 상점은 테이크아웃 상점이라고 알고 있다고 했다. 우아하게 나무 패널을 댄 찰스 1세풍 건물에 중국레스토랑이 있었다. 그는 웨이터에게 지배인이나 주인을 불러 달라고 부탁했고, 수수한 양복을 입은 잉글랜드 남자가 식당 뒤편에서 나왔다. 해미시는 자신이 누구이며 어디에서 왔는지를 설명하고, 도리스와 앤드루의 사진을 내놓고는 희망에 젖어 그의 답을 기다렸다.

실망스럽게도 남자는 머리를 흔들었지만, 곧 말했다. "웨이터 누구에게 묻는 게 가장 좋을 겁니다. 저는 레스토랑 안에는 거의 있지 않거든요." 그가 웨이터 한 명을 불렀다. 해미시는 중국인 웨이터의 얼굴을 곰곰이 보면서 동양 사람들의 눈에도 서양 사람이 모두 똑같이 생겨 보일까 궁금했다.

하지만 신기하게도 웨이터는 말했다. "맞아요, 이 사람들 여기 왔었어요." 그는 기다란 손가락으로 앤드루를 가리켰다. "제가 이 사람들을 맡았어요. 두 번 다요. 이 사람은 팁이 아주 후해요."

해미시는 기억에 남을 만한 인정을 베푼 앤드루 비거에게 속으로 감사를 전하며 웨이터에게서 진술서를 받고 서명을 하게 했다. 이렇게 운이 좋아도 되는 건지 두려운 마음마저 들었다.

그는 기분 좋게 우스터로 돌아왔다. 오는 길에 펍에 들러 샌드위치 하나와 청량음료를 먹었다. 그는 다음 날 변호사 비서인 앨리스 브렛을 만나러 가는 것으로 탐색을 연장할지, 아니면 해리스 부부를 좀 더 확인해 볼지 궁리했다. 하지만 너무 오래 떠나 있지 않겠다는 약속을 했음을 떠올리고는 마음을 돌렸다. 그는 렌터카를 반납하고 첼트넘으로 넘어가서 애그 뉴 부인을 만나 거너리 양의 고양이 안부를 묻고 북쪽으로 향하기로 했다.

다음 날 아침 푸짐한 아침 식사를 먹고 나서 해미시는 첼트넘스파로 가는 길을 나섰다. 첼트넘에 도착한 다음에 그는 길을 잃고 말았다. 일방통행로가 너무 많았다. 그는 차를 어디 세우고 걸을 걸 그랬다고 후회했다. 결국 그는 한 주차장으로 가는 길을 찾아내고 애그뉴 부인이 사는 거리로 가는 방향을 물었다. 첼트넘의 리전시스파는 바닷가 마을 같은 분위기를 풍겼다. 길 끝에 이르면 바다가 보일 것 같은 느낌을 주는 곳이었다.

애그뉴 부인이 사는 앤도버테라스는 거리들이 촘촘하게 이어진 곳 뒤에 있었다. 그는 골동품 상점 두 개 사이에 낀 조지 왕조풍의 작은 집 문을 노크했다. 잠시 시간이 흐르고 나서 근육이 탄탄한 중년 여자가 문을 열어 주었다.

"애그뉴 부인이십니까?"

"네, 하지만 뭘 팔러 온 거라면 가세요."

"거너리 양 부탁으로 왔습니다."

"아, 들어오세요, 들어오세요. 무슨 그런 끔찍한 일이 그 친구한테 벌어진 건지. 평화로운 휴가를 고대하고 있었는데 말이에요."

해미시는 그녀를 따라 위층의 작고 어두운 거실로 갔다. 조각이 새겨진 육중한 과수나무 가구에 플러시 천이 씌워진 채로 거실에 놓여 있었는데, 암스테르담에서 수입했을 법한 물건이었다. 몇 년 전에 찍었을 거너리 양과 애그뉴 부인의 사진도 있었다. 하얀 테니스 운동복을 입고 테니스 라켓을 쥐고 있었다. 해미시가 사진 쪽으로 고갯짓을 했다. "두 분 다 테니스를 치시나요?"

"쳤죠······ 예전에요. 우리 둘 다 테니스에 몹시 빠져 있었어요. 우리는 같은 학교에서 교편을 잡았는데, 방과 후에 매일 테니스를 쳤어요. 그래, 펠리시티는 어떤가요?"

"거너리 양은 압박감이 큰 것 같습니다. 살인 사건이 또 일어났거든요, 들으셨겠지만."

"그래요, 끔찍하고도 끔찍해요. 당신은 그 애 친구인가요?"

"안 지는 얼마 안 되었지만요. 우리는 그 민박집에서 만났습니다. 제 이름은 해미시 맥베스이고, 순경입니다."

그녀의 얼굴이 딱딱해졌다. "혹시 거너리 양에 관해 무엇이라도 알고 싶다면, 직접 물으라고 하고 싶군요. 나는 얘기해줄 게 아무것도 없어요."

"저는 친구로서 이곳에 온 겁니다." 해미시가 차근차근 말했다. "그녀는 자신이 그저 이런 상황에서는 기대하기 힘들 만큼 잘 지내고 있다는 말을 부인에게 전하고 싶어 했습니다. 제가 우스터에 볼일이 좀 있었는데, 그곳이 첼트넘에서 가깝다는 걸 거너리 양이 알았거든요. 제 개가 죽었을 때도 제게 몹시 친절을 베푸셨죠." 해미시는 자신의 잃어버린 애완동물을 생각할 때마다 이 찌르는 듯한 슬픔이 계속되지는 않을까 걱정이 들었다.

"그럴 사람이에요. 그 애는 동물에 대한 마음이 아주 깊죠."

"거너리 양에게 고양이가 한 마리 있다고 하더군요." 해미시가 짐짓 모호한 표정을 지었다.

애그뉴 부인의 눈이 재미있다는 듯이 자글자글해졌다. "당신이 여기 왜 왔는지 알겠어요. 펠리시티가 고양이 좀 보고 와 달라고 했군요. 조이!"

하얀색과 검은색이 섞인 작은 고양이가 의자 뒤에서 기어 나왔다. 고양이는 하품을 하고 기지개를 켰다. "여기 있었구나." 애그뉴 부인이 말했다. "건강하고 잘 지내고 있고, 밥도 아주 잘 먹어요. 펠리시티에게 자신부터 돌보고 다른 건 아무것도 염려하지 말라고 전해 주세요. 하느님은 아시겠지, 그 가련한 친구는 고양이가 아니라도 걱정할 거리가 한두 가지가 아니니까." 그녀가 해미시를 슬픈 눈으로 바라보았다.

"살인 사건들 말입니까?"

"뭐가 더 있겠어요?" 그녀가 날카롭게 되받아쳤다.

해미시는 차 좀 들고 가라는 제안을 거절하고 가 봐야 한다고 말했다.

집으로 돌아오는 긴 여정에 그는 사건에 대한 생각을 해 보려고 애썼다. 하지만 머릿속에서 모든 것이 뒤죽박죽이 되어 버리는 것만 같았다. 스코틀랜드로 넘어가는 경계에 가서야 그는 자신이 프리실라 생각은 한 번도 하지 않았다는 사실을 비로소 깨달았다. 그러니까 그녀가 이브샴에서 꽤 가까운 코츠월드에 머물고 있으며, 자신이 쉽게 그녀를 찾아갈 수도 있었다는 생각을 전혀 하지 않은 것이다. 그 자리를 도리스 해리스에 관한 생각이 차지했다. 그녀는 말하지 않음으로써 거짓말을 했다. 앤드루도 마찬가지였다. 그들은 전에 분명히 아는 사이였고, 앤드루는 그녀를 따라 스코틀랜드에 왔다.

해미시는 녹초가 된 채로 디컨에게 보고를 하면서, 왜 그가 배신자처럼 느껴지는지 알다가도 모르겠다는 생각이 들었다. 디컨은 흡족해했다. 해미시는 사진들과 함께 웨이터의 진술서를 건넸다.

"어떻게 해낼 수가 있었는지 모르겠네, 친구." 디컨이 같은 말을 두 번째로 했다. "그 많은 레스토랑 중에 그들이 함께 있었던 레스토랑을 무슨 수로 찾아냈는지, 상상 밖이야."

"직감입니다." 해미시는 말하고서 터져 나오는 하품을 내리눌렀다. "제가 지금 너무 피곤해서요. 가서 눈 좀 붙였으면 합니다."

"그래, 어서 가. 우리가 내일 아침에 그 커플을 여기로 데려오지. 자네도 심문에 참여하고 싶나?"

해미시는 주저했다. 하지만 자신이 경찰임을 상기하고서 고개를 끄덕였다.

그는 차를 몰고 집으로 갔다. 민박집의 불빛이 모두 꺼진 것을 보자 기쁜 마음이 들었다. 그는 거너리 양이 깨어 있지 않기를, 자신을 기다리고 있지 않기를 열렬하게 희망했다.

그는 조심스럽게 문을 땄다. 투숙객 모두 열쇠를 받은 터였다. 그는 문을 열고서 복도로 들어섰다. 휴게실의 불이 곧바로 켜졌다. 문 아래로 빛줄기가 새어 나오는 것이 보였다. 거너리 양의 목소리가 조바심을 내며 그를 불렀다. "당신이에요, 해미시?"

그는 계단으로 달려가서 휴게실 문이 열리는 소리가 들림과 동시에 자기 방이 있는 복도에 도달했다. 침실 문을 열고 획 들어섰다. 그는 문을 잠그고 나서 사냥당하는 짐승이 된 것 같은 기분으로 문에 등을 기대고 섰다. 목욕을 하고 싶었지만, 그랬다가는 욕실로 가는 길에 불려 세워질 것이었다. 그는 불도 켜지 않은 채 꼼지락거리며 옷을 벗고, 계단으로 올라오는 발소리가 들리기가 무섭게 침대에 뛰어들었다. 잠시 후 문에서 조용한 노크 소리가 났다. 거너리 양이 그를 불렀다. "해미시, 안에 있어요?"

그는 매우 부자연스럽게 코 고는 소리를 냈다. 잠시 후에 그녀의 한숨 소리가 들리고, 그녀가 물러가는 소리가 들렸다. 하지만 잠에 빠져드는 대신 그의 마음은 작정이라도 한 듯이 들썩이고 훤히 깨어 버렸다. 두 살인 사건과 관련된 모든 사람이 그의 머릿속을 맴돌았다. 그는 도리스가 정말 보이는 그대로의 사람인지 궁금해지기 시작했다. 그는 그녀를 보이는 그대로 받아들였다. 작고, 단정하고, 내성적이며, 어떨 때는 심지어 고지식해 보일 정도였다. 수년간 지속된 괴롭힘의 결과로 기를 펴지 못하는 것처럼 보였다. 그녀는 해리스를 떠날 수도 있었다. 그들에게는 걱정할 아이들도 없었다. 하지만 어쩌면 그녀는 해리스에게 '인질'로 붙잡혀 살았던 것일 수도 있다. 어쩌면 그녀는 너무도 오랫동안 억압받고 괴롭힘을 당해서 스스로의 의지나 정신을 가지지 못했을 수도 있다. 하지만 앤드루가 그녀의 삶에 들어섰을 때 그녀에게 무슨 일이 일어난 건가? 그렇다. 그것을 생각해 보아야 한다, 해미시 맥베스. 앤드루는 다정하고 예의 바르다. 그녀의 천박한 남편과는 정반대다. 비밀스러운 만남이 그들의 연애 감정을 격렬하게 해주는 양념이었다. 그러고는 해리스가 출장에서 돌아와 잔소리를 하고 시끄럽게 짖어 대고 트집을 잡는다. 그러니 도리스의 조용한 가슴속에 그를 죽이고 싶다는 마음이 타오르기 시작한다면 어떤가? 이 남편이란 작자가 죽는다면 자신의 삶이 어떻게 될지 날이면 날마다 생각하지 않았을까? 그 일을 앤드루와 상의하지 않았을까?

다음으로 사면초가에 몰렸던 더모트 브렛과 그의 은밀한 삶은 어떤가? 그는 아내가 그와 절대로 이혼해 주지 않겠다는 말을 진심으로 믿은 것이 분명해 보였다. 해리스는 그와 준과 아이들의 삶을 위협했다. 로저스도 더모트를 협박했다. 제이미 맥퍼슨도 그를 협박했을 수 있다. 제이미 맥퍼슨이 그랬을 수 있단 말인가? 사람이 많기도 했다! 범죄 전과가 있는 글래스고 출신의 갈보 두 명도 있다. 도리스와 앤드루의 불법적인 로맨스도 있다. 더모트와 준까지 친다면 두 개의 불법적인 로맨스가 있었다. 해미시를 사랑하게 된 미혼 학교 교사도 있다…… 해미시는 마지막 생각은 몸서리를 치며 털어 냈다. 그는 거너리 양이 좋았고, 그녀에게 상처를 주고 싶지 않았다. 그는 담요 아래서 불편하게 몸을 뒤척이면서 타우저를 쓰다듬으려고 본능적으로 아래로 몸을 기울였다가 타우저가 죽었다는 걸 기억해 냈다.

타우저의 죽음 탓에 그의 모든 생각이 흐리멍덩해졌고, 그는 이 민박집을 증오하고, 스캐그를 증오하고, 이곳에서 만난 모든 사람들을 잠재적인 살인자로 보고 있었다. 이제 그들을 전부 다시 알아야 할 시점이었다. 보통의 사람들은 어떤 도발을 받는다 해도 살인을 하지 않는다. 그는 그것을 확고하게 믿었다. 어딘가, 그들 중 누군가가 살인을 하는 능력이 있다. 그리고 더모트 브렛의 법적인 아내인 앨리스 브렛은 어떤가? 그녀에 대한 생각을 할수록 해미시는 점점 더 불안해졌다. 북부로 돌아오는 여정을 연기하고 그녀를 보러 갔어야 했다. 아침에 디컨에게 전화를 걸어 그녀의 심문 기록을 달라고 해야겠다. 그녀가 직장에서 얼마 동안 휴가를 얻었으며, 해리스가 살해되던 때 스캐그에 와 있었는지 확인해야 한다. 하지만 왜 그녀가 해리스를 살해하고 싶었겠는가? 해리스가 그녀에게 편지를 썼다고 치자. 그녀의 주소를 알아내고 준과 아이들 얘기를 썼다고 치자. 이 세상 그 누구도 나쁜 소식을 전달하는 사람을 좋아하지 않는다. 하지만 아무리 그렇다고 해도 그 사람을 죽일 정도는 아니다.

하지만 잠깐! 해미시는 사건을 계속 살인으로 생각하고 있었다. 해리스의 죽음은 과실치사일 수도 있었다. 이렇게 생각해 보자. 앨리스가 해리스를 만나러 온다. 그가 방파제에 가자고 한다. 그는 아주 고약한 인종이었다. 그는 그녀를 조롱하지 않고는 견디지 못했을 것이다. 그는 술에 취해 있었다. 해미시의 눈에 이제 그가 보였다. 약간 비틀거리고, 얼굴은 불쾌해져 있다. 그리고 그의 잔소리하는 목소리가 끝도 없이 계속된다. 앨리스가 유목 하나를 붙잡고 그의 머리를 내리쳐 그의 입을 막는다. 그가 흔들거리다가 물속으로 떨어진다. 겁에 질린 그녀가 도망을 친다. 그러고서 제이미 맥퍼슨이 그녀를 협박한다. 그녀는 한 번 살인을 했다. 두 번째는 더 쉽다.

하지만 제이미 맥퍼슨이 무슨 수로 그녀의 주소를 손에 넣을 수 있었을까?

그러고는 미답의 영역에 있는 인물들이 있다. 거너리 양. 그는 남쪽에 갔을 때 그녀를 더 깊게 파 보아야 했다. 그와 잠을 잤다고 말하는 것으로 그녀는 매우 좋은 알리바이를 취했다. 그가 사실을 말해서, 혹은 정직하게 나가는 바람에 그녀의 알리바이를 깨기는 했지만 말이다. 매기 도널드가 찔렸기 때문이었다. 해미시는 후회에 잠겨 생각했다. 사실을 말하자면 그가 고생해서 열심히 일을 하지 않았기 때문인 것이다.

마치 고생이라는 바로 그 생각이 그를 녹초로 만들어 버리기라도 한 것처럼, 그는 잠에 빠져들었다.

아침이 되자 해미시는 로흐두에서 가져온 경찰 제복을 입고 아래층으로 내려갔다. 로저스 부인이 내려오는 그를 보고서 복도에서 발을 멈추었다. 그녀의 얼굴이 곧장 분노로 일그러졌다. "이 나쁜 놈." 그녀가 쉭쉭거렸다. "당신이 내 남편을 곤경에 빠뜨렸지."

"그는 스스로를 곤경에 빠뜨린 겁니다." 해미시가 그녀를 냉랭하게 바라보았다. "집 안에 경찰이 있을 때는 좀 더 조심했어야죠. 그는 내가 경찰인 걸 알았습니다. 왜냐하면 내 여행 가방을 뒤졌으니까요."

"말 같지도 않은 소리를." 로저스 부인이 물러섰다. "누가 그런 말을 해요?"

"그가 했습니다." 해미시는 입술에 침 한 방울 바르지 않고 거짓말을 했다.

그녀는 찔리는 표정으로 그를 보고는 식당 문 쪽으로 뒷걸음질 쳤다. "참, 사람들을 좀 살펴봐야겠네요." 그녀는 식당 안으로 들어가 문을 쾅 닫았다.

해미시는 빙긋 미소를 지었다. 미스터리의 아주 작은 부분이 풀렸을 뿐이지만, 만족스러운 해결이었다.

크릭 순경이 와서 해미시에게 말했다. "해리스 부인과 비거 씨를 데리러 왔습니다. 당신도 함께 갑시다."

"제가 먼저 가서 경찰서에서 그들을 만나겠습니다." 도리스와 앤드루와 같이 차를 타고 간다는 생각에 꺼림칙한 기분이 든 해미시가 말했다.

잠잠하고 잿빛인 그런 날 중 하루였다. 해미시에게는 스캐그에 처음 도착하던 날을 떠올리게 하는 날씨였다. 바다는 잔잔하고 만물 위로 가느다란 안개가 떠 있었다.

그는 배가 고팠지만 거너리 양과 아침 식사를 하는 위험은 감수하고 싶지 않았다. 그를 보는 그녀의 눈빛이 날이 갈수록 격해지고 있었다. 그가 경찰서에 도착하자 입구에서 얘기를 하고 있는 매기와 디컨이 보였다. "아, 맥베스가 왔군." 디컨이 말했다. "우리 커피 좀 갖다 줘, 매기." 해미시의 개암나뭇빛 눈동자에 악의의 불꽃이 튀었다. "딱 바라던 바네요." 그가 상냥하게 말했다. "그런데 제가 아침을 걸렀거든요. 도넛도 몇 개 있으면 아주 좋겠는데요."

"저도 해야 할 업무가 있어요." 매기가 매섭게 쏘아붙였다.

"가져와, 순경." 디컨이 쏘아붙였다. "같이 가세, 맥베스."

취조실에는 조니 클레이 형사가 이미 와 있었다.

"저쪽에 앉게, 맥베스." 디컨이 구석의 의자를 가리켰다.

해미시는 경찰 모자를 벗어 의자 아래에 두고 수첩과 몽당연필을 꺼내 들었다.

"앨리스 브렛에 관한 보고는 어떻습니까?" 그가 물었다. "제가 그분 생각을 좀 해 봤습니다. 그러니까 더모트가 말하는 대로 그렇게 히스테리가 심합니까? 더모트는 이혼을 요구하면 그녀가 자살을 할 거라고 생각하는 것 같았는데요."

"그녀는 이곳에 있어."

"네? 스캐그에 말입니까?"

"심문을 하려고 불렀어. 자네가 그녀와 얘기를 하고 싶다면, 그 두 사람하고 얘기를 한 다음에 붙여 주겠네."

문이 열렸다. 매기 도널드가 커피가 담긴 종이컵과 잼도넛

접시를 담은 쟁반을 탁자에 내려놓았다. 해미시는 맹렬한 비난의 눈빛을 쏘아 대는 매기를 무시하고 일어서서 도넛을 집어 먹었다. 그는 자신이 그녀와 꼭 마찬가지로 일개 순경인 주제에 취조실에 앉아 있도록 허락을 받은 사실 자체가 도넛을 가져오라는 심부름보다 더 그녀를 격노하게 했다는 것을 알았다.

하지만 그녀가 떠나고 나자 그는 부드러운 어조이기는 했지만 이렇게 묻지 않고는 배길 수가 없었다. "하녀처럼 취급받는 데 대해 매기가 짜증을 내지는 않나요? 제 말은 동등한 기회를 주고, 성차별은 하지 않는 건 어떻습니까?"

"저 물건이 눈꺼풀을 팔락이고 엉덩이를 씰룩거리며 뭘 좀 얻어 가려고 나오는 짓을 멈춘다면 좀 더 진지하게 대해 줄 생각이 있지." 디컨이 말했다. "그리고 나한테 말할 때는 '경감님'이라고 하게, 맥베스."

"네, 경감님."

문이 다시 열리고 도리스와 앤드루가 안내를 받아 들어왔다. 앤드루의 얼굴은 팽팽하게 긴장되어 있었고, 도리스는 그 어느 때보다 단단히 무장이 되어 있었다. 입꼬리는 단단히 다물려 있었으며, 머리는 흠잡을 데 없이 단정하고, 깔끔한 작은 블라우스와 일자 치마에 굽이 낮은 구두를 신고 있었다.

"이런 식으로 끝도 없이 심문을 되풀이할 수는 없습니다."

앤드루가 항의했다. "우리는 아는 걸 전부 여러분에게 말했습니다."

클레이가 녹음테이프를 바꾸어 끼웠다. "도리스 해리스 부인과 앤드루 비거 씨에 대한 면담을 시작합니다." 그가 밋밋하게 읊조렸다. "7월 30일 9시 15분. 디컨 경감님이 면담합니다. 경사 클레이와 순경 해미시 맥베스가 동석합니다."

앤드루가 해미시에게 책망하는 눈길을 보냈다.

"자," 디컨이 입을 열었다. "우리는 당신들 두 사람이 이곳에 오기 전에 서로 알았다는 사실을 왜 빼먹고 말하지 않았는지 알고 싶습니다."

"하지만 그건 사실이 아니에요." 도리스가 부르짖었다.

"거짓말은 그만해요." 디컨이 쏘아붙였다. "우리는 당신에게 살살 대했어요, 해리스 부인. 당신이 이제 막 과부가 되었으니까. 우리는 이브샴의 한 중식당에서 일하는 웨이터의 진술서를 가지고 있습니다. 그가 당신들 사진을 확인해 주었습니다. 팁을 아주 후하게 준 당신의 잘못이죠, 비거 씨. 그는 당신을 아주 잘 기억하고 있더군요. 당신들 두 사람이 두 번 그곳에 다녀갔다는 것도요. 그 점에 대해 하실 말씀이라도?"

도리스가 조용히 눈물을 흘리기 시작했다. 디컨이 그녀를 초조하게 바라보았다. 앤드루가 도리스의 손을 잡았다.

"우리는 여러분에게 거짓말을 한 게 아닙니다." 그가 조용히 말했다. "우리가 전에 만난 적이 있다는 사실은 살인 사건 수사와는 아무런 상관이 없으니까요."

"제가 보기에는 상관이 아주 많은 것 같은데요." 디컨이 말했다.

클레이가 몸을 앞으로 내밀었다. "그러니까 당신들은 전부터 서로 알았던 거죠. 그러니까 당신, 비거 씨는 해리스 씨 부부가 이곳에 휴가를 온다는 걸 알고서 따라온 겁니다. 이유가 뭡니까? 돌리지 않고 말하면, 남편이 옆에 붙어 있는 마당에 막간을 이용한 로맨스도 기대할 수 없었을 테고요." 그의 목소리가 딱딱해졌다. "살인을 생각하고 이곳까지 온 것일 수도 있죠?"

"저는 그저 이 여자 곁에 있고 싶었습니다. 그게 전부입니다." 앤드루가 웅얼거렸다. 신사라면 가질 민망함이 표정에 드러나 있었다.

"다시 시작해 봅시다." 디컨이 말했다. "당신들은 불륜을 저지르고 있었던 겁니까?"

"아니에요." 도리스가 말했다. "절대로 그렇지 않아요!"

디컨은 두 사람 모두에게 절대로 믿지 않는다는 눈길을 보냈지만, 앤드루에게 한결 부드러워진 어조로 물었다. "두 분은 어떻게 처음 만났습니까?"

"제가 도그쇼의 심사위원을 맡은 적이 있습니다." 앤드루가 말했다. "쇼가 끝난 후 저는 맥주를 마시려고 다과 텐트로 갔습니다. 떠나려고 하는데 비가 억수같이 쏟아졌습니다. 도리스는 텐트 입구에 서 있었어요. 우비도 없이요. 그녀가 뭘 기다려야 한다나 그런 얘기를 하고서, 주차장까지 가다가는 흠뻑 젖을 거라고 했죠. 심사위원 일도 끝났고 해서 저는 그녀에게 술 한 잔 더 마시면서 비가 잦아들기를 기다려 보자고 제안했습니다. 우리는 대화를 시작했습니다. 그리고 그녀가 매우 편하게 대화할 수 있는 상대란 걸 알게 됐습니다."

"결혼한 적 있습니까, 비거 씨?" 해미시의 조용한 하일랜드 억양이 방 한구석에서 흘러나왔다.

"네, 10년도 더 전에 결혼한 적이 있습니다. 제 아내는 제가 북아일랜드에 배치되었을 때 저를 떠났습니다. 지금은 재혼을 했고요. 재혼 후에 헤스터 글래드존스가 되었고, 지금은 케임브리지에 살고 있습니다. 그녀가 제가 한 번도 폭력적이거나 학대를 하거나 한 일이 없다는 걸 증언해 줄 겁니다. 저는 살인을 하는 그런 부류가 아닙니다."

"하지만 당신은 최근까지 직업 군인이었습니다. 사람을 죽이는 법은 당연히 알고 있을 테죠."

"맞습니다. 하지만 머리를 때리거나 물속에 빠뜨려 죽게 내버려 두는 방식은 아닙니다."

"그래, 해리스 부인은 언제 처음 만났습니까?"

"말씀드렸는데요…… 도그쇼에서요."

"그래요, 만난 해와 달을 알고 싶다는 말이에요."

"2년 전 8월입니다."

"그리고 두 사람은 그때부터 사귄 거고요?"

"맞습니다. 만났다가 뜸했다가. 우리는 그냥 간간이 술 한 잔을 하거나 식사를 했습니다. 우리는 서로 어울리는 게 즐거웠습니다. 그렇다고 나쁠 건 없어 보였어요. 최근에 와서야 서로 사랑하게 된 겁니다."

"내가 보기에 당신은 분별 있는 사람처럼 보인단 말입니다." 디컨이 말했다. "좋아요, 당신과 해리스 부인이 여기 오기 전에 사귀고 있었다는 걸 우리에게 알리고 싶지 않았던 마음은 이해할 수 있습니다. 하지만 세상에나, 이런, 도대체 이런 너저분한 민박집까지 와서 당신이 사랑하는 여자가 남편에게 학대를 당하는 모습을 보려고 했다니, 대체 무슨 생각으로 그랬던 겁니까? 그가 부인에게 난리를 치는 소리를 들었을 때 무슨 생각이 들던가요? 그 때문에 결국은 여기 맥베스가 가서 해리스의 코에 한 방 먹이고 말았죠. 이 친구는 계속 정당방위라고 주장하고는 있지만요."

앤드루가 차분하게 말했다. "제가 머문 이유는 이 여자에게 저와 함께 떠나자고 설득하려는 것이었습니다. 그냥 그를 떠나라고요."

디컨이 관심의 방향을 도리스에게로 바꾸었다. "당신은 왜 그러지 않았습니까?"

"저는 밥이 저를 죽일까 봐 두려웠어요."

"하지만 이분과 그냥 떠나 버린다면 그가 무슨 수로 당신을 찾았겠습니까?"

그녀가 떨면서 제 몸을 감쌌다. "그는 우리를 찾았을 사람이에요. 저는 그냥 저지를 힘이 없었어요."

해미시 맥베스의 목소리가 다시 흘러나왔다. "당신은 어머니와 함께 살고 계시죠, 비거 씨. 그분이 해리스 부인에 대해 알고 있습니까?"

앤드루가 망설이더니 짧게 답했다. "네."

"그분은 당신들 사이를 어떻게 생각했습니까? 당신이 중년 남자란 건 저도 압니다만, 어머니에게 아들이란 절대 어른이 되지 않는 법이죠. 어머니가 해리스 부인을 만난 적이 있습니까?"

"아니요."

"하지만 두 분 사이를 알았다는 거죠. 어떻게 생각하시던가요?"

"저는 모릅니다. 제가 이 문제는 어머니와 얘기하기를 거부했습니다."

"당신은 이 관계의 끝을 틀림없이 알았을 겁니다. 어떻게 예상을 했던 겁니까?"

앤드루가 한숨을 내쉬었다. "저는 그저 하루하루를 살았을 뿐입니다. 도리스가 조만간 그를 떠날 용기를 내기를 바랐어요."

심문은 계속되었다. 그들이 중국 레스토랑 말고 어디를 갔는지, 언제 갔는지. 마침내 그들이 풀려났다. 디컨이 해미시에게 말하는 사이에 매기가 들어와서 빈 컵들을 치웠다. "참, 저두 사람 다 미쳤어. 아니 왜 그냥 침대에 뛰어들어서 즐기면 안 되나?"

"경감님이 지금 보신 사람들은 구식이에요." 해미시가 말했다. "그들을 보고 처음 들었던 생각은, 로미오와 줄리엣 같은 격렬함으로 사랑에 빠져 있다는 것이었어요. 그들 앞에는 모든 게 불리한 것뿐이었어요. 못마땅해하는 어머니와 괴롭히는 남편. 하지만 진짜 사랑이었어요, 시인들이 쓰는 그런 일이요. 그게 앤드루 비거가 이곳까지 그녀를 따라온 이유입니다."

"참 시덥지 않군. 자네 참 로맨틱하군."

"저는 현실주의자입니다. 몇몇 사람들은 놀랍게도 더 근사한 기분을 느끼는 재주가 있을 뿐이죠." 해미시가 발끈했다.

매기는 쟁반을 들고 나갔다. 해미시 맥베스가 그런 사랑을 할 수 있을까? 그의 말이 옳을까? 온통 섹스, 섹스, 섹스인 오늘날에 그런 사랑이 여전히 존재할까? 그에게 저녁 식사를 할 시간이 날지 알아봐야겠다. 그녀는 트임 있는 새 검은색 치마를 아직 입어 보지 않았다.

그녀는 심문실 바깥에서 서성거렸다.

하지만 해미시는 안에서 앨리스 브렛을 기다리고 있었다.

제9장

사랑은 촌충 같은 것이다.
인생의 늦은 때에 찾아오는 사랑은
그것보다 훨씬 더 나쁘다.
더글러스 윌리엄 제럴드

자신이 쓴 메모를 살펴보고 있던 해미시는 방으로 안내받는 앨리스 브렛을 흥미로운 눈길로 바라보았다. 그는 변호사 비서라면 외양에서 도리스와 비슷한, 즉 고지식하고 단정한 분위기가 풍길 것이라고 예상했다. 하지만 앨리스 브렛은 살집이 좋았다. 가슴은 늘어지고 흐물흐물했고, 거대한 팔도 마찬가지로 늘어져 있었다. 한때는 근육이었지만 흐물흐물한 군살로 변해 버린 듯 보였다. 립스틱을 아주 진하게 바른 입술은 두텁고 풍성했다. 유행하는 '젖은' 느낌이 나는 오렌지색 립스틱 때문에 그 거대하게 반짝이는 입술 말고는 다른 곳은

257

쳐다보기도 힘들었다. 눈은 커다랗고 단단했다. 옷은 소매가 짧은 서머 드레스를 입고 있었고, 하얀색 하이힐을 신은 발은 커다랗고 토실토실했다.

클레이가 카세트테이프를 다시 바꿔 끼웠다. 디컨은 메모를 좀 들여다보다가 말문을 열었다. "브렛 부인, 부인은 살인이 일어나고 나서 이곳에 왔다고 말했습니다. 하지만 당신은 그보다 일주일 전에 휴가를 냈습니다. 부인의 이웃인 딥 부인이 어떤 진술을 했는지 들으면 부인도 관심이 생길 겁니다. 그녀는 당신이 해리스 씨의 살인 사건이 나기 일주일 전에 당신 남편이 바람을 피우고 있다는 편지를 받았으며, 당신이 스코틀랜드로 간다고 했다고 말했습니다. 그 편지가 해리스에게서 온 겁니까?"

"변호사를 불러 주세요." 브렛 부인이 말했다.

"올 겁니다. 하지만 협조하려고 애 좀 쓰시죠. 부인이 해리스 씨를 살해하지 않았다면, 두려워할 게 아무것도 없으니까요."

"저를 계속 괴롭히는 생각이 하나 있는데요." 해미시가 불쑥 입을 열었다. "해리스가 여기 이 브렛 부인에게 편지를 쓸 시간이 거의 없었다는 겁니다. 살인이 일어났을 때 우리 모두 이곳에 겨우 며칠밖에 있지 않았습니다."

디컨이 놀란 눈으로 해미시를 보았다. 그러고는 앨리스 브렛을 노려보았다. "털어놓으세요. 준 얘기를 부인에게 해 준 사람이 누구입니까?"

"변호사가 도착할 때까지는 아무 말도 하지 않겠어요." 앨리스가 늘어진 팔로 늘어진 가슴을 감싸고서 물러서지 않겠다는 눈으로 그들을 맞받아 보았다.

그때 해미시 맥베스에게 하일랜드인의 통찰이 번득 다가왔다. "당신에게 누가 편지를 썼는지 제가 압니다."

"어떻게? 누구야?" 디컨이 물었다.

"준입니다." 해미시가 건조하게 말했다. 그는 앨리스 브렛을 똑바로 쳐다보았다. "준이 부인에게 편지를 쓴 겁니다. 맞죠?"

그녀가 그를 마주 쳐다보더니 코웃음을 쳤다. "아, 참. 그 멍청한 화냥년이 당신에게 말했다면, 내가 부인할 의미가 없겠군요. 그 몹쓸 것. 내 남자 풀어 주고, 이제 이 모든 수작도 집어치워요."

"그렇다면 두 사람이 이곳에 왔을 때 부인은 왜 그들을 만나지 않았습니까?" 해미시가 물었다. "부인은 스캐그에는 머무르지 않았죠. 저는 그 점은 확신합니다."

"나는 조금 떨어진 곳에 묵었어요." 그녀가 부루퉁하게 답했다. "포레스요. 하루는 스캐그로 와 봤죠. 당신들 모두 바닷가에 있었어요. 아이들이 문제였죠. 나는 아이를 가지지 못해요. 그 때문에 너무 괴로웠어요. 하지만 나는 갑자기 그를 더 이상 원하지 않게 되었어요. 그에게 가서 당신을 원하지 않는다고 말했죠. 물론 준과 아이들은 어디에도 보이지 않았고요. 내가 어떻게 복수를 이뤘는지 알아요? 해리스를 살해하는 것으로는 아니에요. 내가 왜 그래야 하죠? 나는 그 남자를 알지도 못했어요. 나는 브렛에게 언제라도 원하는 때에 이혼을 해주겠다고 말했고, 그의 얼굴에 떠오른 표정으로 내 복수를 달성했죠. 그는 허비한 그 모든 세월을 생각하며 극도로 화가 나서 날뛰었죠."

"그런데 부인은 왜 그가 부인이 그와 준에 대해 신문을 통해 알게 되었다고 믿도록 내버려 두었죠?"

"나는 그에게 누가 편지를 썼는지 말하지 않았어요. 그건 더 이상 중요하게 느껴지지 않았으니까요."

소유욕 강하고 못생긴 거머리 같은 여자, 그때 또 다른 직관이 번득였고, 해미시는 그런 여자가 왜 남편을 보내 줄 준비가 되었는지 깨달았다. "부인은 이랬거나 저랬거나 별로 관심이 없었던 겁니다. 부인에게도 새로운 남자가 생겼으니까요."

"딥 그 여자, 죽여 버릴 거야!" 그녀가 외쳤다. "그런 친구라니. 그 빌어먹을 입을 그렇게도 닥치고 있지 못하겠다고 합디까?"

"남자가 누구입니까?" 디컨이 물었다.

그녀의 눈이 증오를 번득이며 해미시 맥베스 쪽으로 향했다.

"존 트랜트 씨예요. 그레이스에 삽니다. 건축업자예요."

디컨은 자리를 잡고서 준에게 편지를 받고 난 후 그녀의 행적을 일일이 물었다. 그녀는 더 이상 변호사를 요구하지 않았지만, 따분하고 밋밋한 목소리로 답을 이어 갔다.

조사를 다 마치고 그녀가 방을 나갔을 때, 디컨이 해미시 쪽으로 말머리를 돌렸다. "그녀에 관해 아는 모든 걸 나에게 말해 줬어야지 싶은데, 맥베스. 자네가 비밀을 꿰차고 있으면 나도 자네에게 내줄 시간이 없어."

"저도 알지 못했습니다." 해미시가 부드럽게 말했다. "그냥 생각이 난 거였습니다. 해리스는 그녀의 주소를 알았을 리가 없습니다. 제가 생각하기로 앨리스에게 사실을 알려 주는 데 관심이 있을 만한 유일한 사람은 준일 수밖에 없어요. 다른 남자 얘기는, 앨리스 브렛 같은 피조물은 딴 남자가 생기지 않고서야 더모트에게 자유를 준다는 건 고려조차 하지 않았을 겁니다."

"그럴 수도 있지 않겠나." 디컨이 천천히 말했다. "브렛은 해리스가 편지를 썼다고 생각했을 수도 있잖나."

"하지만 앨리스는 살인이 일어난 다음에 도착했습니다." 클레이가 지적했다.

"아니면," 해미시가 말했다. "앨리스가 살인이 일어나기 전에 더모트를 몰래 만났다면 말입니다. 모든 일에 종지부를 찍으려고 민박집을 방문했다면요."

"준과 더모트를 다시 불러야겠군." 디컨이 일어나서 문으로 얼굴을 내밀고 내근 경사에게 사람을 보내 그들을 데려오라고 외쳤다.

"이런 게 자네가 사건을 다루는 방식인가?" 그가 해미시에게 물었다. "추측으로? 그건 위험한 일이야. 자네가 틀렸으면 어쩔 뻔했나?"

"그렇다면 그녀는 부인만 하면 되는 거죠. 시도해 볼 만한 가치가 있는 일 같았습니다."

"좋아, 다 좋아. 하지만 나, 나는 확실한 경찰 업무와 확고한 증거를 선호하지. 저기 드림에서 엉뚱한 시체 때문에 자네가 엎어졌던 걸 생각해 봐."

"하지만 저는 결국 살인자를 찾아냈습니다." 해미시가 항의했다. "그런데, 제가 경감님에게 여쭤 보려던 게 있습니다. 앞으로 며칠간 던가튼 경찰서 사택에 방 하나를 빌릴 수 있을까요? 저는 그 민박집에 더는 머물고 싶지가 않습니다."

"왜?" 클레이가 물었다. "사람들을 살펴볼 수 있잖나."

"민박집에서 지내자니 스트레스를 좀 받아서요." 해미시가 말했다.

"자네는 경찰이야, 젠장."

"하지만 경찰이 보통 용의자들과 함께 지내지는 않죠."

"그냥 있던 데 계속 있게, 친구." 디컨이 말했다. "클레이, 매기에게 차하고 샌드위치 좀 만들어 오라고 해. 기다리면서 뭐 좀 먹지."

불쌍한 매기, 해미시는 생각했다. 디컨이 조심하지 않으면 그녀는 그에 대한 불만을 위에 제출할 것이다.

차와 샌드위치가 도착하자 해미시는 맛도 거의 느끼지 못하는 채로 먹었고, 그의 마음은 민박집 사람들에게로 되돌아갔다. 그는 더모트와 준이 오는 것을 별로 원치 않았다. 앤드루와 도리스를 심문하는 곳에 있던 것이 너무도 싫었다. 그는 그들을 좋아했다. 셰릴이나 트레이시일 수는 없는 걸까? 그는 생각했다. 하지만 누구건 간에 이 살인자는 냉정하고 감정을 드러내지 않는 사람, 혹은 두려움 때문에 벼랑으로 내몰린 사람일 것이다. 선박 창고로 가서 제이미 맥퍼슨을 그냥 그렇게 죽인 것은 이제 해리스의 죽음만큼이나 우발적인 범행으로 보였다. 미리 계획된 살인이라면 하루 중 더 조용한 때를 기다렸을 것이다. 대담하게 누구의 눈에라도 띌 수 있는 백주에 가지는 않았을 것이다. 그의 생각이 정처 없이 떠돌기 시작했다. 살인자는 남자가 아니라 여자일 수도 있다. 정치적으로 올바른 요즘 세상에서는 이제 남자 살인자와 여자 살인자라는 영

어 단어를 더 이상 구분하지 않고 있지 않나? 곧 그냥 살인자
라는 말만 쓰게 될까? 해미시는 정치적 올바름이라는 것이 미
국 같은 민주 사회에서 시작됐다는 점이 신기했다. 정치적 올
바름이란 전체주의적 사회의 저주, 꼭대기가 아니라 아래에
서부터 올라가는 것이라고 생각하게 마련 아닌가. 요즘 세상
에는 감정의 다양한 면모를 다룬다는 심리 치료와 별별 심리
용어가 있다. 가령 사람들은 말했다. "나는 화학적으로 무엇
무엇에 기대요. 나는 집착이 강해요, 나는 감정적으로 의존적
이에요. 나는 인질로 사로잡혀 살았어요." 옛날 말들은 이제
소용이 없어졌다. 감정의 지하실로 내려가 불을 켜고 괴물의
얼굴을 바라보며 "나는 사랑에 빠졌다"라고 말하는 것은 이제
안 될 일이었다. 왜냐하면 그것은 자기 스스로 통제를 포기한
다는 뜻이며, 상처받기 쉬운 상태에 놓인다는 뜻이기 때문이
다. 그는 정말로 프리실라를 사랑했던 걸까? 이윽고 그의 정
신이 그가 마음속으로 욕설을 퍼부었던 그 모든 사람들에 대
한 두려움과 함께 프리실라에 대한 생각에서 멀어졌다. 그는
안내를 받고 들어오는 더모트와 준을 보고 안도가 되었다.

"아이들은 누가 봅니까?" 해미시가 물었다. 디컨이 주제를
모르고 나서는 해미시를 단단히 노려보았다.

"거너리 양요." 준이 말했다.

커플은 불안하게 앉아 디컨을 마주했다.

"자," 디컨이 말했다. "당신부터 시작하겠습니다, 브렛 부인. 준 씨라고 불러도 되겠습니까? 진짜 브렛 부인과 헷갈려서 말입니다."

"부르고 싶으신 대로 부르세요." 준이 지친 목소리로 말했다.

"그래요, 준 씨. 당신은 왜 브렛 부인에게 그녀의 남편과 불륜을 저지르고 있다는 편지를 썼다는 사실을 말하지 않았습니까?"

준의 얼굴이 흙빛으로 변했고, 더모트는 자기 귀를 믿지 못하겠다는 듯이 그녀를 바라보았다. "당신이 뭘 어쨌다고?" 그가 그녀에게 소리를 질렀다.

"조용히 하십시오." 디컨이 나무랐다. "나는 당신, 더모트 씨 말고 준 씨와 얘기하고 있습니다. 준 씨?"

"당신에게 말하려고 했어." 그녀가 더모트에게 말했다. "더이상은 견딜 수가 없었어요. 우리가 함께한 지가 이제 8년이야. 당신을 파트타임으로 갖는 데 질렸다고. 당신이 왜 그렇게 많이 출장을 가는지, 왜 늘 크리스마스를 놓치는지, 당신이 언제 일을 하지 않는지, 그런 걸 헤더가 묻기 시작했어요. 그 애가 언젠가는 자기가 사생아인 걸 알게 될 테고, 나는 그걸 견디지 못할 거야. 당신은 앨리스가 결코 이혼을 해 주지 않을거라고 계속 말했지만, 나는 그녀가 아이들에 대해 알게 된다면 이혼을 해 줄지도 모른다고 생각했어요. 맞아요, 제가 그녀에게 편지를 썼어요. 저는 후회하지 않아요. 일이 잘 풀렸으니까요."

"해리스가 살해당했고, 이제 맥퍼슨까지 살해당한 것을 빼면요." 클레이가 끼어들었다.

"저는 그 일과 아무 상관도 없어요."

"잠깐, 잠깐 기다려요." 더모트가 머릿속을 맑게 하려는 듯이 머리를 흔들었다. "앨리스에게 편지 쓴 걸 왜 내게 말하지 않았지?"

"매양 똑같을 테니까." 준이 말했다. "당신이 투항을 하고 저 밀고자 로저스의 입을 막으려고 돈을 지불할 준비가 되었던 걸 생각해 봐요."

"하지만 그런 일은 저지르지 말았어야지. 당신이 무슨 짓을 저질렀는지 당신은 몰라, 이 여자야!"

준의 얼굴이 더모트의 얼굴과 똑같이 지독한 빛으로 변했다. "내가 저지른 짓?" 그녀가 그에게 외쳤다. 그러고는 낮은 목소리로, 가엾게 되풀이해 말했다. "아, 내가 무슨 짓을 저지른 거지?"

"그래요, 그녀가 무슨 짓을 저지른 거죠?" 디컨의 목소리는 인정사정없었다. "해리스를 살해한 게 시간 낭비였다는 말을 하려는 겁니까, 더모트 브렛?"

"아닙니다." 더모트가 말했다. "나는 그의 손끝 하나 건드리지 않았어요. 조금도! 그와 다툼을 벌이기는 했죠. 그는 앨리스에게 말하겠다고 위협했어요. 저는 너무 당황해서 그가 우리 집 주소를 알아낼 길이 도저히 없다는 걸 생각할 겨를이 없었어요. 민박집에는 방명록이 없으니까요."

"로저스는 당신 집 주소를 알고 있었습니까?" 해미시가 물었다.

"몰랐습니다." 더모트의 목소리가 진정되었다. "그는 몰랐습니다. 예약은 준이 했어요."

"그럼 왜 경찰에게 당신이 민박집 주인이 바뀌었다는 걸 몰랐다고 말한 겁니까?"

"제가 작은 거짓말을 몇 가지 했습니다." 더모트가 진저리가 난다는 듯이 말했다. "저는 해리스와 다퉜다는 이유로 제가 용의자로 의심받을까 봐 겁이 났습니다."

"그러니 처음부터 시작합시다." 디컨이 말했다.

그는 그들과 함께 모든 것을 끈기 있게 전부 다시 조사했다. 그가 마치고 나자 해미시가 말했다. "헤더는 도리스가 자신이 있다고 말했던 곳에서 도리스를 봤다고 증언하고 있어요. 준, 어떻게 당신은 일곱 살짜리 아이가 혼자 돌아다니게 둔 겁니까?"

준은 어리둥절해 보였다. "동생들을 놔두고 어디 가는 건

헤더답지 않아요. 하지만 제가 잠이 들어 버렸고, 헤더는 조개
껍데기를 모으고 있었어요. 진짜 모았어요. 모래성을 만들 때
쓰는 들통에 모아서 민박집으로 가져왔어요."

매기가 문 안으로 고개를 들이밀었다. "경감님, 잠시 좀 뵙
죠."

디컨이 밖으로 나갔다. 잠시 후 그가 돌아와 무겁게 앉았다.
"또 문젯거리네." 그가 말했다. "다 됐습니다." 그가 더모트와
준에게 덧붙였다. 두 사람이 일어서서 나가는데, 해미시는 더
모트가 보통 때와는 다르게 준의 팔이나 손을 잡지 않은 것을
보았다.

"무슨 일입니까?" 클레이가 물었다. "또 살인 사건이 난 건
아니겠죠?"

디컨이 머리를 흔들었다. "셰릴이 체포당했어. 그녀와 트레
이시가 술집에 갔다가 취했어. 동네 사내 녀석들 몇 명이 그들
을 놀리기 시작했고, 셰릴이 바 위에 올려 둔 자기 술잔을 깨
부수고는 그걸로 한 놈의 얼굴을 그으려고 했다네. 트레이시
가 뒤에서 뜯어말리지 않았으면 그를 쩼했지."

폭력, 해미시는 생각했다. 우리는 느닷없이 폭력적인 공격
을 감행할 만한 사람을 찾고 있었고, 셰릴이 증명된 기록이 있
는 사람임을 잊고 있었다. 우리는 동기를 찾고 있었다. 거너리
양에게 그가 했던 말이 무엇인가? 동기가 없는 살인이 해결하

기 가장 어렵다는 말을 했었다. 이 사건들은 지능적인 살인이 아니었다. 분노, 분노와 공포의 결과였다. 맥퍼슨 사건의 경우는 공포다. 그가 누군가를 협박하고 있었던 게 맞는다면.

디컨이 다시 불려 나갔다. 그들은 다시 기다렸다. 다시 돌아온 그가 말했다. "맥퍼슨이 책상에 커다란 주방 가위를 올려두고 있었던 걸 동네 사람 한 명이 기억해 냈어. 우리가 찾은 물건 중에 가위는 없었어. 만약 살인자가 그 가위를 무기로 사용한 다음에 강에 던져 버렸다면, 거기 아래 어딘가 모래 속에 잠겨 있을 수도 있어. 방파제 아래를 샅샅이 수색하기는 했지만, 가위는 더 위쪽에서 던져졌을 수도 있지. 또 말해 주지. 그 강에는 무엇을 던져도 모래 아래로 가라앉아 묻힐 수 있어. 찾아낼 수 있을지는 모르겠지만."

"셰릴이 이리로 붙잡혀 왔습니까?" 해미시가 물었다.

"아니, 그녀는 술이 깰 때까지 유치장에 있을 거야. 자네는 다시 민박집으로 돌아가 보는 게 어떻겠나, 해미시? 뭐라도 냄새 맡을 게 있을지 알아보러 말일세."

'냄새 맡는다'는 말에 해미시는 당혹스러워졌다. 타우저에 대한 갑작스럽고도 생생한 그림이 떠올라 버렸기 때문이다. 그는 일어서서 디컨과 클레이에게 목례를 하고 밖으로 나왔다. 그는 랜드로버를 있던 자리에 놔두고 항구로 걸어갔다. 밀물이 들어오면서 방파제의 나무 더미를 빨아들이고, 죽은 밥 해리스의 머리카락처럼 젖은 해초 무더기를 올려놓았다 내려놓았다 했다. 바다 저쪽으로 길게 비의 자취가 나 있었다. 비는 마치 보이지 않는 손이 잡아당기는 것처럼 험악한 바다를 가로지르고 있었다. 공기는 바람과 소금과 움직임으로 가득했다. 그의 뒤에 그가 모르는 경찰 한 명이 선박 창고를 지키고 있었다. 소규모의 관광객 무리가 선박 창고를 탐욕스러운 눈으로 바라보고 있었다. 대리로 느끼는 스릴이 축제 마당의 놀이기구만큼이나 휴가의 합법적인 일부라도 되는 것처럼.

해미시는 민박집으로 돌아가기가 내키지 않았다. 다른 사람들을 마주하기가 내키지 않았다. 그는 온 마음을 다해 이 사건이 풀리고 로흐두로 돌아갈 수 있기를 소망했다. 어쩌다가 그는 고향 마을에 반감을 품게 됐을까? 그는 언제든지 스캐그를 떠나겠다고 요청할 수 있었다. 그는 공식적으로 휴가 중이었다. 하지만 살인 사건이 일어나기 전에 민박집의 다른 사람들과 누렸던 짧았지만 행복했던 시간은 그들에게 기이한 종류의 의리를 느끼게 했다.

그는 작게 한숨을 내쉬고서 몸을 돌려 경찰서로 돌아와 랜드로버에 올라타고는 민박집으로 갔다.

돌아온 그를 통통한 중년 여자가 복도에서 맞이했다. "나는 로저스 부인의 언니예요. 애스턴 부인이라고 불러요. 가여운 리즈는 가서 누워 있어요. 그 애는 이곳을 감당할 수 없어 해요. 당신이 맥베스 씨겠군요. 식당으로 들어오실 거면 티타임이 바로 준비될 겁니다."

해미시는 궁금해하며 식당으로 들어가 거너리 양과 합석했다. "오늘 밤에 당신과 저녁 식사를 하러 나가자고 할까 생각했는데요." 그가 말했다. "하지만 애스턴 부인은 좀 나을까요?"

"두고 보죠. 저분은 아주 정중하고 경우가 바른 분처럼 보이네요."

"제 인상착의를 들은 모양이던데요. 제가 다른 경찰일 수도 있었는데 말이죠."

문이 열리고 브렛 가족이 들어왔다. 그들은 해미시에게서 시선을 회피하고 잠자코 자기들 테이블에 앉았다. 그다음으로 앤드루와 도리스가 들어오고, 트레이시가 눈물을 그렁그렁 매달고 따라 들어왔다. 그들도 해미시를 쳐다보지 않고 피했다.

애스턴 부인이 3단 케이크 스탠드를 올린 카트를 밀고 들어와 각 테이블에 하나씩 올려놓았다. "세상에, 이거죠." 거너리 양이 탄성을 질렀다. 가장 아래 칸에는 웨이퍼 두께의 식빵과 버터가 있었다. 하얀색과 갈색 식빵, 다음 칸 접시에는 황금색으로 빛나는 갓 구운 티케이크와 스콘이 있었고, 꼭대기에는 아주 맛있어 보이는 케이크들이 놓여 있었다.

"음식은 뭐가 나올까요?" 해미시가 말했다. "피시앤드칩스 냄새가 나는데. 하지만 솔직하게 말하자면, 저는 평생 먹을 피시앤드칩스를 다 먹은 것 같단 말이죠."

카트가 또 삐걱거리며 들어왔다. 피시앤드칩스는 맞았지만, 천사의 손으로 만들어진 게 분명했다. 황금색 튀김옷을 입혀 바삭하게 튀긴 대구 살과 냉동이 아닌 진짜 칩이었다.

"멋지네요!" 해미시가 외쳤다.

"그리고 차도 훌륭하고요." 거너리 양이 말했다. 그녀는 옛날 아이들처럼, 조용하고 행실 바르게 앉아 있는 브렛네 어린애 세 명을 건너다보았다. "던가튼 극장에서 〈정글북〉을 상영한다고 하네요. 오늘 밤 7시 반이에요. 우리 모두 티타임이 끝나고 가 보면 어떨까요? 우리가 겪고 있는 어려움에서 아이들 마음을 좀 떨어뜨려 놓을 수 있을 것 같은데요, 브렛 부인."

"이렇게 하자." 해미시가 아이들을 바라보며 말했다. "부모님이 너희가 늦게까지 깨어 있어도 된다고 허락해 주시면, 내가 랜드로버 경찰차를 태워 줄게."

헤더의 눈이 크게 뜨였다. "사이렌도 켜고요?"

"그것까지 할 수 있을지는 모르겠다. 하지만 파란색 라이트는 밝힐 수 있어."

"아, 가요." 트레이시가 말했다. "비가 쏟아붓기 시작했고, 이렇게 지옥 같은 곳에 앉아 있다가는 우리 모두 머리가 돌아

버릴 거예요."

식당 안 공기가 확실히 녹아내리고 있었다. "딱 그렇게 되겠지." 더모트가 말했다. "하지만 경찰에서 오늘 밤 우리 중 누구라도 다시 취조하겠다고 사람을 보내면 어떻게 합니까?"

"그런 얘기는 전혀 하지 않았습니다." 해미시가 말했다. "우리 골칫거리는 잊어버리고 얼른 먹고 그냥 갑시다."

"당신이 적과 친목을 도모했다는 걸 상관들이 알면 곤란해질 텐데요." 앤드루가 슬쩍 말을 던졌다.

"해미시는 아마도 우리와 가깝게 붙어 있으면 우리가 뭔가 유용한 정보를 뱉어 낼 거라는 희망을 가지고 있겠죠." 도리스가 밋밋하고 작은 소리로 의견을 냈다. 불편한 침묵이 감돌았다.

"아닙니다, 아니에요." 해미시가 말했다. "여러분만큼이나 저도 사건에서 정신을 떼어 놓을 필요가 있습니다. 자요, 아이들 좀 즐겁게 해 줍시다."

그리하여 저녁 식사를 하며 해미시를 유혹해 볼 수 있을지 보려고 티타임 바로 후에 민박집에 도착한 매기 도널드는 그가 브렛네 아이들을 랜드로버에 태우는 모습을 보고 서 있었다. 그는 그녀에게 일행이 어디로 가는지 무뚝뚝하게 말하고서는 초대는 하지 않았다. 매기는 우두커니 서서 차들이 빠져나가는 모습을 보면서 이상하게도 버려진 기분을 느꼈다. 그러면서도 동시에 해미시 맥베스, 경찰인 그가 왜 살인자가 끼어 있는 사람들 사이에서 밤을 보내고 싶어 하는지 그 까닭을 알 수 없다고 빈정 상한 기분으로 생각했다.

영화는 대성공이었다. 〈정글북〉을 본 적이 없었던 해미시는 거너리 양에게 영화가 딱 자신의 지적 수준과 맞는다고 말했다. 브렛네 아이들을 데리고 집으로 오는 길에 해미시는 앞으로 텅 빈 도로가 쭉 펼쳐지자 라이트를 켜고 경찰 사이렌을 울렸다.

트레이시를 태우고 뒤따라가던 거너리 양이 말했다. "저 사람 정말로 흔치 않은 경찰이에요, 우리의 해미시 말이에요."

트레이시가 몸을 떨었다. "경찰은 다 돼지 새끼예요."

"법의 올바른 편에 계속 서 있으면 경찰을 두려워할 일이 아무것도 없어요." 거너리 양이 말했다. "셰릴 같은 친구와는 벗하지 않는 게 어때요, 트레이시? 당신 자신을 위해 새로운 인생을 만들어 보면요?"

트레이시는 반발하지 않고 입을 다물었다. 그러더니 말했다. "그녀는 나와 같은 인생이에요. 나는 아버지가 감옥에 있어요."

"때가 와요, 트레이시." 거너리 양이 말했다. "당신이 불행한 성장 과정을 거쳤다면 당신 가족과의 고리를 끊어야만 하는 때가 말이에요. 당신도 경험을 했다고 생각되는데요."

트레이시가 거칠게 웃음을 터뜨렸다. "있죠, 때로 셰릴과 까불고 놀다가 돌아올 때, 술 몇 잔 마시고 웃고 꽥꽥거리며 돌아올 때 버스 정류장에 서 있는 점잖은 여자들을 보게 돼요. 그들은 우리가 지나가면 뒤로 약간 물러나면서 얼굴을 돌려요. 셰릴은 보통 그들에게 욕을 한 바가지 해 주죠. 하지만 나는……" 그녀가 한숨을 내뱉었다. "나의 일부는 내가 그런 사람들 중 하나가 되면 좋겠다 생각해요."

"기술을 좀 배워야 해요. 괜찮은 직업을 가져 보는 거예요. 세상에, 요즘 세상에는 들을 수 있는 수업이 얼마나 많게요. 당신을 담당하는 사회복지사와 워드프로세서나 속기법을 배우는 강좌를 들을 수 있는지 의논해 봐요. 좋은 일자리를 얻어요. 좋은 동네에서 잘 알아봐요. 용기만 있다면 당신이 할 수 있는 일은 아주 많아요. 그래요, 그렇게 하려면 용기가 필요해요, 트레이시. 아주 큰 배짱, 상점에서 물건을 훔치거나 술에 취하는 것보다 훨씬 더 큰 배짱이. 예를 들어 당신의 옷이나 화장, 그건 당신을 상스러운 여자로 깎아내린다고요."

"말조심해요!"

"나는 돌리지 않고 솔직하게 말하는 거예요. 나는 당신 안에 힘과 선한 면이 있다는 게 느껴져요, 트레이시. 한 번도 건드려 보지 않은 영역. 당신은 여기 와서 겪은 이 끔찍한 경험을 전화위복으로 바꾸어 놓을 수 있어요. 당신의 인생의 분수

령으로, 당신의 인생을 바꾸어 놓은 날로 지금을 되돌아볼 수 있어요. 아니, 대꾸하지 말아요. 생각해 봐요."

애스턴 부인이 그들을 기다리고 있었다. "휴게실에 커피 준비해 놨어요." 그녀가 알렸다.

"저분 보물이네요." 위층으로 올라간 준과 아이들만 빼고 사람들이 다 모이는 중에 앤드루가 말했다. "인스턴트커피가 아니라는 것도 내 장담하죠."

커피는 훌륭했다. 일종의 암묵적 합의가 이루어져 살인 사건 얘기를 하는 사람은 아무도 없었다. 하지만 마침내 잠을 자러 갔을 때 해미시는 자신이 경찰임을 엄중하게 상기했다.

다음 날 아침에 트레이시는 아침 식사에 나타나지 않았다. 근무를 서고 있던 크릭 순경이 셰릴이 재구류되어 던가튼의 여자 교도소로 이감되었으며, 트레이시는 그녀를 보러 갔다고 말해 주었다. 거너리 양은 무거운 한숨을 밀어내고는 반쯤 혼잣말을 했다. "나는 뭐 하자고 그런 수고를 했을까?"

트레이시는 경찰서에서 방문자 출입증을 받고서 스캐그에서 던가튼으로 가는 버스를 잡아탔다. 머리는 단순하게 빗어 내렸고, 화장은 조금도 하지 않았다. 차림도 단순한 티셔츠에 짧은 치마를 입고 굽이 낮은 구두를 신었다.

교도소는 현대식이었다. 방문자와 수감자는 얘기를 나눌

수 있는 작은 방범창이 달린 방탄유리를 사이에 두고 있었다.
"어떻게 지내?" 트레이시가 물었다.

"나쁘지 않아." 셰릴이 어깨를 으쓱했다. "너 좀 수수해 보인다. 머리에다 무슨 짓을 한 거야?"

"뭐 별거 없어." 트레이시가 웅얼거렸다.

"이 일이 널 변하게 두면 안 돼." 젤을 발라 머리를 칼날같이 세운 셰릴이 말했다.

"셰릴." 트레이시가 조심스럽게 모험을 걸었다. "난 죄다 질렸어. 직업을 가져 볼까 생각 중이야."

셰릴이 조롱의 웃음을 터뜨렸다. "해 봐, 이 바보. 경찰은 나를 여기 아주 오래 잡아 두지 못할 거고, 그다음에 우리는 웃을 거리를 좀 갖게 되겠지."

"웃을 거리는 더 이상 바라지 않아. 나는 두려움에 빠져 살았어. 나는 남부끄럽지 않은 사람이 되고 싶어."

셰릴의 눈이 가늘어졌다. 이 친구이자 동맹이 발을 빼는 것은 견딜 수가 없었다. "너한테 얘기해 줄 비밀이 있어. 앞으로 더 가까이 와 봐."

트레이시가 유리창 쪽으로 몸을 기댔다. "내가 그 사람들을 죽였어." 셰릴이 말했다. "둘 다."

"왜?" 트레이시가 숨죽여 입 모양으로 말했다.

"재미로."

트레이시는 일어서서 휘청거리며 밖으로 빠져나왔다. 손으로 입을 막고. 셰릴은 믿기지 않는다는 눈길로 나가는 그녀의 뒷모습을 노려보았다. 세상에는 감정이 없는 사람들이 있다.

디컨과 사건에 대해 긴 시간 의논을 하고 나서 민박집으로 돌아온 해미시는 무슨 일이 일어난 것인지 알 수 없었다. 모든 사람들이 스트레스에 빠져 있는 듯 보였다. 트레이시는 현란했던 예전 모습의 그림자처럼 보였다. 그녀는 거너리 양에게 찰싹 달라붙어 있었는데, 해미시는 트레이시처럼 막 나가는 사람이 왜 갑자기 은퇴한 교사와 친구가 되기로 마음을 먹었는지 모를 일이라고 생각했다. 그는 거너리 양을 옆으로 데리고 가서 물었다. 거너리 양은 트레이시가 매우 젊으며 살인 사건들에 퍽 흔들렸고, 거기에서 좋은 교훈을 얻은 게 아닌가 싶다고 말했다. 누구라도 교화될 수 있다고. 해미시는 냉소적인 표정을 지었다. 해미시는 트레이시가 글래스고의 가족과 친구들에게 돌아가는 순간 그녀의 머릿속에서 교화에 대한 모든 생각은 빠져나가 버릴 것이라고 확신했다.

그는 경찰서로 돌아와 진술서들과 감식반이 찾아낸 증거를 샅샅이 살피며 남은 하루를 보냈다. 이 모든 서류 더미 어딘가에 살인자의 정체를 밝히는 분명한 단서가 있었다. 도리스와 앤드루는 두 사람 다 동기가 있었고, 준과 더모트도 마찬가지였다. 마침내 그는 일에서 손을 떼고 던가튼으로 가서 거너리 양에게 줄 타탄 무늬 여행용 담요를 샀다. 타우저와 함께 묻은 담요를 대신할 것이었다.

그는 거너리 양에게 담요를 주고서 그날 저녁 식사를 하러 나가자고 제안했다. 해미시는 줄어들고 있는 주머니 사정이 걱정되고 있었다. 그는 올해 더 늦게 어딘가로 가서 휴가를 보내겠다는 처음의 계획이 사기를 당해 없어진 것처럼 느껴졌다. 하지만 남쪽에 다녀왔고 다른 모든 경비가 그가 비축해 두었던 돈을 몽땅 까먹어 버렸다.

해미시로서는 뜻밖에도 거너리 양이 트레이시를 함께 데리고 간다는 조건으로 저녁 식사를 자신이 사겠다고 단호하게 말했다. 해미시는 젊은 트레이시를 교화하는 데 어떤 일조도 하고 싶지 않았다. 그녀가 가망이 없다고 여겼기 때문이다. 하지만 그렇게 말하자니 야박해 보일 것 같았다.

스코틀랜드의 여느 작은 도시들처럼 던가튼에도 주도로에 중국 레스토랑이 위용을 과시하고 있었다. 바로 맞은편에는 예의 인도 레스토랑이 있었다. 토요일 밤이었고, 식당 안은 거의 다 차 있었다. 해미시는 잔잔한 스코틀랜드 얼굴들이 다른 테이블에서 바삭한 국수와 숙주나물을 우걱우걱 먹는 모습을 둘러보며, 그 얼굴들이 이 고약한 세상의 손길에 얼마나 훼손되지 않았는지를 생각했다. 안전하고 안정적이며, 살인에 의

해 휘저어지는 지하세계에 대해서는 아무것도 모르는 얼굴들이었다.

"셰릴은 좀 어때요?" 그가 트레이시에게 물었다.

"잘 지내요." 그녀가 말했다. 포크를 집은 손이 살짝 떨렸다. "아휴, 우리는 언제 집으로 갈 수 있는 거죠?" 그녀가 대뜸 부르짖었다.

"곧요. 내 생각에는." 해미시가 말했다. "경찰이 당신 집 주소와 진술서를 가지고 있으니까요. 이 나라는 떠나지 말라고 주의를 줄 거예요. 그것으로 끝날 거예요."

"밥 해리스는 혐오스러운 인간이었어요." 트레이시가 말했다.

"맞아요, 그랬지." 해미시가 말했다. "하지만 다른 사람의 목숨을 앗아 갈 권리가 있는 사람은 아무도 없어요, 트레이시."

그녀가 겁에 질린 커다란 눈으로 그를 바라보았다. 화장하지 않고 젤을 바르지 않은 그녀는 어리고 길을 잃은 것처럼 보였다. "지옥을 믿나요, 해미시?"

"그럼요." 해미시 맥베스가 한숨을 내쉬었다. "하지만 사후세계의 지옥은 아니에요, 트레이시. 우리는 모두 지옥 속에 살고 있어요. 이런저런 식으로, 지금 바로."

제10장

하지만 죄의식은 나의 음산한 시종이었다.
그것이 침대로 가는 나를 밝혀 주었다.

토머스 후드

해미시는 다음 날 아침에 깨어나며 거너리 양에게 고양이
가 어떻게 지내는지 말해 주지 않았다는 사실을 깨달았다. 더
이상한 것은 그녀가 고양이나 친구 애그뉴 부인에 대해 묻지
않았다는 점이었다.

그는 아침 식사 자리에서 그녀를 보자마자 조이가 건강하
게 잘 지내고 있다고 안심시켰다. 그녀는 정신이 딴 데 팔린
목소리로 고맙다고 말했다. 살인이 그녀의 정신을 어지럽히
기 시작하고 있었다. 트레이시에 대한 관심은 압박감을 몰아
내기 위한 임시방편에 지나지 않는 것으로 보였다. 눈 아래는

다크서클이 졌고, 평소 꼿꼿하던 머리 모양은 잔머리 가닥이 삐져나와 있었다.

맛있는 아침 식사였지만, 다른 사람들도 모두 침울해 보이기는 마찬가지였다. 쾌활하고 어머니 같은 애스턴 부인은 동생과 매제를 둘러싼 범죄 행위에 영향을 받지 않은 듯 보였고, 음식들을 내놓았다가 치워 갔다.

"모두들 교회에 가요." 그녀가 모두에게 말했다.

"좋은 생각이십니다." 해미시가 불쑥 말했다. 그는 사람들의 침묵이 걱정되었다. 풀 죽은 브렛네 아이들이 걱정되었다. 교회는 스코틀랜드의 안식일에 누구라도 가기에 좋은 곳이었다.

이런 현대에, 평상시에는 신앙심이 없던 사람들이 역경에 처했을 때 교회에 가는 것이 양식 있는 일이라는 마음을 어떻게 갑자기 먹게 되는지, 신기할 뿐이다. 하지만 전장에는 불가지론자가 없는 법이다.

사람들이 차에 올랐다. 날은 평화롭고 차분했으며 퍽 쌀쌀했다. 스캐그까지 걸어갈 생각을 하니 그 걱정에 모두 지쳐 버려서 차를 타기로 한 것이다. 문에서 근무를 서던 크릭이 그들에게 어디 가느냐고 묻고 수첩에 메모를 했다.

그들은 예배가 시작되는 시간에 딱 맞추어 스코틀랜드 국교교회에 도착했다. 교회는 수수하고 장식이 전혀 없었다. 그들은 딱딱한 신도석에 앉아서 바람이 쌕쌕 새는 오르간이 바흐를 살해하는 소리를 들었다.

목사는 여느 평범한 예언자들처럼 흩날리는 잿빛 턱수염에 텁수룩한 머리로 눈길을 끄는 모습을 완성했다. 해미시는 그의 눈이 종교적 열광으로 불타는 것인지 위스키 때문에 불타는 것인지 가늠할 수가 없었다. 그에게는 배우 같은 느낌이 강하게 났다. 이 교회는 박수 치고 기뻐하는 종류의 곳이 아니었다. 탬버린이나 전자 기타가 아니라 천식에 걸린 듯한 교회 오르간의 연주에 맞춘 음울한 찬송가와 그리스도교의 교리만이 있을 뿐이었다.

목사가 설교단 앞으로 몸을 내밀며 설교를 시작했다. 정직이 최선의 길이라는 주제의 설교였다. 그는 사랑의 신보다는 분노의 신을 믿는 사람이 분명했고, 정직하지 못하면 영원한 불지옥에 떨어지는 벌을 받을 것이라고 확신하는 듯했다. 어마어마한 존재감을 발휘하는 외양을 빼면 그의 말은 진부하고 미친 사람의 말을 섞어 놓은 것처럼 들렸지만, 목소리는 교회를 우렁우렁하게 울려서 해미시는 저 옛 스코틀랜드의 종교개혁가 존 녹스가 살던 시절이 눈앞에 절로 펼쳐지는 경험을 했다. 스코틀랜드의 메리 여왕이 그를 얼마나 싫어했던가!

교회에서 밖으로 나오니 날씨가 다시 바뀌어 있었다. 따가운 햇볕이 내리쬐었다. 하지만 착 가라앉은 일행은 차 옆으로 모였다. 트레이시가 조용히 눈물을 흘리고 있었고, 거너리 양이 그녀의 어깨에 팔을 두르고 있었다. 어린 헤더가 안색이 백지장처럼 하얘져 있어서 해미시는 성경을 이용해 사람들을 비난하는 모든 성직자들에게 저주를 퍼부었다.

그들은 민박집으로 돌아왔다. 이곳은 신물이 나, 해미시는 생각했다. 이곳에서 뛰쳐나가고 싶어, 집에 가고 싶어. 그때 그는 트레이시가 자신의 소매를 잡아당기고 있는 걸 깨달았다. "얘기 좀 해요." 그녀가 소곤거렸다. "안에서는 말고요. 바닷가로 가요."

트레이시와 함께 걸어가는 해미시에게 거너리 양의 시선이 등에 와서 박히는 것이 느껴졌다. 트레이시에 대한 노처녀의 관심은 그, 해미시에게 커져 가는 집착을 떼어 놓는 듯했다. 그는 그녀의 집착이 되돌아오지 않기를 희망했다.

"무슨 일이에요?" 조약돌 둑에 이르렀을 때 그가 물었다. "앉읍시다, 트레이시. 당신은 아주 상태가 좋지 않아요."

트레이시가 그의 곁에 앉았다. 그녀의 가느다랗고 하얀 다리가 짧은 치마 앞으로 삐져나와 있었다. "더는 계속 숨기지 못하겠어요." 그녀가 말했다. "저는 누가 살인을 저질렀는지 알아요."

그의 심장이 갈비뼈를 누르며 심하게 고동쳤다. "누구죠?" 그가 날카롭게 물었다. "털어놔요!"

유리 같은 파도가 조약돌 아래 하얀 모래로 말려 들어왔다.

"셰릴이에요." 트레이시가 말했다. "셰릴이었어요."

그는 정신이 한껏 고양되는 기분을 느꼈다. "어떻게 알죠?"

"감옥에 면회를 하러 갔을 때 그 애가 말했어요. 재미 삼아 죽였다고요. 자랑하며 떠벌리더라고요."

"경찰에 말을 해야 해요." 해미시가 말했다.

"당신이 경찰이잖아요!"

"내 말은 스캐그 경찰이요. 가요. 해치워 버리고 나면 기분이 한결 나아질 거예요."

그들이 민박집 쪽으로 걸어 올라가는데, 거너리 양이 달려와 그들을 맞이했다. "무슨 문제라도 있어요?"

"지금은 말고요." 해미시가 말했다. "나중에요."

그는 트레이시와 차를 타고 스캐그로 갔다. 그녀가 친구에게 의리를 지키지 않았다느니, 친구를 찔렀다느니 하는 얘기를 하는 바람에 그 짧은 길에서 그의 마음은 여러 번 내려앉았다. 그럴 때마다 그는 트레이시에게 그녀가 해야 할 일을 하는 것이라고 안심시켜 주었다.

그들은 디컨과 클레이가 던가튼에서 올 때까지 기다려야 했다. 매기가 그들을 차로 데려왔다.

눈이 빠지도록 운 것처럼 보이는 트레이시가 심문실에서 셰릴이 한 말을 진술했다.

매기가 밖에서 해미시를 기다리게 하고 트레이시를 데리고 나간 다음에, 디컨이 크나큰 만족감을 느끼며 말했다. "하느님, 감사합니다. 이제 끝났군."

"그래요." 해미시가 말했다. "하느님에게 정말 감사할 일이죠. 민박집 사람들 모두 오늘 아침에 스코틀랜드 교회에 갔는데, 그 불지옥에 대한 설교가 트레이시의 마음을 흔들었나 봅니다. 다른 사람들도 다 다행스러워하겠죠. 하지만 그럼에도……"

그는 마음을 정하지 못하고 문가에 가서 섰다.

"그럼에도 뭐?" 디컨이 재촉했다. "자네는 잘 해냈어, 맥베스."

신경에 거슬리는 자잘한 의구심이 해미시가 느꼈던 첫 안도감을 대신하여 수면 위로 떠올랐다. 그가 머리를 흔들었다. "지나치게 들어맞고 손쉽게 됐어요." 그가 말했다.

"들어맞아. 셰릴은 폭력적인 범죄자야. 그냥 육체에 폭행을 가하는 데서 살인으로 옮겨 갔을 뿐이지."

"맥퍼슨 살인이 걸립니다. 생각해 보세요. 제대로 정신이 박힌 사람이 셰릴 같은 사람에게 협박을 하려 들까요?"

"그 가련한 작자는 아무도 협박하지 않았을 거야. 셰릴은 첫 번째 살인을 재미 삼아 했어. 그렇다면 두 번째도 안 그러리라는 법이 어디 있지?"

"마음에 들지 않습니다." 해미시가 말했다. "잘못된 느낌이에요."

"자네는 아무것도 걱정하지 마, 친구. 클레이와 내가 던가튼으로 넘어가서 그녀에게서 자백을 받아 올 테니."

해미시는 밖으로 나가 트레이시를 민박집에 데려다주었다. 거너리 양이 밖에서 기다리고 있었다. 트레이시가 그녀에게 달려가 품에 안겨 흐느꼈다. "이게 다 무슨 일입니까?" 크릭이 물었다.

"셰릴이 살인을 자백했답니다." 해미시가 말했다.

"이런 고마울 데가." 크릭이 말했다. "여기도 잘되어 가고 있지 않단 소린 아니에요. 애스턴 부인이 5분마다 차를 가져다 주니까 말이죠. 다른 사람들에게 말할 겁니까?"

"당신이 말해 줘요." 해미시는 몸을 돌려 모래 언덕 너머 바닷가로 향했다. 그는 아까 전에 트레이시와 앉았던 조약돌 둑에 앉아 바다를 멍하니 바라보았다.

셰릴의 자백을 받아 내면 참으로 쉬울 일이었다. 하지만 그녀가 경찰에게 자백을 할까? 그녀는 트레이시에게 그냥 과시를 한 것이 아닐까? 트레이시가 자유를 얻는다느니, 인생을 바꾼다느니 하는 얘기를 그녀에게 한 건 아닐까?

좋다. 준이 앨리스에게 편지를 썼다. 준은 그 문제를 밀어붙일 각오를 했다. 앨리스는 처음에 주장했던 것보다 먼저 이곳에 왔다. 하지만 준은 편지를 쓴 사실을 더모트에게 말하지

287

않았고, 착하지도 않고 관대하지도 않은 여인인 앨리스는 어찌 된 셈인지 자신이 그의 간통을 신문을 보고 알았다고 믿게끔 더모트를 놔두었다. 왜? 한 가지 이유는 명백했다. 그녀는 살인이 일어났던 시간에 자신이 스캐그에 있었음을 경찰들이 모르게 하기 위해 필사적이었다.

더모트는 해리스와 다툼을 벌였다. 더모트는 로저스에게 협박을 당했다. 거짓말을 했다는 것에 대해 말하자면, 도리스와 앤드루도 거짓말을 했다. 그렇다. 도리스와 앤드루는 어떤가? 훌륭한 잉글랜드 상류층 남자가 사랑하는 여인과 가까이 있으려고 지독한 음식을 내놓는 너저분한 민박집에 휴가를 오게 만든 그 불타오르는 미친 열정은 어떤가?

그리고 그 순간, 해미시는 굳었다. 억눌린 흐느낌 소리가 산들바람에 희미하게 실려 왔다. 그는 일어서서 주위를 곰곰이 둘러보았다. 소리는 그의 뒤 모래 언덕 어딘가에서 들려오고 있었다. 그는 돌아서서 가장 높은 모래 언덕에 올라가 주위를 둘러보았고, 이윽고 그의 왼쪽으로 하얀 면 조각 같은 것이 보였다. 그는 그곳으로 갔다. 모래를 밟는 그의 발은 아무런 소리도 내지 않았다.

헤더 브렛이 모래 언덕 아래쪽에 웅크리고 앉아 있었다. 흐느낌에 아이의 안쓰럽기 짝이 없는 작은 몸이, 가느다란 몸이 뒤틀렸다. 해미시는 옆에 앉아서 아이를 품에 안았다.

"괜찮아, 아가씨." 그가 말했다. "괜찮아. 전부 다 끝났어. 왜 여기 앉아서 울고 있는 거니?"

"저는 지옥에서 불에 탈 거예요." 그녀가 흐느꼈다.

"아이고, 교회에서 들었던 말은 믿지 마. 게다가 악마가 왜 너같이 작은 아가씨를 원하겠니? 심지어 내가 악마를 믿는다 손치더라도 말이야."

"저는 나쁜 거짓말을 했어요." 헤더가 소곤거렸다.

해미시가 아이를 꼭 끌어안았다. "모든 사람이 때때로 거짓 말을 한단다, 헤더. 나한테는 말해 줘도 돼." 그는 주머니에서 손수건을 꺼내어 아이의 얼굴을 닦아 주었다. "자, 이제 너에 게 화를 낼 사람은 아무도 없어. 내가 그렇게 못 하게 할 거야. 무슨 거짓말을 했니?"

아이는 지쳐서 작게 한숨을 내쉬었다. "저는 바닷가에서 해 리스 부인을 보지 않았어요."

그의 몸이 뻣뻣해졌다. "왜 그렇게 말했니?"

"그 사람들한테 그렇게 말하겠다고 했거든요."

"그 사람들?"

헤더가 다시 울기 시작했다. 해미시는 산더미 같은 분노가 덮쳐 오는 것을 느꼈다. 아이를 이런 식으로 이용하다니!

그는 헤더를 일으켜 세웠다. "같이 가자. 괜찮아질 거야. 내 가 이 문제를 설명할게. 해리스 부인은 너에게 거짓말을 해 달라고 부탁할 권리가 없어. 그리고 지옥 불은 걱정하지 마. 너에게는 아무 일도 일어나지 않을 거야. 너는 착한 아이야, 헤더." 해미시는 어르고 구슬러 민박집으로 헤더를 데려갔다. 모래 언덕을 넘었을 때 걱정으로 혼이 나간 준이 달려와서 그들을 맞아 주었다.

"당신 딸 좀 보살펴 주십시오." 해미시가 말했다. "이 아이는 경찰에게 거짓말을 했습니다. 하지만 애 잘못이 아닙니다. 제가 지금 당장 디컨을 만나겠습니다. 앤드루와 도리스는 어디 있습니까?"

"스캐그의 펍에 갔어요. 하지만 —"

"나중에요." 해미시가 말했다. 그는 랜드로버로 달려가 차에 올라타고 곧장 펍으로 갔다. 앤드루와 도리스가 한쪽 구석 테이블에 샌드위치와 맥주잔을 올려놓고 앉아 있었다.

"당신 두 사람 아주 험한 곤경에 처했습니다." 해미시가 엄하게 말했다.

"왜요?" 앤드루가 놀라는 표정을 지었다. "사실 우리는 작게 축하하는 시간을 가지고 있던 참인데요. 셰릴이 자백을 했다네요."

해미시는 그의 말을 무시했다. "당신은 왜 그 어린아이에게 살인이 일어나던 날 당신이 바닷가에 있었다고 말하라고 했나요? 왜 아이에게 거짓말을 시킨 겁니까?"

"말도 안 되는 얘기를 지껄이는군." 앤드루가 외쳤다. 동네 사람 몇 명이 놀라서 몸을 돌려 그들을 바라보았다. "말도 안 되는 소리." 그가 낮은 소리로 되풀이했다. "누구도 헤더에게 무슨 말을 하라고 한 적 없어요. 우리는 그 애에게 거짓말을 하라고 시키지 않았어요."

도리스는 고개를 숙이고 앉아 있었다. "도리스?" 해미시가 재촉했다.

"그게 최선이어서 그런 거예요." 그녀가 말했다. "하나같이 다 내가 했다고 생각했을 테니까요. 그걸 바로잡으려는 의도였어요."

해미시가 앤드루의 얼굴에 떠오른 경악의 표정을 보고 말했다. "그들이라고 했어요. 헤더는 '그들'이라고 했다고요. 한 사람 이상이 그 애에게 거짓말을 하라고 했어요. 저는 당신과 앤드루라고 생각했습니다. 다른 사람은 누구죠, 도리스?"

그녀가 해미시를 애걸하는 눈으로 보았다.

"거너리 양요."

"뭐라고요!"

"그녀는 앤드루와 저를 더없이 측은하게 여겼어요. 경찰이 언제나 아내를 의심한다고요. 그러니까 제게 알리바이가 있는 게 중요하다고 했어요. 또 헤더가 거짓말을 해도 아무렇지도 않을 거라고 했어요. 아이들은 타고나기를 거짓말쟁이라는 걸 자기가 늘 봐서 안다고."

"진술을 해 주셔야겠습니다. 전에 했던 진술을 바로잡아 주셔야 합니다. 당신은 어디에 있었습니까, 도리스? 제 눈으로 당신이 스캐그 방향으로 가는 걸 봤는데요."

"저는 너무도 참혹한 기분이었어요. 그냥 여기저기 돌아다녔어요." 도리스가 말했다. "절 본 사람은 아무도 없는 것 같아요. 조금도 알리바이가 없었죠. 거너리 양은 제게 알리바이가 반드시 있어야 한다고 말했고요."

"당신, 믿을 수가 없군, 도리스." 앤드루가 화난 목소리로 말했다. "경찰이 공무집행방해 혐의를 당신에게 씌울 수 있어요. 셰릴이 자백한 것만큼이나 당신에게 불리한 상황일 수 있다고."

"그녀가 자백을 했다면 말이죠." 해미시가 무겁게 말을 내뱉었다. "현재로서는 트레이시가 한 말밖에 없습니다. 여기서 기다리십시오. 제가 디컨하고 먼저 얘기를 하겠습니다. 셰릴이 정말로 자백을 했는지, 그녀가 두 건의 살인을 저질렀다는 확실한 증거를 경찰이 가지고 있는지 봐야 하니까요. 스코틀랜드에서는 자백만으로는 충분하지 않거든요. 이제 저는 아무 말도 하지 않는 게 좋겠습니다."

해미시가 경찰서에 가니 디컨과 클레이는 아직 던가튼 교도소에 있다고 했다. 그 소식을 전해 주면서 매기가 그를 호기심 어린 눈으로 바라보았다. "당신 아주 안 좋아 보여요. 모든 게 다 끝났으니 기뻐할 줄 알았는데요."

"전화를 써야 합니다." 해미시가 심문실로 향하며 말했다.

"전화를 쓰려면 허가를……" 매기가 입을 여는데 해미시가 심문실 안으로 들어가 문을 쾅 닫았다.

그는 책상 앞에 앉아 전화기를 뚫어져라 쳐다보았다. 생각을 해. 거너리 양은 두 번 거짓말을 했다. 아니면 거짓말은 한 번 하고, 다른 하나는 헤더가 도리스를 보호하기 위해 거짓말을 하도록 부추긴 것이라고 해야 하나. 거너리 양과 애그뉴 부인이 찍은 사진이 그의 머릿속에 떠올랐다. 그는 수첩을 꺼내고서 애그뉴 부인의 주소가 적힌 종이쪽지를 찾아냈다. 그는 전화국에 전화를 걸어 그녀의 전화번호를 문의했다. 애그뉴 부인이 뭐라고 했더라? '하느님은 아시겠지, 그 가련한 친구는 고양이가 아니라도 걱정할 거리가 한두 가지가 아니니까.' 그리고 돌이켜 보니 그는 애그뉴 부인이 살인이 아니라 무언가 다른 얘기를 하고 있다고 느꼈던 것이 기억났다.

그녀가 전화를 받자 그가 말했다. "애그뉴 부인, 저는 해미시 맥베스 순경입니다. 거너리 양을 위해서라도 부인이 사실을 말씀해 주시는 게 몹시 중요합니다. 그녀에게 무언가 걱정거리가 있었습니까?"

"당연히 걱정이 있죠." 애그뉴 부인이 사납게 쏘아붙였다.

"두 번의 살인 사건이면 누구라도 걱정이 되는 것 아닌가요? 그 친구는 좀 어때요? 살아 있나요?"

"네. 왜 그녀가 죽겠습니까? 보세요, 애그뉴 부인. 이 사건과 관련이 있을 법한 거면 뭐든, 거너리 양에 관한 정보를 알고 계시면, 저에게 말씀해 주시는 게 부인의 의무입니다."

"나는 살인 사건과 관련된 어떤 정보도 없어요. 펠리시티도 마찬가지고요."

"이런, 참 나, 이보세요, 거너리 양이 걱정하고 있는 또 다른 문제가 뭡니까? 부인이 얘기해 주시지 않아도 제가 알아낼 겁니다. 그녀를 아는 모든 사람에게서요!"

"휴, 당신이 그만 들쑤시고 다닌다면야…… 가여운 펠리시티는 살날이 몇 달 남지 않았어요. 암에 걸렸고, 이곳으로 돌아와 병원을 다녀야 해요."

그는 수화기를 물끄러미 보았다. 그가 천천히 입을 벌렸다. "거너리 양이 결혼한 적은 있습니까?"

"아니요, 아니요."

그는 도리스와 앤드루 생각을 했다. 맞는 질문을 던진다고 느끼면서, 그저 맹목적으로 그렇게 느껴질 뿐이었지만, 그는 이렇게 물었다. "어느 누구와라도 사랑에 빠진 적은 있습니까?"

"정말이지, 맥베스 씨—"

"그냥 질문에 답이나 하세요!" 그가 외쳤다.

"그게 무슨 상관이 있는지 모르겠네요. 그래요. 몇 년 전에 우리 둘 다 세인트찰스에서 아이들을 가르칠 때, 지리 선생하고 사랑에 빠졌어요. 그녀보다 훨씬 더 나이가 어린 남자였고, 유부남이기도 했어요."

"그래서 어떻게 됐습니까?"

"아무것도요. 남자는 유부남이었어요."

"고맙습니다, 애그뉴 부인. 무슨 일이 있으면 다시 연락드리겠습니다."

그는 수화기를 내려놓았다.

거너리 양, 암으로 죽어 가고 있으며 사랑에 실망한 그녀. 그는 그녀와 이야기를 나누어야 했다.

그는 경찰서를 나와 민박집으로 다시 차를 몰았다.

디컨은 해미시가 떠난 후 조금 있다가 돌아왔다. 그의 얼굴은 어두운 주름이 져 있었다. "자백했나요, 경감님?" 매기가 열심히 물었다.

"그래." 디컨이 쓰라린 목소리로 말했다. "그 조그만 못된 것이 트레이시에게 거짓말을 했다고 자백했어. 그게 우리가 건진 전부야. 원점으로 돌아온 거지. 그자들을 이리로 데리고 오겠어. 한 사람, 한 사람씩. 하지만 차 좀 마신 뒤에. 가서 차 가져와. 그런 걸 하는 착한 여자가 한 명 있지."

"헤미시 맥베스가 왔었습니다, 경감님." 매기가 차는 당신이 직접 타다 먹으라고 외치고 싶은 욕구를 억누르며 말했다.

걸어가던 디컨이 몸을 홱 돌렸다. "뭘 하려고 왔다던가?"

"모르겠습니다. 심문실에서 전화를 사용했습니다."

"누구한테?"

"말해 주지 않았습니다."

"헤미시도 데려와야겠군. 그는 지금 평판에 미치지 못하고 있단 말이지."

헤미시 맥베스가 휴게실로 들어섰다. 사람들 모두 그곳에 모여 있었다. 그는 황망한 눈으로 그들 모두를 보았다. 준과 더모트와 아이들, 도리스와 앤드루, 거너리 양과 트레이시.

그는 벽난로 앞으로 가서 섰다가 거너리 양에게 조용히 말했다. "설명해 줘야 할 일이 있습니다."

그녀가 초조한 웃음을 터뜨렸다. "아, 헤더가 거짓말을 한 일에 대해 당신에게 말했다고 하더군요. 하지만 누구도 다치지 않았잖아요. 셰릴이 자백을 했으니까."

"나는 디컨에게서 아직 그랬다는 말을 듣지 못했습니다. 하지만 셰릴이 트레이시에게 살인을 저질렀다고 말한 건 그저 과시하려는 거였어요. 그녀가 계속 자기가 범인이라는 얘기를 한다면 오히려 저는 놀랄 겁니다. 그러니까 살인자는 셰릴이 아니라고 합시다. 살인자는 여기에 있습니다."

그들은 넋이 나가 그를 바라보았다.

"내가 추측을 좀 해 보려고 합니다. 어떤 일이 벌어졌는지 내 생각은 이렇습니다.

거너리 양, 당신은 사랑 때문에 낙심한 적이 있고, 바로 그 덕분에 당신의 눈은 내 눈보다 날카로웠습니다. 당신은 도리스와 앤드루가 진짜로 사랑에 빠졌다는 걸, 열정적으로 사랑에 빠졌다는 걸 알았습니다. 해리스는 가증스러운 인간이었습니다. 당신은 도움을 주려는 갈망에 빠졌죠. 일이 정확히 어떻게 벌어졌는지는 저도 모릅니다. 하지만 당신은 해리스와 마주쳤고, 그를 이성적으로 설득하려고 했겠죠. 하지만 그의 혀는 독하기 짝이 없었죠. 그가 술에 취해서 당신을 모욕하고 무시하면서 돌아섰습니까? 당신이 수년간 테니스로 다져진 강한 팔로 그를 내리쳤을 때가 그때인가요? 어쨌거나 당신은 그가 물에 빠져 죽게 내버려 두었습니다. 그러고서 당신은 저와 잤다고 말하는 것으로 자신이 붙잡힐 만한 흔적을 덮기 시작했을 뿐만 아니라, 어린아이를 이용해 도리스를 보호하려는 서투른 시도를 했습니다.

당신에게는 살날이 얼마 남지 않았습니다, 거너리 양. 그리고 그게 당신이 결심을 행동에 옮기게 된 이유라고 나는 생각

합니다. 경찰이 무엇이라도 발견할 무렵, 만약 그들이 무슨 운이 따라서 뭐라도 발견한다 해도, 당신은 이 세상 사람이 아닐 테니까요. 하지만 당신 생각과 달리 당신은 아무도 돕지 않았습니다. 당신이 한 일은 사방에 비참한 결과만 불러들였을 뿐입니다. 여기 도리스는 앤드루가 저지른 일일지도 모른다는 생각에 시달렸고, 앤드루는 때로 그녀가 한 짓은 아닌지 걱정했습니다." 그가 도리스를 바라보았다. "그렇지 않습니까?"

"맞아요." 도리스가 희미하게 말했다.

"그런데 내가 알기로 맥퍼슨이란 자가 나타나 당신을 협박하기 시작했죠, 거너리 양. 그는 셰릴 같은 사람이라면 협박할 생각도 하지 않았겠죠. 그래서 당신은 책상에 놓인 가위를 집어 들어 그를 찌른 겁니다. 행운이 당신 편에 서 있었어요. 당신을 본 사람은 아무도 없었죠. 그렇습니다. 당신을 정말로 봐주는 사람은 없었습니다, 거너리 양. 그게 당신의 인생이었어요. 안 그런가요? 그림자, 하찮은 사람, 무시당하고 외면당하는 사람. 그리고 당신의 인생에 딱 한 번 찾아온 사랑은 아내를 떠날 생각이 없는 유부남이었죠."

그의 목소리에 그답지 않은 잔인함과 조롱의 기미가 묻어났다.

그녀는 그를 쫓아내기라도 하듯이 손을 들어 올렸다. "최선을 택한 거예요." 그녀가 말했다. "그 길이 최선이었어요. 헨리의 아내는 사람을 못살게 구는 잔소리꾼이었어요—"

"지리 교사 헨리군요."

그녀가 고개를 끄덕였다. 그러더니 기운을 되찾았다. "당신은 증거가 없어요…… 증거가 없다고. 누가 당신 말을 믿겠어요?"

해미시가 벽난로 옆 의자에 불쑥 앉았다. "당신이 어딘가에 증거를 숨겨 놓았을 것이라는 데 내기를 걸겠습니다." 그가 피곤한 목소리로 말했다. "무고한 사람이 살인 혐의를 뒤집어쓸 경우를 대비해서 보험 삼아 증거를 갖고 있는 게 당신다워요. 셰릴 말고 다른 사람요. 지금 셰릴이 혐의를 받고 있죠. 당신은 셰릴을 그다지 좋아하지 않았고요. 하지만 당신은 로맨티시스트예요. 당신은 도리스와 앤드루를 위해 그 모든 일을 저지른 겁니다. 당신은 사랑에 실패했지만, 저 두 사람은 절대로 실패하면 안 되었죠. 제가 분별력을 잃은 게 확실한가 봅니다. 준, 아이들을 데리고 가세요."

준은 아이들을 모아서 데리고 나갔다. 해미시가 더모트에게 고개를 휙 돌렸다. "함께 가세요."

그는 다시 거너리 양에게 주의를 돌려 애걸하다시피 말했다. "당신은 나를 압니다. 나는 파고 들러붙고, 파고 들러붙으며 당신을 결코 그냥 내버려 두지 않을 겁니다. 도리스와 앤드루가 자유로워지기를 바란다면, 당신이 저지른 죄를 시인하세요. 당신은 발각되기를 바랐어요. 그렇죠? 당신은 나를 첼트넘에 보내 당신 친구에게 들르게 했어요. 그리고 친구에게 당신의 삶이 곧 끝난다는 것을 아무에게도 말하지 말라고 당부했겠죠. 그리고 당신은 고양이에게는 별다른 관심을 보이지 않았어요. 내가 돌아왔을 때 묻지조차 않았죠. 해미시 맥베스를 첼트넘의 애그뉴 부인에게 보내면 그가 나에 대해 무언가를 알아낼 거야, 하고는 생각하지 않았을 거예요. 그만큼 명백하지는 않았어요. 내가 당신에 대한 의구심을 거둔 것은 내가 당신을 좋아했고, 도무지 동기가 보이지 않았기 때문입니다. 나는 동기 없는 범죄가 최고라고 당신에게 말한 걸 기억해요. 그 후에 맥퍼슨이 죽었죠. 가위를 목에 찔러 넣으려면 힘이 필요합니다. 나는 당신이 팔 힘이 세다는 걸 별로 눈치채지 못했어요. 하지만 하얀색 테니스복을 입은 당신과 애그뉴 부인의 사진이 떠올랐습니다."

그녀가 일어섰다. "당신의 추리는 논리에 닿지가 않아요. 그리고 당신도 알다시피 증거가 없어요." 그녀의 목소리가 떨렸다. "내 방에 가서 좀 누워야겠어요. 이 모든 일이 내가 감당하기는 너무 버겁네요." 그녀가 나갔고, 해미시는 그녀를 잡을 확고한 이유를 생각해 낼 수가 없었다.

"저분일 리가 없어요." 트레이시가 부르짖었다. "내게 친절하게 대해 준 유일하게 점잖은 사람이란 말이에요."

"확실합니까, 해미시?" 앤드루가 물었다. "디컨에게 전화를 걸어 셰릴이 자백을 했는지 알아보는 건 어때요?"

"그녀는 크게 반론을 제기하지 않았어요." 도리스가 말했다. "무죄였다면 해미시 씨에게 소리를 지르고 그의 상관에게 신고할 거라고 위협했겠죠. 그리고 그게 최선이었다고도 말했어요."

애스턴 부인이 문으로 얼굴을 들이밀었다. "커피?" 그녀가 밝게 물었다.

"네, 그거 아주 좋겠군요." 해미시가 말했다.

"쟁반을 들여오죠. 거너리 양을 위해 잔 하나를 더 가져오겠어요. 바닷가에서 돌아오면 커피 생각이 날 수도 있으니까요."

해미시가 벌떡 일어났다. "뭐라고요? 거너리 양이 밖으로 나갔다고요?"

"뭔가를 잊어버리고 온 모양이던데. 황급히 달려갔어요."

"크릭이 그녀를 붙잡지 않았나요?"

"그는 주방에서 커피를 마시고 있어요."

해미시가 방에서 달려 나갔다. 민박집에서 나가 모래 언덕을 넘어 바닷가로 갔다. 바닷가에 도달한 그는 좌우를 살펴보고 바다를 내다보았다. 저 멀리 파도 위에 까딱거리는 머리가 보였다.

그는 속옷만 남기고 옷을 전부 벗고서 물로 뛰어들어 힘차게 헤엄을 치기 시작했다. 바람이 높아지면서 파도가 높아지고 있었고, 그는 사투를 벌이면서 파도 하나하나를 뚫고 나갔다.

마침내 몇 미터 앞에 그녀가 보이자 그는 큰 소리로 그녀를 불렀다. 그녀는 그를 보았지만 그의 외침은 듣지 못했다. 바람이 그가 한 말을 휩쓸어 갔기 때문이다. 그녀는 여전히 안경을 걸치고 있었다. 정말 이상하기도 하지, 그는 생각했다. 안경이 아직 벗겨지지 않고 있다니 말이야. 태양이 그들 위에서 반짝이는 바람에 순간 그녀가 잘 보이지 않았다. 그때 그녀는 천국을 향해 팔을 들어 올리고서는 마치 돌처럼 파도 아래로 가라앉았다.

디컨과 클레이는 크릭의 전화를 받았다. 그들은 매기와 함께 왔고, 더모트, 트레이시, 앤드루와 도리스도 합류해 있었다. 그들은 바닷가에 서서 헤미시가 거너리 양을 팔에 끼우고 힘겹게 돌아오는 모습을 바라보았다.

헤미시가 해변으로 가까이 다가오면서 클레이와 크릭이 도우려고 물을 헤치며 그에게로 갔다. 그들은 함께 축 늘어진 거너리 양의 몸을 모래 위에 옮겼다. 매기가 나서서 그동안 배운 온갖 인공호흡법을 실시했다. 멀리서 구급차 사이렌이 울부

짖는 소리가 들려왔다. 매기는 마침내 발꿈치를 대고 앉아서 머리를 흔들었다.

"죽었어요." 그녀가 밋밋하게 말했다.

바람이 한층 더 높게 솟아오르고 하얀 모래가 해변을 휘감아 돌면서 거너리 양을 위한 만가를 부르기 시작했다.

"그럼 여기서 얘기해 보자고." 디컨이 해미시에게 말했다. "여기 비거 씨가 말하길, 자네가 거너리 양에게 두 살인 사건의 혐의를 씌웠다더군. 증거가 뭐가 있었나?"

"아무것도 없었습니다." 해미시가 마른 옷가지를 젖은 속옷 위로 끼워 입으며 말했다. "그냥 직감이었습니다."

"아, 제기랄, 이 사람아. 자네의 괴롭힘 때문에 저 여자분이 죽음으로 내몰린 것이라면⋯⋯"

"그녀는 어딘가에 증거를 남겨 두었을 것입니다." 해미시가 지친 기색으로 말했다. "제가 그걸 찾아볼 겁니다."

"그걸 무슨 수로 찾아내." 디컨이 돌아서 가는 해미시의 등에 대고 외쳤다. "방을 전부 여러 차례에 걸쳐 수색했던 거 몰라?"

디컨은 구급요원들이 올 때까지 기다렸다. 그는 거너리 양이 죽으려고 바다로 뛰어들러 달려 나가기 전에, 해미시의 추적에 물에 뛰어들기 전에 휴게실에서 일어난 일에 대해 앤드루에게 상세하게 보고를 받았다.

"저쪽 스트래스베인의 블레어라는 작자가 옳았군." 그가 으르렁거렸다. "해미시 맥베스는 미쳐도 단단히 미친놈이야."

해미시는 거너리 양의 방 침대에 앉아 주위를 둘러보았다. 그는 지칠 대로 지쳤다. 그는 그녀에게 가까스로 가 닿을 때까지 물에 뛰어들고 또 뛰어든 터였다. 이미 수색을 해 보았지만, 그녀의 여행 가방이나 서랍, 협탁에는 아무것도 없었다. 그는 생각했다. 경찰은 마약을 찾고 있는 게 아니었다. 그러므로 그들의 수색은 그녀의 소유물에만 국한되었을 것이다. 그렇다면 어디가 장소로 확실할까? 그는 카펫을 걷어 보았다. 하지만 마룻널은 건드린 흔적이 없었다. 그는 밖으로 나와 공동 욕실로 갔다. 변기에 구식 수조가 달려 있었다. 변기 위쪽에 쇠사슬로 매달려 있는 것이었다. 그는 변기에 올라서서 수조 뚜껑을 열었다. 수조 안에는 아무것도 없어, 손으로 수조 안을 휘저으며 그는 생각했다. 뚜껑을 닫으려고 하다가, 너무 피곤했던 나머지 그는 뚜껑을 놓쳐 바닥에 떨어뜨렸다. 거기, 뚜껑 안쪽에 테이프로 붙여진 물건이 그를 빤히 올려다보고 있었으니, 방수포에 싸인 꾸러미였다.

그는 내려와 바닥에 앉아 꾸러미를 풀어 헤쳤다. 이 플라스틱과 비닐의 시대에 거너리 양이 기름 먹인 방수포를 어디서 손에 넣을 수 있었는지 희미한 궁금증을 품으며. 그리고 꾸러미를 풀기 전에 일순간 그는 이것이 거너리 양과는 아무런 상관이 없으며 로저스가 비밀스럽게 감춰 온 범죄의 증거면 어쩌나 하는 생각이 들었다.

하지만 꾸러미를 여니 봉투 두 개가 나왔다. 하나는 그의 앞으로 되어 있었다.

그는 봉투를 열었다.

"'친애하는 해미시 맥베스,'" 그는 읽었다. "'누구든 살인 혐의를 잘못 뒤집어쓸 때를 대비해서 내가 저지른 일에 대한 자백을 적어 놓습니다.'"

그는 편지를 읽으면서 마음이 놓였다. 해리스를 살해한 것은 충동적이었다. 거너리 양은 그날 스캐그에서 우연히 그와 마주쳤다. 그녀는 도리스에게 자유를 주라고 간청했다. 그녀는 사랑에 빠지는 게 어떤 일인지 자신은 알고 있다고 말했다. 그는 그녀에게 아무 매력도 없다는 뜻으로 몇 마디 상스러운 말을 던졌고, 그녀를 배배 꼬인 아무것도 아닌 노처녀라고 말하고는 돌아섰다. 그녀는 그 유목을 붙들고 방파제 가장자리에 서 있는 그를 내리쳤다. 그가 물속으로 떨어졌을 때 그녀는 도움을 구하러 달려가려고 했다. 하지만 그때 도리스와 앤드루 생각이 났다. 그녀, 거너리 양은 신이나 신의 징벌을 믿지 않았다. 그녀가 아는 한, 자신은 곧 죽을 것이었고 그녀에게는 그것이 모든 것의 끝이었다. 그렇다면 해리스를 죽게 내버려 둔들 어떤가? 게다가 자신이 폭행죄로 수감이 될 텐데, 그녀는 남은 나날을 철창 안에서 보낼 의사가 없었다. 그래서 그녀는 그를 내버려 두고 다른 누구도 고통받는 모습을 보지 않기 위해 서투르게나마 최선을 다했다고 썼다. 그러고는 맥퍼슨이 그녀에게 접근해 그녀를 보았다고 말하며 돈을 요구했다. 그녀는 그에게 돈을 주겠다고 했다. 오늘날에는 너무도 흔하지 않은 옛날 이탤릭체 편지에는, 그러나 그도 살 자격이 없다고 느꼈다고 쓰여 있었다. 그래서 그녀는 그의 창고로 조용히 가서 그가 책상 앞에서 일을 하는 동안에 가위를 집어 들고서 그의 목에 꽂았다. 가위는 비닐봉투에 싸 민박집 뒤편 정원의 라일락 나무 아래 묻어 놓았다고 했다. 가위에서 그녀의 지문이 나올 것이라고도. "나는 내 알리바이를 만들려고 당신과 잤다는 거짓말을 한 게 아니에요, 해미시." 그녀는 이렇게 끝맺었다. "당신을 사랑하기 때문에 당신 알리바이를 만들어 주려고 거짓말을 했던 거예요.'"

해미시는 편지를 바닥에 내려놓고 또 다른 봉투를 열었다. 유언장 서식이 들어 있었다. 거너리 양은 자신이 소유한 모든 것을 트레이시에게 남겼다.

제11장

달빛이 드리우는 그림자를 따라 손짓하는 유령은
나의 발걸음을 초대하고서 저쪽에 있는
빈터를 가리키며 무엇을 하고 있는가?

알렉산더 포프

이튿날 아침에 해미시는 취조실에서 디컨과 마지막으로 함께 앉았다. 클레이는 밖으로 내보냈다.

"그래," 디컨이 입을 열었다. "다시 한 번 얘기해 봐. 왜 갑자기 거녀리 양 같은 여자가 두 번의 살인을 저질렀다는 결론에 이르게 된 거지?"

"그녀에 대해서는 불편한 감정이 든 지가 한참 되었습니다." 해미시가 말했다. "하지만 저는 그게 그녀가 저를 사랑하게 되었기 때문이라고 생각했습니다. 그 때문에 저는 그녀 생각을 너무 많이 하지 않으려는 마음이 들었죠. 그리고 그녀는 너무도 친절해 보였습니다. 제 개가 죽었을 때 다정하게 대해 주었고, 브렛네 아이들에게 친절했고, 트레이시 같은 부류에 게도 친절함을 베풀었습니다. 그 친절함이 해리스를 죽였다 고도 말할 수 있겠네요. 그녀는 자신이 빼앗겼다고 생각한 그 모든 사랑과 새로운 삶을 도리스에게 주고 있다고 생각했습니다."

"내가 말했잖나. 억눌린 노처녀라고."

"저는 여전히 경감님의 말씀에 동의하지 못하겠습니다. 오늘날에는 '노처녀'라는 단어를 사용하지 않으려는 사람들도 있어요. 아주 모욕적인 단어가 되었단 말입니다. 요즘 세상에 그녀 나이에도 아직 처녀인 사람은 또 어디 있나요?"

"그녀는 그랬어." 디컨이 만족스럽게 말했다. "병리학자의 1차 보고가 그래."

"아, 그래요." 해미시가 발끈했다. "그런 걸 모두 다 알았다면, 왜 경감님은 그녀를 의심하지 않았습니까?"

"그래, 그래, 나는 자네가 영리하지 않았다고 말하는 게 아니야. 하지만 무엇 때문에 그녀라고 생각하게 됐나?"

"그녀가 헤더에게 거짓말을 하라고 시켰다는 걸 알게 되었을 때였습니다. 저는 셰릴이 했다는 자백이 마음에 걸렸습니다. 저는 제가 그녀에 대한 생각을 분별 있게 하지 못했다는 것을 깨달았습니다. 온갖 사소한 일들이 있었죠. 저와 함께 잠자리를 했다고 거짓말을 한다든지, 저에게 첼튼넘에 있는 친구를 찾아가 고양이가 어떻게 지내는지 알아봐 달라고 부탁하고서는 제가 돌아왔을 때 고양이는 안중에도 없었다든지요. 그녀의 친구는 그녀가 살인 사건 말고 다른 걱정거리가 있다는 얘기를 흘렸습니다. 또 하얀 테니스복을 입은 그녀와 친구의 사진이 있었습니다. 저는 수영복을 입은 거너리 양의 팔뚝이 매우 탄탄했다는 것을 기억해 냈습니다. 당시에는 별생각 없이 넘어갔지만요. 그녀는 아주 절박했고, 힘도 충분했지요. 그래서 필요한 그 힘을 발휘해 맥퍼슨을 찔렀을 수 있겠다는 걸 깨달았죠. 가위는 찾으셨나요?"

"그래, 그녀가 말했던 바로 그곳에서. 지문을 확인하러 가위를 보냈어. 하지만 그녀가 원래 했던 진술을, 자신은 무고하다는 진술을 고수했다면 어떻게 할 생각이었나?"

"경감님에게 도리스를 연행해 달라고 부탁하고서 거너리 양에게 도리스가 살인죄로 기소되었으며, 가혹한 경찰 심문을 받은 끝에 손을 들고 자백을 했고, 자살할 거라고 말하고 있다고 했을 겁니다."

"자비를 모르는 사람이군, 맥베스. 자네를 보면서 그런 생각은 들지 않던데."

"살인 사건을 다룰 때는 그렇게도 됩니다." 해미시가 진지하게 말했다. "제가 말씀드리는데, 제가 바보 같다는 생각이

들기도 합니다. 저녁 식사도 하고 친구가 되었던 여자가 아주 정신이 돌아 버린 게 틀림없는데 털끝 하나 의심을 하지 않았으니 말입니다."

"뭐 어쨌거나 결과를 얻었지 않나." 디컨이 종이칼을 집어 들고 이리저리로 비틀었다. "오늘 로흐두로 떠나겠군."

"그렇겠죠."

"언제?"

"언제 갈지 모르겠습니다." 해미시가 팩 쏘아붙였다. "그게 상관이 있습니까?"

클레이가 문 안으로 머리를 들이밀었다. "기자들이 도착하고 있습니다."

해미시가 의자에 등을 기대고서 미소를 지었다. "기자회견을 하시는 모양이군요, 경감님?"

"아, 그게, 내가 한 자리 마련했지." 디컨이 퉁명스럽게 말했다. "자네가 쓴 경비 목록을 주면 처리해 보도록 하지."

"여기 있습니다." 해미시가 목록을 건넸다.

"그럼 잘 가게." 디컨이 일어섰다.

해미시는 그대로 앉아 있었다. "아이고, 경감님 기자회견에 저도 끼면 어떨까 싶네요."

"나가, 클레이." 디컨이 쏘아붙였다. 클레이가 머리를 거두고 문을 닫았다.

디컨은 다시 앉아 책상 서랍을 열고 봉투를 하나 꺼냈다. "내 밑에서 일하느라 휴가를 망쳤으니, 여기 동봉한 게 보상이 될 거라고 생각했지."

해미시는 봉투를 열었다. 안에 450파운드가 들어 있었다. 감히 경찰에게 뇌물을 주다니, 하는 게 처음 든 생각이었다. 뒤이어 상관이 부하에게 주는 뇌물은 뇌물이라고 부를 수도 없다는 실용적인 생각이 따랐다…… 그렇지 않은가?

그는 봉투를 바지 주머니에 넣고 일어섰다. "저는 그럼 가 보겠습니다, 경감님."

디컨이 안도의 미소를 지었다.

"언제든지 우릴 보러 오게나, 맥베스."

해미시가 떠나자, 디컨은 구석의 작은 거울로 가서 머리를 세심하게 빗고 타이를 바로 매만지고는 자신이 살인 사건을 어떻게 해결했는지 기자들에게 말하러 갔다.

해미시는 민박집으로 돌아왔다. 사람들은 휴게실에 모여 있었다. 앤드루는 트레이시에게 거너리 양의 유산을 자기 것으로 주장하는 방법을 조언해 주고 있는 듯했다. 트레이시는 좋아 죽는 것처럼 보였다. 다른 사람들은 마음이 편안하고 긴장이 풀린 듯 보였다. 불쌍한 거너리 양! 아무도 그녀를 애도하지 않는군, 해미시는 생각했다. 그러고는 자신이 왜 그런 생각을 해야 하는지 모르겠다는 생각이 들었다. 거너리 양은 두 명의 목숨을 앗아 가고도 두 사건 모두에서 탈출했다. 다가온 죽음과 법의 온전한 무게에서 도망쳤다.

"이제 다들 집에 돌아가겠군요." 해미시가 말했다.

"아, 그래요." 도리스가 신이 나서 말문을 열었다.

"끼어들지 마, 도리스." 앤드루가 엄하게 말했다. "내가 지금 여기 트레이시에게 셰릴에게든 가족에게든 유산을 받는다는 얘기를 하지 않는 게 중요하다고 말하고 있던 참이잖아. 도리스와 저는 트레이시를 첼트넘으로 데려가 변호사를 찾아 주려고 합니다. 유산을 받고 나서 우리에게 빚을 갚으면 되겠지, 트레이시. 가족에게는 우리가 너를 초대했고, 휴가를 연장해서 우리와 함께 간다고 편지를 써."

"아, 그럼요. 그렇게 할게요." 트레이시가 열에 들떠 말했다.

해미시는 도리스의 얼굴을 호기심 어린 눈으로 보았다. 앤드루의 질책을 받았을 때 도리스의 얼굴은 고인이 된 전남편이 그녀를 잡을 때 떠올랐던 표정과 순간적으로 비슷해졌다.

헤더는 구석에서 동생들과 놀고 있었다. 시련에서 회복된 모습이었다. 해미시는 매우 지치고 추접한 기분이 들었다.

그는 휴게실에서 빠져나와 위층으로 올라가서 목욕을 하고 옷을 갈아입었다. 그는 민박집 식당에서 거너리 양의 빈 의자를 앞에 두고 싶지 않았기에 던가튼으로 가서 저녁을 먹었다.

차를 몰고 돌아가는데, 북부 스코틀랜드의 밤이 더욱더 짙어지기 시작했다. 스캐그에 가까워질 무렵, 서로를 팔로 감싸고 길가를 걸어가는 한 커플이 보였다. 전조등 불빛에 그들이 비쳤다. 디컨과 매기, 그들이 연인처럼 바짝 붙어 걷고 있었다. 아이고, 말도 안 돼! 그는 반감이 들었다. 저 여자는 무슨 수를 써서라도 출세할 각오로 뭉쳐 있군!

해미시는 민박집 밖에 랜드로버를 세웠다. 다른 사람들이 떠났을지 궁금했다. 그는 프렌들리 하우스에서 하룻밤 더 잘 생각이었다. 그는 시동을 끄고 차 밖으로 나왔다.

그때 바닷가에서 개가 짖는 소리가 들렸다. 가슴이 철렁했다. 짖는 소리가 타우저와 비슷했다. 그는 돌아서서 바닷가로 달려갔다. 모래 언덕을 넘으며 휘청거리다가는 즐겁게 짖어대는 소리가 들리는 곳으로 향했다.

그는 어슴푸레하게 보이는 커다란 잡종견의 형체가 굽이치는 파도 곁을 따라 달리고 있는 모습을 알아보았다.

"타우저!" 그가 외쳤다.

그러고 나서 아무것도 없었다. 달빛을 받아 굽이치는 파도와 휘몰아치는 모래와 텅 빈 해변 말고 다른 아무것도 없었다.

해미시는 너무도 피곤한 나머지 환각을 본 것임을 깨닫고서 천천히 돌아왔다. 한편으로 저기 어딘가에 죽은 애완동물들을 위한 또 다른 세상이 있고, 그곳에서 그들은 행복하고,

그곳을 자신이 언뜻 보았다고 생각하자 마음이 편안해졌다.

그는 민박집으로 들어가 계단을 올라 방으로 갔고, 씻거나 이를 닦을 생각조차 없이 옷을 벗어 던지고서 감사한 마음으로 침대에 뛰어들었다.

화창한 다음 날 아침, 그는 잠에서 깨어 씻고 옷을 입고 식당으로 내려갔다.

뜻밖에도 그들 모두 아직 그곳에 있었다. "우리 모두 아침 식사를 하고 나서 이곳을 뜨는 게 좋겠다고 결정했어요." 앤드루가 말했다. "차에 짐 전부 챙겨 넣었어, 도리스?"

"그래요, 자기."

"그럼 내가 트레이시를 태우고 가고, 당신이 우리를 따라오지."

"괜찮을지 모르겠어요." 도리스가 소심하게 말했다. "저는 이렇게 장거리를 혼자서 운전해 본 적이 없어요."

"괜찮을 거야." 앤드루가 말했다.

아침 식사가 끝나고 나서 그들은 모두 악수를 하고 주소를 교환했다. 딱 여느 휴가객들처럼. 해미시가 가장 먼저 떠나기로 했다. 그들은 작은 무리를 이루어 밖에 서서 그에게 손을 흔들며 작별 인사를 했다.

그는 그들 중 누구라도 다시 볼 일이 있을지 의문이 들었다.

그가 로흐두로 가는 히스로 무성한 길을 차를 몰고 가는 동안에 산들이 보라색 히스 꽃들로 불타올랐다. 레스토랑 바깥에서 놋쇠 손잡이를 광내고 있던 윌리가 돌아서서 손을 흔들었다. 협만에서 해가 반짝거리고, 어선들이 닻을 내리고 정박해 있고, 갈매기들이 푸르디푸른 하늘을 배경으로 머리 위를 날았다.

그는 마침내 집으로 돌아왔고, 로흐두를 몇 년간은 떠나 있었던 것처럼 느껴졌다.

그는 경찰서 문을 열고 시노선의 맥그리거 경사에게 보내는 온갖 질문을 담은 간판을 문에서 내려놓고서, 화덕에 불을 붙였고, 정원을 매만지고 가축을 돌보는 피할 길 없는 임무에 착수했다. 낮에 마을 사람들이 들러서 수다를 떨고 갔다.

저녁이 되어서야 그는 사람들에게 프리실라 얘기를 묻지 않았음을 깨달았다. 그는 마침내 놓여났다. 그럼에도 기뻐해야 할지 슬퍼해야 할지 알 길이 없었다.

타우저도 없고 프리실라도 없는 그의 인생의 새로운 장이 시작되었다.

브로디 선생과 앤절라가 들러 이탈리아 레스토랑에서 저녁을 함께 들자며 그를 데리고 나갔다. 레스토랑은 주인이 이탈리아에서 돌아와 윌리 러몬트의 인색한 시대에 종지부를 찍고 평소의 후한 양으로 돌아와 있었다. 해미시는 브로디 선생과 앤절라에게 사건에 대해 들려주고 있자니, 머릿속에서 그 사건이 훨씬 더 동떨어지고 비현실적인 것처럼 느껴졌다.

"당신은 사람들에 대해 보통은 아주 예리하잖아요." 앤절라가 말했다. "거너리 양의 성격에 아주 잘못된 점이 있다는 걸 생각하지 못했다니 놀라운데요."

"저도 종종 그 생각을 했어요. 그녀는 그토록 친절했어요. 그리고 저는 타우저의 죽음에 정신이 나가 있었고요. 그녀는 분명 퍽 미쳤죠. 스캐그에는 이상한 구석이 있다는 건 말해 드릴 수 있어요. 너무도 밍밍하고, 그 노래하는 모래라니." 그는 침묵에 빠져들었다. 그는 그곳을 벗어나고 싶어 너무도 안달이 난 나머지, 블레인 여사에게 들르지도 않았다. 한 번 더 들르겠다고 약속을 했는데 말이다.

"트레이시가 정말 변할 거라고 생각해요? 거너리 양이 그녀에게 무엇을 남겼을까요?"

"잘 모르겠어요." 해미시가 말했다. "앤드루 비거가 그걸 살펴볼 거예요. 추측하자면 상당할 겁니다. 거기에 첼튼넘에 아파트도 있죠. 집에 돌아간 기쁨이 사라지고 나면 앤드루와 도리스는 그녀를 버릴 거예요."

"앤드루와 도리스는 오래오래 행복하게 살까요?" 앤절라가 물었다.

"그건 모르겠군요. 도리스는 남자들을 나쁜 놈으로 만드는 그런 여자예요. 그렇다고 해리스가 비열한 놈이 아니었다는 얘기를 하는 건 아니지만요. 그리고 또 도리스가 앤드루의 어머니는 어떻게 감당할까요? 그녀는 덩치가 크고 이래라저래라 하는 부류의 여자예요. 그들이 그녀와 함께 살지 않는 한, 그저 그런 정도로 뒤죽박죽 어떻게든 되겠죠."

식사를 마치고서 그는 브로디 부부에게 고맙다고 말하고서 집으로 걸어 돌아왔다. 머리 위에서 엄청난 수의 별들이 불타 오르고, 공기 중에 냉기 한 모금이 섞여 있었다.

그는 스캐그에서 겪은 모든 경험을 뒤에 남겨 둘 셈이었다. 그는 그곳에서 만났던 사람들 중 그 누구의 소식도 듣지 못할 것이었다.

이듬해 2월 경찰서 바깥길에서 눈을 치우고 들어온 해미시 는 사무실에서 울리는 전화벨 소리를 들었다.

이렇게 궂은 날씨에 범죄를 처리하러 나가야 할 일이 없기 를 바라면서 그는 전화를 받았다. 뜻밖에도 우스터의 신문사 편집장이었다. 그가 지난해 앤드루에 대해 알아보려고 전화 를 걸었던 그 편집장이었다.

"순경님이 계속 그 사건을 맡고 있는지 궁금하군요." 편집 장이 말했다.

"어이쿠, 아닙니다. 사건은 해결되었고, 지난여름에 다 마무리되었습니다." 해미시가 말했다. 스코틀랜드의 최북단에서는 세상을 뒤흔든 것처럼 보이는 일이 잉글랜드의 남부에는 파문 하나 일으키지 못하는 것이 약간 충격으로 다가온 것이 이번이 처음은 아니었다.

"아, 그러니까 앤드루 비거에 대한 작은 소식이 내 책상에 도착해서 말입니다."

"뭡니까?"

"앤드루 비거가 결혼을 한답니다."

"아, 그거야 뭐 충분히 예상됐던 일입니다만…… 도리스 해리스와."

"알았습니까? 잠깐만요. 이름이 그게 아니에요. 그 빌어먹을 게 어디 있지?" 조급하게 종이가 부스럭거리는 소리가 났다. "여기 있네. 아니에요. 그는 트레이시 핑크라는 이름의 여자와 결혼한답니다. 어쨌거나 이제는 당신에게 소용이 없는 정보군요."

"그렇습니다. 이제는 필요가 없지요." 해미시가 천천히 말했다. 그는 편집장에게 고맙다고 말하고 전화를 끊었다.

모든 것이 헛수고였다. 앤드루와 도리스라는 형태의 로미오와 줄리엣이 서로에게 품었던 위대한 사랑을 누릴 수 있게 하려고 두 건의 살인이 저질러졌다. 신사 앤드루와 천박한 트레이시. 결혼식에서 잉글랜드인 손님들이 그녀가 하는 말을 알아듣게 하려면 자막을 적어 넣을 칠판이 필요하겠군, 해미시가 냉소적으로 생각했다. 도대체 어떻게 된 건가?

중년의 앤드루는 젊고 음탕한 트레이시에게 피그말리온 노릇을 하는 게 즐거웠을 테고, 소심한 도리스에게는 싫증이 났을 것이다.

도리스와 앤드루 사이의 사랑에 불을 붙인 건 비밀 만남이었을 것이다. 결혼으로 가는 길이 장애물 하나 없이 깨끗하게 눈앞에 놓이자마자 그는 도리스가 짜증이 난다고 생각하기 시작했을 것이다.

웬 인생의 낭비인가, 그것도 모두 사랑이라는 이름으로!

사후 세계가 있었으면 좋겠네, 사나워진 심정으로 해미시는 생각했다. 거너리 양, 그래서 당신이 이 모든 걸 보고 들었으면 좋겠어요.

그는 책상 서랍에서 위스키를 꺼내 잔에 따랐다. 올해는 그도 어디가 됐든 휴가를 떠나야 했다. 하지만 그는 그저 로흐두에 눌러앉아서 낚시나 하러 가야겠다고 생각했다.

로흐두 밖 세상은 사악했다.

옮긴이 **문은실**

홍익대학교 불문학과를 졸업하고 현재 번역가와 기고가로 활동하고 있다. 지은 책으로 『미드 100배 즐기기』『위트 상식사전 프라임』이 있으며, 『외지인의 죽음』『매춘부의 죽음』『장난꾼의 죽음』『대식가의 죽음』을 비롯해 〈돌런갱어 시리즈〉(전 5권), 『몸을 긋는 소녀』『언더베리의 마녀들』『뼈 모으는 소녀』『수비의 기술』『냉동 인간』『빅 퀘스천』『야구 교과서』등을 우리말로 옮겼다.

해미시 맥베스 순경 시리즈 11

잔소리꾼의 죽음

초판 1쇄 펴낸날 2017년 3월 15일

지은이 M. C. 비턴
옮긴이 문은실
펴낸이 김영정

펴낸곳 (주)현대문학
등록번호 제1-452호
주소 06532 서울시 서초구 신반포로 321(잠원동, 미래엔)
전화 02-2017-0280
팩스 02-516-5433
홈페이지 www.hdmh.co.kr

ISBN 978-89-7275-843-3 04840
     978-89-7275-783-2 (세트)

* 책값은 뒤표지에 있습니다.